U0132031

日本新锐
作家文库

彼岸的她
対岸の彼女

〔日〕角田光代 著

赵乐平 译

青岛出版集团 | 青岛出版社

山东省版权局著作权合同登记号　图字：15-2023-8号

图书在版编目（CIP）数据

彼岸的她 / （日）角田光代著；赵乐平译 . — 青岛：青岛出版社，2024.3

ISBN 978-7-5736-1748-4

Ⅰ.①彼… Ⅱ.①角… ②赵… Ⅲ.①长篇小说—日本—现代 Ⅳ.①I313.45

中国国家版本馆 CIP 数据核字（2023）第 227510 号

书　　　名	BIAN DE TA 彼岸的她
著　　　者	[日]角田光代
译　　　者	赵乐平
出版发行	青岛出版社
社　　　址	青岛市崂山区海尔路182号（266061）
本社网址	http://www.qdpub.com
邮购电话	0532-68068091
策　　　划	杨成舜
责任编辑	霍芳芳
特约编辑	张庆梅
封面设计	今亮后声·核漫
插画设计	尔凡文化
照　　　排	青岛新华出版照排有限公司
印　　　刷	青岛双星华信印刷有限公司
出版日期	2024年3月第1版　2024年3月第1次印刷
开　　　本	32开（889mm×1194mm）
印　　　张	14
字　　　数	210千
印　　　数	1—6000
书　　　号	ISBN 978-7-5736-1748-4
定　　　价	59.00元

编校印装质量、盗版监督服务电话：4006532017　0532-68068050

本书建议陈列类别：日本/文学/畅销

关于彼岸的她

2022 年，因为工作和生活上的失意，我总是处于一种很消极的状态。幸运的是，在这个时期，同窗的朋友在很偶然的情况下让我帮她翻译小说。刚开始时，我是很怀疑自己的能力的，毕竟毕业后，我从事的工作已经和日语毫无关系，专业知识也忘了许多，但是朋友一直鼓励我去做点儿和工作无关的事，脱离工作带来的焦虑。在她的鼓励下，我接连翻译了几本书，其中就包括这本《彼岸的她》。

读书的时候，我自己很喜欢女性作家的作品，论文也是对日本王朝女性文学作品的研究，较之日本的男性作家，女性作家的作品总是更能引起我的共情。角田光代的作品中，总是弥漫着清晰鲜明的时代气息。读其书，可观女性在大环境下的生存样态；品其文，能窥女性灵魂中的自强不息。

《彼岸的她》可以说是一部描写女性相互救赎的感人之作，故事包含了三个极具代表性的女性角色。作为文章切入点的小夜子，是个内向且懦弱的全职主妇，并且她养育的女儿也形成了内向懦弱的性格。为了能有所改变，她决定出去工作，在工作中认识了独立自信的葵。葵总是明确地知道自己要做什么，对工作充满干劲儿，这些都让为家庭所困的小夜子憧憬不已，可这样的葵其实也曾有过一段绝望的青春。

葵小时候一直受到校园霸凌，这导致她不得不频繁地搬家转学，直到她转入女子中学，认识了自己唯一的挚友——鱼子。鱼子洒脱、不羁且独立，在她的影响下，懦弱的葵的三观也发生了变化。只因为鱼子说了句"我不想回去"，两人便将单纯的暑假旅行变成了一场相依为命的离家出走。两个人离经叛道，最后走入了绝境，迷茫之下，竟然选择了一起跳楼自尽。这成了当时轰动日本的大新闻，这段友谊也因年少冲动而画上了句号。

对于胆小懦弱的小夜子来说，能干努力的葵给予了她脱离全职主妇这一枷锁的希望，在她混乱的婚姻、职业生活中，葵成了她的救赎。而对于葵来说，自由洒脱的鱼子也是她黑暗的中学时代里的一束光。如果没有鱼子，饱受校园暴力的葵大概永远也体会不到友谊的甜美，更不可能经历那场奇妙的人生旅行。三名女性，似乎都羡慕着彼岸的"她"，认为"她"的生活和状态是自己永远也不可能抵达的彼岸，因为看到了"她"，才知晓了生活的多种可能，继而鼓起了面对世界、改变自己的勇气。

近几年，"她经济"获得了关注，女权的相关话题频频冲上热搜，女性的受教育程度越来越高，大家向往和主张成为独立女性。上学时，我对于性别分工的感受还很模糊，但是工作之后，深刻感受到了在职场中有一些岗位对女性和男性有着不同的定位。结婚育儿后，身份的转变让很多女性迷茫不已，甚至崩溃，产后抑郁曾一度成为社会热点话题……大家看到朋友圈、小红书、抖音等社交媒体上的独立女性，总会充满憧憬，或许那就是你眼中的"彼岸的她"。但是兜兜转转，或许我们也会是别人眼中的"彼岸的她"。

找我做翻译的编辑老师对工作满腔热血，她喜欢自己的工作，总是在做有趣的文化产品，每次提起自己的选题，总是一脸幸福，这更让我觉得自己的工作选择失败至极。上学的时候，我也曾幻想过自己未来的样子，然而现在却成了每天疲于应付工作、满腹牢骚的邋遢"混子"。在朋友找我参与她的工作时，我也是抱着想要靠近"彼岸的她"的态度，接下了这次的翻译工作。翻译的过程虽然很辛苦，但是在逐字逐句理解这本书的过程中，自己似乎也想明白了很多事情。

还是个新人翻译的我，尽了自己最大的努力翻译好这部作品，希望能给购买此书的读者带来较好的阅读体验。如果有人，哪怕只是很少的人，能够通过阅读这本书得到治愈，我就非常开心了。

希望本书大卖。

赵乐平

2023 年 6 月 12 日

目录

1

"我呀，到底何时才能做自己呢？"

当注意到自己又在一边发呆一边反复思考着这件事时，小夜子不禁苦笑起来。从还是小孩子时起，她就一直在思考这个问题，这么多年都没变。

"要是我是其他的某个人的话，比如招人喜欢的洋子，或者优等生新田……"

小夜子总是在思考这些。

枝丫蔓延伸展，小夜子坐在树荫下的长椅上，转头看向正在沙坑中玩耍的女儿明里。公园里还有其他几个小朋友，他们都在结伴嬉戏，唯有明里自己孤身一人在沙坑的一隅挖着沙子。

"那孩子再长大点儿，是不是也会想'要是我是其他的某个人的话'呢？"小夜子叹了口气，掏出了手机。

还是没有收到短信。

给家里打电话时，也只是传来语音留言的提示，那边根本没人接听。

她等的电话一直没有来。

明里出生在三年前的二月。在她出生后半年左右，小夜子熟读了那些面向新手妈妈的杂志，并且按照杂志上建议的时间，带着明里去了离公寓最近的公园。

小夜子和拥有差不多大的孩子的母亲交流过几次，也曾相约着在体检日和疫苗注射日一起去医院。但是渐渐地，小夜子还是注意到了在这个公园里有着难以言明的派系。

在这里，既有作为领头人物的妈妈，也有虽然大家都没有明确地说讨厌，却在有意无意中将其孤立的妈妈。已过三十岁的小夜子比其中的大多数妈妈年龄稍大了一点儿，所以在她们的派别中，被视作"稍微不同的人"也是可以理解的。虽然并不会被当作恶人，但因为年长，总是和其他妈妈话不投机，打成一片更是不可能的事情。

小夜子也能理解她们为什么这么看她。

在这种情况下，去那个公园反而让小夜子心情沉重，慢慢地，她就觉得和公园里的人格格不入，能在家时，就不出去了。但是，她又觉得不去公园给明里创造和别的孩子接触的机会的话，会不太好，总觉得这样无法培养明里的社交能力。

在这两年里，小夜子把步行可至的公园转了个遍，在A公园待一阵子，看透了那里的妈妈们的关系后，就转去B公园。还好她住的公寓附近有许许多多大大小小的公园。

小夜子知道，这样做的母亲和孩子被称为"公园流浪者"。

"我也不喜欢这样，只是想找到一个待着舒心的公园而已嘛！"她经常像是在对谁交代一样，自言自语地推着明里出门。

从公寓走二十分钟左右能到的这个公园很大，在这里，没有小公园里特有的那种妈妈之间的派系。这里既有爸爸带着孩子来散步的，也有爷爷奶奶带着孙子来玩的，来这里的妈妈们的年龄层和打扮各不相同。出于礼貌，大家对周围的人都装作不在意，只要没有什么大事，就不会刻意地亲近你。这一点令小夜子很满意，所以这半年她都是到这个公园里来玩。

虽然妈妈们之间没有交流，但孩子们却在不知不觉中成了好朋友。

在这个拥有固定娱乐设施的公园里，爸爸们或妈妈们各自看着各自的书，又或者独自摆弄着相机。而孩子们则渐渐缩短彼此间的距离，和陌生的同伴玩了起来。当然，孩子们有时也会因争抢玩具而弄哭对方，但大人们都尽可能地不去劝说什么，这好像也是这个公园里的潜规则。

明里拿着塑料铲子的手停了下来，突然盯着身旁玩过家家的小女孩儿们看了起来。

在沙坑的正中央，有一个穿着红 T 恤的女孩儿和一个穿着印有向日葵纹样的连衣裙的且和明里年龄相仿的小女孩儿，她们俩正在用颜色鲜艳的塑料餐具玩过家家，两人欢快的笑声在空气中回荡。一个走路尚不利索的小男孩儿从远处走来，顺利地加入其中。女孩儿们认真地看了小男孩儿一会儿，穿着连衣裙的小女孩儿扮演着妈妈的角色，递给了小男孩儿一把叉子。

小夜子像是毫无兴趣似的，用余光观察着沙坑中间的孩子们和在角落里自己玩沙子的明里。期间明里仰着头，看了那群过家家的孩子一眼，又立刻将视线移回到了沙子上。看着明里，小夜子突然被她和自己过于相像这点震惊到了。明里也是一样，即使想和别人玩，也无法天真烂漫、自然而然地融入其中，只能在角落里做缩头乌龟，等着别人来叫她。但是，很少会有孩子注意到明里的身影，等她再次仰起头的时候，那些孩子都去到另外一个地方了。

小夜子本想追踪明里的视线，却在不知不觉间开始反观自己。自己不也无法融入公园里的其他妈妈们中间吗？每当意识到这点，小夜子就会对明里心怀歉意。如果自己能大大方方地跟别人聊天，不在乎派系，坚持自己的立场，成为很阳光的妈妈的话，明里也会变成落落大方、人格独立又阳光的孩子吧。

结婚后的第二年，明里出生后的第三年，她曾数次想过要出去工作。与其将精力花在融入公园里的妈妈群体上，不如把明里送进保育园，自己出去工作。比起像现在这样辗转于公园之间，那样起码能交到朋友，也能培养明里的社交能力吧。但是小夜子迟迟没有付诸行动。

"在孩子最可爱的时候去工作，真是让人不敢相信！而且，没有妈妈陪在身边的孩子，也太可怜了！"公园里的家庭主妇说的话，像雄辩一般在小夜子的耳边回响，但这并不是小夜子没有付诸行动的理由。公园里发生的这些微妙的派系斗争，总让她回想起在公司工作时的遭遇。

小夜子大学毕业后进了一家电影发行公司，这是一家即使是新人也能被委以重任的、自由的公司。

一开始，小夜子很喜欢这份工作，也很喜欢公司没有严格的上下级观念的氛围。但是没过几年，她发现公司内部存在着微妙的对立，其实也就是那些女员工和合同工之间的没有意义的争斗——谁来准备咖啡和大麦茶呀，下班时间呀，服装呀，谁占用了女厕所呀，等等。

她们之间关于这种小事的暗中对立永无止境。

小夜子虽然对两边的人都是笑脸相迎，但却同时被两边的人无视了。不知从何时开始，自己竟成了被两边欺负的对象。

和两边的人都保持适当的距离，是需要付出相当的努力的。实际上，小夜子也努力了。就在这种努力让她疲惫不堪时，当时还是男朋友的修二向她求婚了。小夜子几乎在答应求婚的同时，提交了自己的辞呈。因为修二毫无根据地认为小夜子婚后也会继续工作，所以他对小夜子辞职一事曾面露不满，但小夜子假装没有意识到。

就在一个月前，小夜子对修二说："我想出去工作。"

修二并没有问她为什么突然着急出去工作，只是回答了一句："也行啊。"

"他肯定不信吧。"小夜子心想，"他肯定觉得我只是一时心血来潮，这么一说而已。"

但小夜子是认真的。

她四处搜集购买招聘杂志，不管工作种类，只要是写着"无工作经验亦可，主妇亦可"的，她就去面试。

但总感觉哪里不对，面试老是不成功。一到有面试的时候，她就必须把明里寄放在位于井获的婆婆家，而婆婆会不时地说些刺耳的话。小夜子不但没有因此而气馁，还乐此不疲地继续着她的面试。

小夜子又去看了看招聘会，把手机放在裤子后面的口袋里，抬头望向天空。

湛蓝的天空向头顶摇曳的树叶的另一侧蔓延开去。

前天的面试本应在今天出结果，但她依然没接到录取电话。小夜子一直在偷偷期待着这一次能成功。

小夜子想起前天遇到的那个女社长，她正巧和小夜子同年出生，而且毕业于同一所大学。学校特别大，虽然同校不是什么稀罕事，但那个女社长像遇见关系很好的同学一样高兴。

"我们或许曾屡屡在校门口伸展开来的那片银杏大道上或是食堂里擦肩而过呢。"女社长像个学生一样对小夜子笑着说。

原本在玩过家家的孩子们不知何时玩起了买菜的游

戏，沙坑中不断传来幼童像模像样的叫卖声："给我半根萝卜！把鱼清理一下！"小夜子发现明里一直用余光关注着玩游戏的其他孩子，并把恳求的视线投向了妈妈，似乎希望妈妈可以帮自己加入大伙儿的游戏中。

小夜子虽然很心疼女儿，却忙不迭地转移视线，她还是希望女儿能自己找到融入其中的方法。

几分钟后，裙摆上沾满沙子的明里终于缓慢地站了起来。她似乎下定了决心，向热闹的"商店游戏小分队"走了过去。

"这个是钱！那个不算！"三个孩子正你争我夺地分配着游戏道具。明里走到他们旁边，递出铲子和装满沙子的水桶，努力引起他们的注意。但那三个孩子自始至终没看明里一眼，也不知是没注意到，还是无视了她。明里在他们旁边转悠了一会儿，终于明白了他们根本不想理她，生气地把手里的铲子和满是沙子的水桶往沙坑里狠狠一扔。其中最小的男孩儿不幸被飞溅出来的沙子弄了一头，瞬间像着火了一样哇哇大哭起来。

"对不起！对不起！"小夜子一边不停地道歉，一边冲进沙坑，飞快地拍去男孩儿身上的沙子。

明里委屈地站在不远处，以一脸快要哭出来的表情看着这一切。

"好了，没关系的，小信你太爱哭了，都把姐姐们吓到了。"

戴着帽子的年轻妈妈也走了过来，冲小夜子笑了笑。

穿红T恤的女孩儿和穿连衣裙的女孩儿互相使了个眼色，离开了沙坑。

"明里，快跟小朋友道歉！你发什么脾气呀？竟然乱丢水桶！"

自己尖锐的声音传入耳朵中，小夜子不禁开始自我反省——又变成这样了。

她既对明里感到抱歉，又忍不住对明里交不到朋友而感到着急，无意识地提高了嗓音。

"听话，给小朋友道个歉吧。"小夜子用温柔的语气说着，一回头，却发现男孩儿和他妈妈早就走远了。

"明里，我们去趟超市就回家吧，妈妈忘记洗衣服了。"

小夜子边说边收拾水桶和铲子，牵着明里的手回到长椅边。

她把女儿抱上购物推车，开始在空荡荡的超市里逛起来。因为肉馅儿很便宜，所以她决定今晚吃汉堡。她一边确认着菠菜、胡萝卜和鸡蛋的价格，一边将东西放进购物车。突然，她想起衣物柔顺剂已经用完了，便继续往前走。

"妈——妈——，咪噜咪噜①买了吗？咪噜咪噜买了吧？"身体微微前倾的明里问道。

"好了，好了，买好了！"小夜子有点儿走神儿，一边敷衍着，一边确认衣物柔顺剂的价钱。在选出了最便宜的那种补充装后，她又凝视起三倍容量的优惠商品。

一个月前，让小夜子下定决心再次就业的契机，是一件上衣。在吉祥寺的百货商店里，小夜子看中了一件上衣，她不经意地看了下价格——一万五千八百日元。那时候，小夜子完全无法判断这个价格是高还是低。女

①咪噜咪噜（ミルミル）：一种乳酸菌饮料。日本养乐多品牌旗下产品。

式上衣当然应该比修二的衬衫贵，但这需要从每月的生活费里挤出钱来买，这么想的话，它是贵的。但是，如果是穿在三十五岁的女性身上呢？首先，与自己同龄的女性所穿的上衣，市场价格一般是多少呢？自己并不清楚！

小夜子先是被自己的这种想法打击到了，继而一切事物仿佛都在一瞬间变得通透起来。自己为了躲避其他妈妈的挟制而一直带着明里辗转于各个公园，明里一般只会一个人玩耍，自己不知道女式上衣的平均价格，这一切的症结所在都找到了。只要自己工作了，就会知道女式上衣的平均价格了吧，也不用再愁找不到合适的公园了吧，提高嗓音斥责明里的次数也会变少吧。小夜子意识到只要开始工作，所有问题都会迎刃而解。

"好啦，逛超市时间结束。妈妈要回去洗衣服啦！"小夜子右手牵着明里，左手提着购物袋，说得仿佛唱歌般轻快。如果之前那家公司不来电话通知自己合格的话，明天就再去买招聘杂志吧。小夜子一边暗自想着，一边牵着明里，踏上了回家的道路。

晚上八点多，同龄的女社长打来了电话。丈夫修二下班回家了，正在看棒球比赛直播，对响起的电话声毫不在乎。

"妈妈，电话!"

明里坐在儿童椅上大声喊着。小夜子急急忙忙从厨房出来，拿起客厅里的座机。

"您好，我是田村。"

"啊，田村女士，是我，铂金星球的楢桥! 前几天谢谢了。"

通话器里传来了慢悠悠的女声。以为不会接到电话的小夜子，惊讶得在客厅深深地低下了头。

"我……我才是，多谢了。"

"其实，我是想拜托您接受我们的录用。"

"欸，啊，好的! 您确定吗?"

修二往这边看了几眼。

"那我先向您说明一下工作的内容吧! 说不定您其实有所误解……，如果您听了介绍后，觉得不合适的话，也可以拒绝。"

除女社长的声音外，还能听到嘈杂的音乐声和喧嚣的说话声。小夜子想起了前天拜访的那个窄小的事务所，背景音仿佛与之重合。

"不会的。"

"那，您能再来一次吗？明天？后天？田村女士方便的时间就可以。"

"请让我明天上门拜访吧，我应该午后能到。"小夜子顺势回答。

"那就恭候光临了。"

女社长说完就挂了电话。

"太好啦！"小夜子谨慎地把座机放回去，不禁大喊了一声。

"什么？什么电话？"视线已经回到了电视上的修二问道。

"妈妈，什么电话呀？"明里用她沾满米饭的手抓住叉子，模仿修二的语气问道。

"之前我去应聘的那家公司录取我了，本来都想着肯定没戏了呢！那家公司的社长啊，跟我同龄呢，而且毕业的大学也一样。她是个不拘小节的人，感觉很好相处呢！公司是有点儿小，但看着很舒适的样子。我离开职场已经五年了，说不定像那样的小地方，对我来讲反而刚刚好，而且我觉得我跟社长也能聊得来。"

小夜子把装满沙拉的盘子端出来，一边把小碟子挨个儿放在餐桌上，一边忘我地说了起来。这家名叫"铂金星球"的公司，坐落在一幢老旧的商住两用的大楼的五楼。事务所内，西式房间里摆着办公桌，日式房间门前挂着仿佛过家家的道具似的牌子，上面写着"社长办公室"，还有一块大约十六平方米的客厅兼餐厅的区域。这里是由两居室改造而成的，里里外外都十分凌乱，却不可思议地让人感到舒适。感觉女社长表里如一，还有几位坐在西式房间里的女性，时不时传来爽朗的笑声。

"如果在这里上班……"小夜子那时候确实这么想过，"在这里的话，想必没有派别，没有对立，更没有虚伪的寒暄吧。"再说公司里人这么少，女社长看着也不像会斤斤计较的人，氛围应该比之前面试过的公司要好得多。

修二一脸意外地看了小夜子一眼。

"挺好的嘛！"说完这一句，修二又把脸转回去，看向电视，"但明里要怎么办啊？"

"欸，我吗？"明里扬声问道。

"怎么办？那当然是把明里送去保育园啊。"

修二一言不发地把沙拉装到小碟子里。

"我考虑了很多，也许有人会说把孩子送去保育园很可怜，婆婆也这么说过。但能跟年纪相仿的孩子们一起玩耍，对明里来说是一件好事啊。而且，之后要花钱的地方肯定会越来越多，现在就已经很艰难了。"

"你那工作是干什么来着？"修二打断了小夜子的话。

"你问工作内容的话，招聘启事上写的是做清洁工作。"

"干洗店？"

"不，是旅游公司。"

"听起来让人摸不着头脑。"

"明天去听了工作内容介绍，应该就会懂了。啊，还要给婆婆打电话呢！喂，你打行不行啊？我等一下接过去说。"

正在看电视的修二沉下声音，应了一句："哦。"

"比起时隔五年又要出去工作的我，清原选手打的球去哪儿了更让你在意，是吧?"小夜子在心里嘀咕着。

"那个，怎么说也是时隔这么久再次去上班，不要太过于勉强自己啊！"修二仿佛想起了什么似的补充道。

"妈妈，太好啦!"

大概什么都没听懂的明里，对着小夜子展露出了笑颜。

"谢谢小明里呀，快来让妈妈亲一口吧!"

小夜子一把抱住明里的小脑瓜儿，对着她的脸颊就亲了下去。

"啊哈哈哈哈……"明里发出了银铃般的笑声。

在一家不能称得上干净的中国料理店里，小夜子来回看着与她碰面的女社长，在摆放在桌子角落的名片上，印着"楢桥葵"三个字。小夜子抵达位于大久保的事务所后，葵提议去吃午饭，并把小夜子带了出来。已经好久没在外面吃过饭了的小夜子不禁有点儿雀跃，不知道女社长会带自己去什么地方吃午餐。结果走到目的地，她才发现是一家墙上贴满褪色的手写菜单的小店。也不知道是不是过了饭点，二楼除了小夜子和葵两人以外，没有其他客人。店员拿来了啤酒和杯子，葵立刻帮小夜子把杯子斟满，顺便也把自己的杯子倒满了。

"那么，从今以后请多关照啦，干杯!"

葵大声说着，举起酒杯碰了一下小夜子的杯子。

"田村，你是哪个系的?"葵开口问，嘴唇上还挂着啤酒泡沫。

"鄙人是文学院英语系的。"

"我们同龄，就不要用敬语了。我是哲学系的，复读了一年，好不容易才熬到毕业。其实当时还有别的应聘者，但是跟你聊完后，我就决定录用你了。"

"我何德何能，为什么您会考虑录用我?"小夜子不禁追问道。

"又是敬语!"葵嗔怪地瞪了小夜子一眼，随后给自己满上啤酒，"哪来这么多为什么？"

"哎，我只是好奇为什么这次会被录用……其实我之前的应聘都被拒绝了。那些招聘启事上明明写着家庭主妇也可以，但我真去面试时，对方又说什么有小孩子的话，要是孩子生病了，你就会请假，耽误工作吧。还有人会故意说，即使你是英语系毕业的，也不见得英语一定很好吧。说实话，现实的打击真令人沮丧。"

葵听完后仰头大笑起来。

"说这种话的面试官一定对自己公司很不满意吧，所以他们才会把怨气发泄在你身上。但我没那么多负面情绪，所以能以一颗平常心去看待别人。"

店员把两人份的茄子炒肉丝午饭套餐放在托盘上，迈着非常缓慢的脚步端了过来。店员离开后，葵从筷筒里取出了筷子，递给小夜子，神色凝重。

"可是田村，你真的明白工作内容吗？我们招的是清洁工啊。你结婚前，不是在电影发行公司做亚洲电影名字的翻译，电影周边的安排之类的工作吗？怎么说呢，我们这边并不是这种可以表现自己，或者会让你觉得有成就感的工作，而是内容简单的服务业。即使是这样，你也想来吗?"

"是的。什么都可以，我想工作!"小夜子说道。同时，她心想：不是想工作，而是不得不工作。为了明里，也为了身为人母的自己。

"这样啊，那我就安心了!"葵说完，终于开始用餐。小夜子也把视线放低，打开了一次性筷子。

葵把视线放在饭菜上，开始一点点地介绍起铂金星球的日常工作。据葵的说法，铂金星球算是旅游业的"杂工"。主要的业务是以亚洲为中心，为个人及法人提供去度假村游玩的企划和安排，偶尔也会有旅游公司来购买企划方案。但公司业务不仅仅是这些，还有代购，制定出国采访的行程，交通工具和酒店的预订及安排，等等，连问卷调查的工作都有涉猎。

"我们什么工作都接，所以我们其实就是打杂工。我大一的时候复读了一年，毕业之后就从事了这类工作。虽然是工作了，但也只是比一般学生强一点儿，谁给的活儿都接，渐渐地就成了我们公司的特色。不过，我人脉还是挺广的！"

葵说完，一口气把杯子里的啤酒干了。

葵没有化妆，也没有佩戴任何饰品。堂堂一介社长，这样打扮也太过于朴素整洁了吧？在内心暗暗吐槽的小夜子，想起自己之前对于女性社长的既定印象，差点儿没笑出声来。说到女性社长，小夜子想象中的是化着完美的妆容，佩戴大量首饰，全身上下都是名牌的女性。面试的时候，因为太紧张而没顾得上看，回想起来，葵那时候的打扮，也已经跟自己刻板印象里的女性社长相去甚远了。

"五六年前，以斯里兰卡南部为中心，一个名为'花园'的酒店集团成立了，针对像韦利格默、坦加勒这些印度洋沿岸尚未被开发的城市，我们公司被任命为他们的日本总代理商，那家酒店把相关事务都交给了我们。刚开始的时候进展非常顺利，但后来遇上了恐怖袭击和战争……我们跟大公司不一样，这也算是我们的强项，就是一直跟不太会在意这种事的旅客打交道。可是接着就是非典疫情，真的只能认为是上天在作弄我们啊。在与海外打交道的小公司之中，也有不少因此而倒闭的啊。"

小夜子沉默着点头，继续吃着茄子炒肉丝。小夜子看着边吃边说的葵，依旧无法得知以旅游业务为主的公司到底为何会需要清洁工。

"我们公司也想扩展业务，考虑过很多方面，譬如搞一下国内旅行之类的，然后家政服务也是其中的一项。"

已经吃完的葵把胳膊肘轻轻放到桌子上，身体顺势前倾。

"你肯定会想为什么是家政服务，对吧？在我看来，这是一项能长期持续下去的业务。日本啊，去哪里都要坐飞机，而且明明休假时间少得要命，出去旅行的日本人却超级多。在巴拉圭遇到七十二岁的日本观光客的时候，我就在想：旅游业是一定不会荒废的，而且一定会越来越兴旺。虽然是比较乐观的预测，但我觉得休假时间也必定会逐渐增加，到那时，就该家政服务出场了——为长期外出旅行的人提供家政服务。像给植物浇水，给庭院除草，整理信件，通风换气，打扫房间这些，全都不用在意，想走就走的旅行，你不觉得很棒吗?"

葵继续一边前倾身子，一边娓娓道来。

生孩子之后已经跟旅行无缘的小夜子，虽然并不觉得这是一门能让人暴富的业务，但还是先"啊"地回应了一声。

"但像这种业务啊，想要走上正轨，会非常费时间。实际上，真的因为出远门而需要家政服务人员来打扫房子的人，现在也没多少。不过，也不是现在立刻就要做出成绩，目标定位也不仅仅是去旅行的人，我想边跟认识的家政公司合作边开始探索。所以呢，田村你就被录用了。啊——说了这么多，都渴了。"

葵说到这里，把杯子里剩下的啤酒一口气喝干。小夜子终于吃完了午饭套餐，放下了筷子。

说实话，葵说的话，小夜子并没有听懂多少。小夜子了解到的是，铂金星球这家由女性经营的公司现在已陷入困境，计划着要从旅行公司转型做家政代理业务，大概是这样。小夜子模糊地猜想：葵的公司或许是为了面子上过得去，又或许是受到政策法规的限制，没办法更换营业许可范围，只好强行打擦边球，以"为旅行者服务"的名义提供家政服务。

"关于上班的时间……"趁着葵的话告一段落之际，小夜子开始提问，"虽然招聘里写着大概每周需要工作三至四天，但是能允许我一周工作五天吗？"

"啊？你真是干劲儿十足啊！"葵瞪大眼睛说。

"也不是，我主要是想把孩子送去保育园。但要是一周只上三至四天班的话，很难申请到保育园的接收资格。现在的保育园需要根据父母的上班时间和工作条件来判断其子女是否有资格入园。"

"啊，这样啊。确实，田村，你是有孩子的人。那要不这样吧，虽然现在一周上三天班就足够了，但以后公司业务发展起来，也会需要一周上满五天班，所以你干脆就不要做兼职，当全职员工好了。保育园需要那种一周工作五天的证明，对吧？"

"这样真的可以吗？"

"当然可以，没问题，但是我不会给你上五天班的工资哟。"

"那是当然。"小夜子情绪高涨地回应。

"我是开玩笑的啦。"葵大笑起来。

"这里让我想起了以前的学生食堂……"小夜子不禁感慨道。透过店里那扇大大的玻璃窗，可以看见外面阳光照射下熠熠生辉的大树，和她过去读大学时经常去的食堂有几分相像。

"啊，是那个后来新建的吧？我以前也经常去，毕业以后还去过呢，价格挺便宜。"葵也定睛看向明媚的窗户，眯起眼睛回忆道。

"说不定我们过去真的曾遇见过。"

"还记得那个腌金枪鱼盖饭吗？当时只要五百八十日元，但上学的时候觉得太贵了，非常渴望能吃上。"

"记得记得！我也吃不起。记得咖喱饭才一百七十日元，是全场最便宜的了。"

"是啊，那个没有肉的咖喱饭！"

小夜子和葵互相看向对方，笑了很久。她们你一言我一语地聊起学生时期的事，仿佛并不是第一次见面，而是曾经一起结伴去食堂吃饭的老友，一边吃，一边抱怨着学校食堂的价格太贵,食物里面肉太少。

"那你跟我回一趟事务所,怎么样?给你介绍一下公司的同事。"葵拿着账单站起来,小夜子也赶紧起身。

"有田村你的加入,实在是太好啦!"

葵站在狭窄的楼梯边,转头跟小夜子说道。

"谢谢啊……"

被夸奖的小夜子不好意思地低下了头。

小夜子从荻洼站上了公交车,路上堵车,到达位于井荻的婆婆家时,已经过了三点半。

"怎么回事啊?你这是去逛百货商场了吗?还能保持这样年轻的心态,真好呢。"在客厅看电视的婆婆不紧不慢地说。

"明里刚才还醒着呢,因为你之前说别让她睡,所以我努力让她清醒着。但左等右等,你都不回来,明里闹脾气了,我可顶不住,不得已就让她睡了。"

丈夫说自己的妈妈平时说话就是这个语气,并没有故意嘲讽和挖苦的意思。虽然小夜子也是这么想的,但每次小夜子都没办法跟没事人一样一笑置之。

"真的对不起，路上堵车了，公交车开得很慢。"

"我说啊，小夜子，修二的工资不够你花吗？需要你出去打工？"

"也不是这样啦。"小夜子一边含糊其词地笑着回答道，一边走上二楼的日式房间。小明里躺在给客人用的被褥中，睡成一个"大"字。小夜子先把女儿抱起来，挪到旁边的榻榻米上，睡着的孩子像是一卷湿透的布，挪动起来特别沉。小夜子将被褥叠好，放入收纳柜里，抱着明里走下楼梯，看见婆婆正在厨房里忙活着什么。

"那么，婆婆，不好意思，我就先回去了。今天太感谢了，下次再来打扰。"小夜子在走廊里喊道。婆婆听到她的招呼，从厨房里提着一纸袋东西走了出来。

"你把这个带回去吧。这是别人送的绿色蔬菜和小田原产的干货，我分你一些。"

看上去就很重的东西让小夜子感到厌烦，但又不能拒绝婆婆的好意。

"一直以来承蒙您关照，那我就不客气了，今天先告辞啦。"小夜子不住地低头致谢，好不容易离开了婆婆家。她一只手抱着睡得很沉的明里，一只手提着沉甸甸的纸袋往车站走去。夕阳西下，给街道染上了微微的橘色。

"哎呀，不要啦。"耳边传来明里的梦呓。

"首先，要把附近的保育园全部参观考察一遍，然后再写入园申请……"小夜子在公交车上昏昏沉沉地想着。她实实在在地意识到，自己从明天开始，不，现在已经开始步入新的生活了。过去那个会因为一觉醒来后看见窗外在下雨，因不用去公园而暗自庆幸，却又在下一秒被罪恶感折磨的自己，仿佛随车窗外飞快消逝的风景一同远去了。

2

楢桥葵从自己房间的窗户往外看，不禁吐槽了一句：
"还真是乡土气息浓厚的城市啊。"

　　宽广的田地伸展开来，中途开始变成了桑树的种植地，再往前就是竹林了。

　　到达这个城市之后，葵很快就遇到了一群穿着长长的校服裙子闲逛的女高中生。在第一眼看到她们的时候，葵内心里响起了吐槽的声音："明明已经放春假了，为什么还要穿着校服啊？"

　　"小葵，已经起来了吧？快点儿下来。"楼下传来妈妈的呼唤声。葵连忙把手伸向挂在衣架上的校服，忙不迭地往头上套毛衣，穿上百褶裙后，拿起外套跟领结，就下楼了。

　　葵的妈妈站在桌子边，正在把平底锅里的炒蛋倒入盘中。

　　"第一天去学校就迟到，会很丢人啊！赶紧来吃早餐，早点儿出门比较好。”

“啊——好啦，都知道了。”

葵坐下来，用一只手拿着叉子，叉起了盘子里的香肠，另一只手拿起电视遥控器，寻找着播放晨间剧的频道，但中途却被别的节目吸引住了目光。电视上正在播放迎来了开业一周年的迪士尼乐园的画面。

“啊，怎么这样啊？你妈妈我正在看呢。”

妈妈发出高亢的声音，从厨房走了出来，把吐司放在葵的面前。抱怨归抱怨，妈妈也盯着电视里的迪士尼，站定。葵不发一言地把吐司吃完。就算搬到了新家，妈妈做的早餐依然毫无变化。正因如此，有种还停留在上一个城市的感觉，仿佛今天也依然不得不去那所学校一样。葵把目光从电视上移开，看向了窗外，凝视着窗帘外面的广阔田地。“不对，这里可不是之前那里。”葵默念道。

"你啊，第一天报到呢，不要边吃饭边发呆啦，迟到的话很丢脸的。学校对领结的打结方式有规定，对吧？那什么，打印的纸上是不是写着?"妈妈说完，走向餐具柜子，打开了抽屉。看着妈妈的身姿，葵莫名地烦躁了起来。

"妈妈，不要紧啦，我不会因为迟到就遭人欺负的。而且就算真的有什么，我也不会再说想搬家这种话了。"

葵本来只想气一下妈妈，而妈妈却以一脸快要哭出来的表情看向葵。

"没事的，葵，这次是正规的女子学校，学生都是家教良好的女孩儿。不会再有欺负人这种幼稚的行为了!"

被安慰后的葵变得更加烦躁了。有着开出租车的爸爸和搬家就找兼职的妈妈，住在条件恶劣的二手房里的孩子，真的能融入教养良好的千金小姐们的圈子吗？葵把差点儿就要说出口的气话伴着炒蛋吞进了肚子里。惹妈妈生气也没有好处，虽然是很老旧的独立洋房，但想必也是费尽千辛万苦才买到的。

做出租车司机的爸爸一个人单干，以前至少两天里会有一次出现在早餐时段的餐桌旁，最近却一直见不着人。葵已经完全不清楚爸爸现在的工作时段，三天里能一起吃上一顿晚饭就已经算幸运的了。经常去面试兼职工作的妈妈，也并不是因为喜欢才这么干的吧。

"谢谢款待，领结打成这样就可以了吧？"

葵把胭脂色的领结打好，站到了妈妈面前。妈妈反复地跟纸张上印着的领结对比，非常认真地说了句："好的，没问题！"然后把葵送到了门口。

"拜拜，我走啦！"

"小心点儿啊，今晚你爸爸也会回来，我给你们做好吃的。"妈妈恨不得让外面的人全都能听见般大声说完，朝着葵疯狂挥手。听到像新婚妻子的台词一样的话，葵偷偷地笑着，小心地把门关上。

朝着公交车站走去的葵，回头确认妈妈没有再往这边看之后，立刻把手伸进外套里，把裙腰的部分折叠了数次。直到确认裙摆高于膝盖之后，葵才朝着公交车站跑去。

直到中学毕业典礼之前，葵都住在神奈川县横滨市矶子区的一处公寓里。搬家是因为她受到了欺凌。葵从小就不太懂得如何去交朋友，她根本不懂交友技巧，更不知道如何才算失败。从小学开始，身边就没有称得上关系好的小伙伴。有时候，她自己觉得跟对方关系挺好的，可几周之后，对方就跑去跟别的小朋友玩了。甚至有些孩子会跟别人一起说葵的坏话，故意无视她。葵不明白究竟为什么会这样，就这样成了中学生。

小学的时候只是没有亲密的朋友，但升入中学后，就演变成了被人欺负。教科书不见了，室内鞋不见了，运动服不见了，被全班同学公然无视，最后是葵的书桌跟椅子被搬到了教室外。无论搬回教室多少次，只要第二天早上到学校，书桌跟椅子都永远在教室外面。

初中二年级第三学期的时候，葵就不怎么去学校了。她并没有憎恨或者讨厌带头欺负她的同学，只是觉得错的人是她自己。但究竟自己哪里招人嫌，又为何值得被无视呢？

到了初中三年级，她被告知有不能毕业的危险，这才去了几天学校。当然，她一直垂头丧气，比起同班同学和老师的脸，葵记得更清楚的是瓷砖的花纹。

爸妈虽然对葵不去学校的事有所担心，但总觉得只要中学毕业了，问题就能迎刃而解，只要去了别的学校，只要校内完全没有认识的人，就会船到桥头自然直。提出想要搬家的人是葵。

"只要还在这个城市，我就还是这样的我，惹人讨厌惹人嫌，只能继续保持沉闷和肮脏的状态，别无选择。就算上了高中，考上大学，踏入社会，也依然是不得要领。只有去到没人知道我缺点的地方，我才能有所改变。"

听到葵这么说，爸妈两人都安慰女儿事情没有这么严重。但就在那时候，连着发生了两起令人不安的事件：女初中生三人跳楼自杀，中学生杀害了流浪汉。这两件事都发生在横滨。

妈妈的老家在群马县，大概是因为这样，所以才决定搬去那里的吧。

决定下得很仓促，葵暂时住在群马的外婆家，分别参加了好几家女子学校的入学考试，后来被一所不算理想的女子学校录取了，他们这才匆匆忙忙搬了家。妈妈大概特别舍不得在横滨矶子区的生活，经常抱怨说老家没有超市，也没有商场，跟邻居打交道十分麻烦，想去上班却找不到合适的工作，到处都是些光有想法却不付诸行动的人，当年年轻的自己正是厌恶这样的环境，才远离家乡外出打拼的……但所有的牢骚，妈妈都忍不住在葵面前提起。在葵看来，妈妈的行为过于牵强，意图昭然若揭。葵甚至阴暗地觉得，这可能是妈妈在用一种只有她自己能懂的方式，来报复一心只想搬家的女儿。

礼堂内聚集了大量女生。虽然这在女校里是理所当然的风景，但葵还是头一回看到这么多年纪相仿的女生聚在一起。

女校长穿着黄绿色的西装，正在讲台上发表长篇大论，说学校正致力于英语教育，强调说在日本，今后需要用上英语的场面会越来越多之类的。

女高中生们排成数列，葵一个一个地看了过去。基本没有人漂染、烫发或者留莫西干发型。葵心想：虽说学生成绩不好的学校里基本都聚集着不良少女，但这可能是一所比自己想象中要更好点儿的学校。放眼全校，把校服裙摆折短的也只有葵一人。看着讲坛上那位上年纪的女校长，葵默默思考着：大概这之后要把裙摆放下来了。原本只是不想被人觉得自己很土，才把校服裙摆调高的，但在这里，大家都不会擅自改校服，搞小动作反而很容易成为焦点。

"喂，你的校裙，是不是调高了呀？"

身旁传来声音。葵从思绪中被拉回现实，环顾了一下四周。

在右侧隔了一个人的位置，有一个女生探出头来看着葵。那个女生有着一头男生一样的短发，长相也很像五六岁的小男生。

"嗯？"没听清楚她刚才说了什么的葵回问了一句。

"你的裙子很短嘛！"像男生一样的女生有点儿焦急地说道，"是在哪里改短的？青洋堂的话，不是不帮忙改短吗？"

"这个啊，只是把裙腰折叠了而已。"并不是很懂青洋堂是什么的葵小声回答。

"欸，真的吗？不会掉？"

"不会吧。"

夹在葵跟这个女生中间的女生用不悦的眼神看着对话的两人，做出与己无关的姿态，把坐在椅子上的上半身往后靠。

"之后给我看看吧。真的只要把裙腰部分折起来就可以了吗？"像小孩子一样的女生认真地问道。

"是……"

"哦。我的是青洋堂的啊……"

女生话还没说完，就被附近的老师小声提醒："那边的，安静点儿。"

葵把身子转回前方坐好。

"英语中不是有'the'这个单词嘛，换成别的学校，都会教你们念成日本味儿的英语……"台上的校长依然说个不停，"但在我们学校，则是让学生学习标准的发音。在欧美国家说日本味儿的英语，对方可听不懂啊……"

女校长口若悬河，滔滔不绝。葵边听边怀疑自己是不是来了一个很蠢的学校。不过蠢也好，偏差值低也罢，日本味儿的英语也好，标准发音也罢，葵并不在意。刚刚跟自己搭话的少女看起来似乎并没有对自己感到厌烦和恼火，那样就足够了。

"你的名字，叫什么呀?"

从礼堂走回教室的时候，刚才的女生适时俯身靠近葵，问道。

"楢桥葵。'楢树'的楢，'桥梁'的桥，'葵花'的葵。"

"奈良①的树很有名吗，你的名字感觉笔画好多。"

不知道为什么那位女生会把"楢树"跟"奈良"搞错，但感觉纠正了的话会让她感到失落，葵就只是一笑置之。

"你呢?"

"野口鱼子，'野口五郎'的野口，鱼的孩子。"

"鱼?"

"嗯，写作'鱼子'，读作'nanako'。祖先世代都住

---

① "奈良"与"楢树"日语发音相同。

在这里。

"野口同学。"这个城市不是没有海吗？葵没能理解对方说的话，反正先确认名字再说。

"叫我鱼子就好啦，小葵。"

鱼子用戏谑的语气说完，重重地拍了拍葵的肩膀，跳到了队伍的前面。葵看着鱼子的背影，想道：大概是个奇怪的家伙。

"鱼的孩子……"葵稍微动了动嘴唇，试着说了一遍。不久之后，她是否也会不再搭理我，是否也会用手指指着我，嘲笑我的失败，把我的便当盒打翻，捂着鼻子说我臭，用鞋子践踏我的体操服呢？葵这样想着，野口鱼子的背影转眼已经消失。

从教室的窗户往外看去，能看到连成一片的低矮的屋顶，再往前，能看见仿佛边界一般的山棱线。葵忽略了老师用流利的英语念课文的声音，出神地看着染上蓝灰色的山脉轮廓。

在这之前的周末，葵跟妈妈两个人去了早川农园，爸爸用自己的出租车载了她们一程。在那之前，她们去了蛇类咖啡馆，学期刚开始时，去了榛名山。葵其实不怎么想去，同时也明白爸妈其实也没什么兴致，说白了，一家人谁都不想去观光游览。但出于对葵的关心，爸妈都努力表现出兴致勃勃的样子，不停地提议说去这儿去那儿。葵也心领神会，配合着表现出情绪高昂的样子，说着想吃酱汁炸猪排盖浇饭啊，下次想去薮冢温泉之类的。

已经上了两个周的课了，班级里面逐渐出现了小团体：加入了体育俱乐部，非常活泼的女生们是一个小团体；彼此间开着严肃的玩笑，一看就是学霸的女生们是一个小团体；开完当天最后的班会，就立刻跑进洗手间打扮自己，感觉很会玩乐的女生们是一个小团体。葵回过神来，就融入了一个由稀松平常的女生组成的小团体。大家的个性都并不张扬，但彼此之间也有共识，因为座位相近，不知不觉就聚到了一起。团体里的人都极度想要避免脱离团体，沦为孤身一人的状态。于是到了课间的休息时间，大家总会用高八度的声音谈笑。

野口鱼子不属于任何一个小团体。午饭时间或者换教室上课时，她会穿梭于各个小团体之中。午休的时候，她刚向打扮浮夸的小团体请教了磨指甲的方法，上体育课之前，又混在体育派小团体之中发出响亮的声音。对于鱼子没有被任何一个小团体疏远这件事，葵感到非常不可思议。

"还是可以的。"一天结束的时候，葵会在心里这样对自己说。在这一天里，没有谁对自己说的话流露出不满，自己也能好好地融入大家的对话中。母亲做的便当也颜色鲜艳，不丢人，教科书跟笔记本也没有被炖菜染上褐色污渍。大家笑的时候，自己也跟着一起笑了，还附和着一起讲了老师的坏话。

葵每天都这样不断回想当天发生过的事。这天，她正走在通往公交车站的坡道上，背部被轻轻地拍了一下。一回头，是那个在开学典礼那天之后就没说过话的野口鱼子。她笑脸盈盈地站在后边，斜挎着一个不符合学校规定的黄色书包。

"小葵呀，你为什么把校裙的长度又调回去了呢?"

鱼子边跟葵并肩走着边问道。她的个子不到葵的肩膀。

"欸?"

葵反问道。

鱼子笑得直不起腰来。

"小葵真的是,只要跟你搭话,你就会回'欸',然后眼睛瞪得圆溜溜的。"鱼子边笑边说。

好几个同班同学越过她们两人,在前方数米处跟她们挥挥手,跑远了。

"拜拜,明天见啦。"

深蓝色的裙摆飘动着,黑发在阳光的照射下闪闪发光。

葵眯着眼睛,目送几个同班同学逐渐远去的背影,仿佛在凝视什么神圣的东西。

"小葵之前不是教我把裙腰的部分折起来吗?我也想试一下。"鱼子边说边把外套卷起,给葵展示她是如何把腰围部分的裙子折起来的,"褶子处有点儿奇怪,对吧?"鱼子对葵说道。

她用两手押着卷起来的外套，把裙腰部分胡乱地折叠起来。鱼子的动作仿佛一个不会整理自己衣服的小孩子，葵忍不住笑了出来。

"喂，果然是很奇怪吧?"鱼子有点儿不满地对葵说道。

葵凑过去，帮鱼子抚平胡乱折叠的裙子上的褶子，然后重新把裙子细心地折叠了一遍。鱼子的身体散发着汗跟柑橘类的味道。

人行道旁的街道上，大型货车飞驰而过，掀起了一片尘埃。

"先把褶子捋直，再均等地折起来的话，会稍微好点儿。"葵说道。

在路过的干货店的玻璃窗前，鱼子转了一圈，看着被映照出来的自己，感叹道:"真的呢!"

葵看着鱼子，她短了一圈的裙子下，露出了铅笔一般笔直的腿。在开学典礼那天，葵确认了没有学生把自己的裙子弄短后，就急忙去洗手间把裙子调回到了原来的长度，以免显得格格不入。虽然说裙长有点儿尴尬，不好看的同时还会显得腿粗，但比特立独行成为焦点还是强多了。

"喂，今天不是发了数学试卷吗？你几分啊？我啊，只有2分啊，2分！我问了山野井几分，她说超低的，肯定没人比她低，然后就是不肯告诉我分数。2分才是最低分吧。我真的是悲剧般地脑子不好使啊。"

路上各处长满了杂草，鱼子一边走在尘土飞扬的人行道上，一边滔滔不绝地说着。葵觉得，鱼子说话的腔调有点儿像中年大妈。大妈们并不在乎世界上的绝大多数事情，在她们自己的狭窄世界里，不存在恶意或怀疑之声。鱼子就仿佛在观光地或车站的休息室里，犹如亲姐妹般跟妈妈搭话的自来熟的乡下大妈。大妈们待人亲切大方，但特点是一旦真的发生什么事，她们中的大多数会变得冷漠而又不屑一顾，葵像是说给自己听一般在心中想着。

车站旁，有好几个在排队等公交车的学生。他们分别围成圈，忘我地聊着。葵走到队尾，排起队来，鱼子也紧挨着排在了后面。两人的聊天还在继续，据说鱼子跟葵的回家方向一致。葵边回应边猜想着鱼子的家在哪里。已经生锈了的公交站牌对面的小房子里，排列着五六台自动贩卖机。好几个学生一边高声说话，一边跑过机动车道，买了果汁后又跑了回来。公交车依然没来，马路上的货车还有私家车都在以不可思议的速度飞驰而去。在等公交车期间，鱼子的话题转换快得让人应接不暇。从数学的突击测试到选课，从选课到电影首映，在那之后更是跳到了如何烤出好吃的法式吐司。正当葵歪头思考究竟为什么会聊到法式吐司的时候，两辆公交车相继到达。

公交车里挤满了女学生，身体紧贴着葵的鱼子抬头看着葵，问道："我说，今天能去小葵家玩吗？"

"欸？"

葵吓了一跳。鱼子把脸埋在别的学生的背部，笑了起来。

"你又说啦。"

"欸？野口同学，你不是要回你家吗？"

"讨厌啦，我家是相反方向啦。我是想去小葵家玩，才特地一起走的嘛。"

鱼子理所当然般地说完后，咯咯笑着。

家里谁也不在，妈妈或许是在面试兼职，也可能是为了准备晚饭而出去买菜了。餐厅在橙色夕阳的映照下显得略微昏暗。鱼子跟着葵的脚步走进餐厅，坐在了葵的爸爸平时会坐的位置。自己都尚且未能适应的新家里，坐着不算熟悉的同学，葵对此感到很不可思议。但来者是客，葵还是走进昏暗的厨房，打开冰箱搜寻果汁，找出来了牛奶跟可尔必思①。葵准备好杯子，投入冰块，可手一滑，一个冰块掉到地上，发出了很大的声响。葵这才发现自己有点儿紧张。

鱼子把胳膊肘支在餐桌上，用手托着腮帮子，葵把杯子放在了她的面前。

"太好啦，可尔必思！"

鱼子语气兴奋得像个小孩儿，一口气把饮料喝完了，然后用手背用力擦了擦嘴唇，朝葵笑了笑。

——————————

① 一种在日本畅销的乳酸菌饮品。

在这个夕阳下显得昏暗、略带陌生感的房间里，短发少女正冲着自己微笑。恍惚间，葵感到这情景仿佛在哪里看到过似的，但她清楚那并不是真实的记忆，而是自己脑海中时常浮现出的憧憬。葵总是不经意地想，要是有一位性格温柔善良、容貌秀美，在班上很受欢迎的女同学乐意和自己成为朋友，不需要拼命思考如何讨好她，她也可以主动和自己一起玩耍，对自己露出灿烂的笑容就好了。至今为止，葵曾经无数次在梦里构筑过如此平凡的愿景。她目不转睛地看着坐在桌子边上的娃娃脸同学，突然转身跑进了厨房。差一点儿就哭出来了，我不能再看她了，葵强忍着泪意想道。

"这里真让人安心呀。啦啦啦……小葵，我待会儿可以去看看你的房间吗？"从餐厅传来鱼子懒洋洋的声音。

"嗯，好的。"葵一边拧开水龙头随意地洗着脸，一边回答。

"可尔必思真好喝，你们家是最近才搬来的，对这附近都不了解吧？下一次带你去我的秘密基地看看，那可是我从小学到现在一直喜欢待着的地方。"

鱼子像老奶奶般的声音不断地从餐厅外传来，仿佛拒绝一切警戒跟猜疑一般，让人安心。葵一边"嗯嗯"地回答，一边用脸庞感受着这里比之前矶子区的公寓冷得多的水。有一秒，她想冲上去大声问那个娇小的女生："你为什么会跟我说话？为什么要来我家？为什么要向我介绍你的秘密基地？为什么会是我？你有什么特别的目的吗？"

但是葵没有问出口，还是一边"嗯嗯"地回应着女生的问题，一边拧紧水龙头。任由水滴顺着湿湿的脸颊，像晶莹的泪珠一般，不断地滴落到厨房的地板上。

3

小夜子从六月份开始接受工作培训。六月二号是培训的第一天，葵嘱咐她那天换一套耐脏的衣服，约定好早上九点在中野站南出口的东京三菱银行门前等人来接她。

想着绝对不能迟到的小夜子因太过紧张，一不小心于八点四十分就到了中野站。她站在还未开门的银行的屋檐下，凝视着淅淅沥沥的细雨，想起了刚刚才分别的明里，她在婆婆家里会不会马上就哭闹起来呢？

她曾经听认识的主妇们说起过进具有资质的保育园很难，自己也在杂志上读过，但并未当回事儿。那时候的小夜子还天真地以为：保育园只要申请，大概就能进去。在准备入职的前几周，小夜子把家附近能步行过去的保育园都逛了一圈，仔细地调查了保育园庭院的环境、园内孩子们的情况和保育员的素质等，决定好第一到第三志愿之后，就提交了申请。但当听说等着进第一志愿的保育园的孩子有近十个时，小夜子顿时感到手足无措了。其他保育园的等候人数各不相同，但没有一家可以立刻入园的，都只能把名字加到等待名单里。最后，在保育园定下来之前，只能暂时把明里送到至今还反对自己出去上班的婆婆家中。

葵告诉小夜子，只要看到一辆车身印有"AT HOME SERVICE"（居家服务）字样的白色面包车过来，就上车。

小夜子看着伞尖滴落的水滴，觉得自己就跟那些聚集在公园里等待招工中介来的闲人没什么区别。明明是时隔五年重新上班，小夜子却发现自己既没有感觉特别兴奋，也没有觉得紧张，更没有忐忑不安。"随便吧，怎样都行。"她甚至有些自暴自弃地想。

虽然婆婆答应了帮忙照顾明里，但今天早上依然阴阳怪气地絮絮叨叨："我啊，就是不想做那种孩子见不着的妈妈。真想不通那些为了工作而让孩子孤独寂寞的妈妈是怎么想的。"她跟在急匆匆要出门的小夜子的后面，越说越来劲。

九点零五分的时候，小夜子终于看见了葵所说的白色面包车。车绕了个弯，开到了这边。她赶紧从银行前小跑到公交车站的尽头。面包车停在了小夜子的面前，前面的车窗被拉开，一个皮肤干巴巴的中年妇女探出头来。

"上车，坐后面。"她也没问小夜子的名字，像个粗汉般沉声说道。

"您好，我是田村小夜子，请多多关照！"小夜子点头打了个招呼，拉开了车门，里面已经坐着几个女人。大家都只是稍微对她点了点头。

"早上好，我是来自铂金星球的田村……"

"赶紧上车！"坐在驾驶座上的中年女司机不耐烦地打断了小夜子的话。小夜子连忙钻进车里，坐到了驾驶座后面一个金发女子的旁边。这时后面有人拍了拍她的肩膀，小夜子回头一看，不禁叫出声来："楢桥社长！"

葵竟然坐在了后排中间的座位上。

"你怎么在这儿……?"小夜子问。

"这是学习,学习。"葵小声地说着,然后比了个剪刀手的动作。葵的右边是一个头发有点儿发白,绑着马尾辫,稍微有点儿上年纪的阿姨;左边是一个素颜娃娃脸,但看上去快四十岁的妇女。几个女人都沉默不语,葵也一言不发。在这种气氛下,小夜子昨晚在浴室里努力练习的寒暄台词都无法说出口。车里只能听见雨刷的声音。映照在挡风玻璃上方的红色信号灯变成绿色后,车又出发了。雨幕下的中野站逐渐远去。

刚才那种招工中介和无业游民的感觉又浮上心头。这一车人就是女招工中介和一群无法自力更生的无业主妇吧。好像真的就是那么一回事儿,小夜子有些自虐地想着。同时,她清晰地默念道:"船到桥头自然直。"

车跑了近二十分钟后停下了,被女司机叫到名字的金发女子、老阿姨、娃娃脸妇女都下了车,被带着走进了一个公寓。小夜子回头看了看葵,发现她张着嘴睡着了。在车里等了一会儿后,中年妇女独自回来了,然后又一言不发地把车开走了。车又开了二十多分钟后，停在了一栋白色的公寓前。

"下车。"中年妇女说完后，小夜子跟睡眼惺忪的葵一起下了车。雨跟刚才一样，不大不小。

"跟我来。"中年妇女把车锁上，冷淡地说完，两手拿着水桶的边缘往前走。解除了入口的自动锁，上了电梯，按下五楼的按钮。小夜子默默地跟在后面，时不时跟走在旁边的葵对上眼，葵每次都会瞪大眼睛做鬼脸回应。

三人排成一列，在地面光洁的走廊里走着。中年妇女拿出钥匙，打开了506号房间的门。因为公寓外观颇为气派，所以小夜子想着室内估计也是豪华装修，结果门一打开，看到里面的光景后，心里顿时犹豫是否要进去了。

"进去。"听到中年妇女吩咐的小夜子，畏畏缩缩地踏进了房间。这是个仿佛刚经历了搬家，但还是能依稀感受到有人住过的气息的空房子。客厅面积约为十六平方米，与外观相比，室内的物件相当老旧，而且脏得让小夜子浑身起鸡皮疙瘩。地毯上有好几块污渍，从远处就能看到满地的头发，大概是从猫砂盆里掉落出来的猫砂结成块儿，散落在房间各处。墙纸被烟草中的尼古丁成分熏成了夕阳般的金黄色。也不知道主人干什么了，到处都粘有黏黏糊糊的东西。不到四平方米的厨房也十分"壮观"。换气扇上牢牢地沾满了黑色的油，估计即使按下开关，扇叶也无法转动吧。灶台上，油、尘埃和风干后开裂的食物残骸混在一起，铺满了黑黑的一层。小夜子打量着房间，心想：究竟是多久没打扫，才能脏成这样啊。跟着进来的葵，发出了"呜哇"的声音。

小夜子心惊胆战地想：完了，葵可能要被中年妇女呵斥了。结果她一回头，中年妇女却笑着说："小葵应该见怪不怪了吧，你的房间不就是这个样子吗？"

"这人竟然会笑。"小夜子暗自想道。

"过分啊，我的房间可没到这种地步呢。"

"我会好好培训你们俩的，绝不会手下留情，请做好准备吧！"

中年妇女说完，把视线移到小夜子身上，仿佛昭告天下一般地说："这里交给你来打扫。来，这是你们的清扫工具。你，去搞厨房。"女人把装着工具的水桶交给了小夜子。

"小葵负责打扫浴室跟厕所，约十六平方米的客厅等下再打扫。对了，跟主妇的工作不一样，浴室、厨房、玄关，没有必要一个人独自完成。可以由一个人先搞厨房，然后另一个人负责搞浴室。要说这是怎么一回事儿，意思就是让你们各自成为清洁厨房跟清洁浴室的专业人士。这是培训，浴室也好，厨房也好，甚至阳台，我都会教你们如何清洁。你们要找出自己不会输给任何人的地方。好了，你们俩表个态吧。"

中年妇女站在两人面前，像教师一样发言。

"好!"葵像小孩儿一样立刻回应，小夜子也连声答应了。

"啊，对了，忘了说了，我叫中里典子，是一家名叫'居家服务'的家政公司的社长。应该要跟田村小姐合作一阵子，请多关照啊。"女人对小夜子笑了笑。

虽然被告知要去打扫，但小夜子完全不知道到底该从何开始。暂且先把水桶装满水，用清洁剂开始擦洗水槽。

"等等，在清洁水槽之前，应该提前做好准备啊。你有脑子的呀，用用脑子。"耳边突然响起了中里典子的声音，小夜子扭头一看，发现她颇有气势地站在身后。

"这里有热水呀！你看，这个，这个，还有这个，是不是应该先把能拆下来的东西都拆下来，然后用混好洗洁精的热水把上面附着的污垢泡软。等待期间，可以先把能擦得动的地方都擦一遍。好了，你的回答呢？"

"好的，明白。"小夜子小声回答完之后，堵上水槽的塞子，开始放热水。她寻思着是否有橡胶手套，翻了下水桶，没有找到。水桶里面只装着无数的小抹布、各种清洁剂、一次性筷子，还有牙刷。

"你在找手套吧?"从背后传来中里典子的声音，"这里可没有那种东西。你知道吗? 搞卫生时，最信得过的是双手，自己的双手。检查是否有残留污渍的时候，上手一摸，那种触感立刻就能感觉到。一摸那光滑度就知道，污渍全部被清洁干净了。如果你戴了手套，可不会感觉到啊。而且，我们公司用的都是天然材料制作的洗洁精，没那么伤手。伤手的强效去污清洁剂虽然效果显著，但不仅伤手，还对人体有害，不过，最近很多地方为了省事，还是会用啊。”

中里典子抱臂站在小夜子身后，唠唠叨叨地越说越来劲了。小夜子刚想回头仔细听，中里典子又提醒道："一边干，一边听！"

小夜子只好小鸡啄米般地点头回应着，同时开始拆卸燃气灶支架和排气扇的扇叶，然后把它们泡进装满热水的水槽池里。不管她的手触碰到哪里，总有种黏糊糊洗不干净的附着感，让人感觉很不舒服。

小夜子把油腻腻的排气扇扇叶浸入热水中，寻思过去自己曾天真地以为只要开始工作，一切就会好起来的。然而，果真如此吗？

昨天跟修二提起找的是关于清洁打扫的工作时，他用一种嘲讽的语气说："什么啊，那不就是清洁大妈吗？"虽然小夜子听后火冒三丈，但也不得不承认事实就是如此。自己不仅现在要辛苦清洁不知道什么人用过的燃气灶支架，而且回家后还要忍受婆婆没完没了的挖苦，说不定这会儿明里正在号啕大哭呢。这样的日子真的会有好起来的一天吗？

"不要这么用力啊！"当小夜子刚开始用海绵擦灶台时，身后的中里典子马上出声提醒，打断了她纷乱的思绪。

"试试看轻轻地画圈擦拭？"小夜子按照她的指示，放松力度，不断地打着圈儿擦拭灶台，能慢慢地感受到手腕逐渐轻快了起来。中里典子确认小夜子已掌握了要领之后，又转去浴室开始指导葵。小夜子好奇地伸出头，想看看葵进行得怎么样了，但却被门挡住了视线，看不见浴室里面的情况，只能听见声音在回响。

"呜哇，出来了像海藻一样的东西！"

"不需要对每样东西都说感想！"

小夜子仿佛在听相声一般，忍不住笑出了声，她再次开始拭擦燃气灶支架。擦着擦着，小夜子有了一个有趣的发现——自己真的能够辨认出污渍被完全清除掉的瞬间了。用海绵打圈擦拭油污时，感受到的阻力会逐渐变小，然后在某个瞬间，那个位置仿佛出现了一个空洞似的，阻力完全消失不见了。放下海绵，她用手在那块不锈钢上摸了一圈，真的如中里典子所说的那样，手能感觉到污渍被清除的那部分光滑得毫无阻力。

当体验到了完全清除污渍的瞬间后，小夜子站在布满油污的厨房中央，虽然在抱着迎难而上的心情，努力地去擦拭地板跟架子，但却越发觉得有趣。她先挤压海绵，让洗洁精均匀地分布在其之上，然后用海绵在地板的其中一个地方不断地打圈。随着顽固的油污逐渐变薄，小夜子的脑海中也慢慢地变成了空白。婆婆在耳边永无休止的讽刺和唠叨消失了，保育园的候补名单消失了，工作选择是否是正确的自我问答也消失了，脑海里只剩空白在不断扩散。小夜子感到那片空白让人舒服得想要永远保持这种状态。

房间大扫除虽然未能全部完成，但那天的工作在五点前就结束了。面包车载着葵和小夜子，按早上的路线原路返回，上午在各地下车的女性们陆续上车，朝着中野站驶去。她们都是一副非常疲惫的表情。

小夜子坐在驾驶座后面，频繁地看着手表。葵嘱咐过，让小夜子回一趟事务所，填写工作日志。现在从这里去事务所最快也要六点才到。写完工作日志，大概六点半从事务所出发……，之前她跟婆婆说的是六点前会去接明里。

"我可以打个电话吗?"静悄悄的面包车里，小夜子战战兢兢地问道。

"打给谁呀?"坐在副驾驶座的葵转过头来问道。

"是这样的，我拜托了我婆婆帮我照顾孩子……，如果不提前跟她传达可能会晚到的事，会被她训斥的。"

想象着婆婆讽刺自己的话语，想要活跃一下自己快要跌落至谷底的心情的小夜子，故意用一副很轻松的口吻说道。

"那样的话，田村啊，工作日志你在家里写也可以哦。从中野站直接回家比较好吧。"

"可以吗?"

"可以啊，只是写工作日志而已嘛。你婆婆，对吧?

田村，你的婆婆很烦人吗？"

葵保持着转过身来的姿势，用一脸好奇的宝宝看漫画时急于知道后续的表情，接连问道。

"与其说是烦人，不如说是会出言讽刺，那可真是很不得了啊。"小夜子有点儿在意同车的别的女性，凑近葵的脸小声说道。

可是葵却伸出握紧的拳头，认真地说："呜哇，会出言讽刺啊，那样的人，应该打飞她啦！"

原本在车里一直保持沉默，各自看着不同方向的女性们，略微尴尬地互相对视了一眼，下一瞬间，大家同时笑了出来。就连驾驶座上的中里典子也笑得头快要撞上方向盘了。车内满满的疲劳感一瞬间消失了，空气中飘散着的彼此之间的隔阂也不见了。

"就是啊，打飞她就好了。"金发女子笑着说道。

"要是真能打飞她，就不用受那么多苦啦。"娃娃脸妇女回应道。

"不是啊，现在的女性都很厉害，就这种程度，肯定没问题啦。像我们那时候啊，就只能默默忍耐啊。"老阿姨开始说起了自己当年的辛酸史。坐在驾驶座上的中里典子笑到停不下来，一边开车，肩膀一边抖动。

小夜子与其他女性一起在中野站下了车，跟大家打了招呼之后，就飞奔跑去车站入口，却在途中被叫住，她转过头一看，只见葵挥着拳头喊道："田村辛苦啦！不要输给那个老太婆啊！"

不知道名字的女人们也都笑着朝自己挥手。小夜子向大家深深地鞠了一躬之后，融入入口的人群之中，顺着楼梯一路跑到月台。赶在车门关闭前成功跳上电车后，小夜子擦着从额角流下来的汗水，回想起葵那句台词——"不要输给那个老太婆啊"，偷偷地笑了出来。就跟自己对"社长"这个词的印象是那种浑身上下都是名牌、穿金戴银的女性那样，葵想象的，一定是漫画跟俗套的电视剧里才有的，婆媳两人不加掩饰地激烈斗争的世界吧。

小夜子看着车窗玻璃上微微映照出来的头发凌乱的自己，小声地说道："可不要输啊。"

第二天，中野站的三菱银行前站着一个似曾相识的人，但不是葵。意识到这一事实后，随之而来的失落感超出了小夜子的预期。虽然立刻就能想起这个人是自己被录用的那天在铂金星球里见过的年轻社员，但就是想不起来对方的名字。反正先打个招呼，小夜子向这位看上去十分年轻的女性点头致意："您好，请多关照。"

年轻的女性凑过来，用亲昵的语气问道："哎哟，你昨天也在，对吧？怎么样？很辛苦吗？"

九点五分刚过，天空变得有点儿阴沉的时候，中里典子的面包车开到了马路交叉口的环岛这边，小夜子跟年轻女性一起上了车。面包车里坐满了与昨天不同的新面孔，坐在小夜子身旁的年轻社员接连不断地跟小夜子小声搭话，小夜子随便地点头回应着。与此同时，她想起了年轻社员姓岩渊，二十五岁左右，互相打招呼的时候说过自己之前曾在出版社打工。

小夜子和岩渊被带到了昨天的那套公寓里。按照指示，小夜子负责厨房，岩渊负责房间的扫除。中里典子寸步不离地对岩渊进行一对一指导。小夜子一边用铲子铲着换气扇上的顽固污渍，一边听着从不远处的房间里传来的热情的指导声："天花板上的灰尘掸是掸不掉的，用你的脑子思考一下啊，脑子总是有的吧？地毯擦了也没用，要拍打！明白吗？"

"就觉得，啊——好累啊！受不了啊！事前没跟我说是这样的啊，真是难以置信，这是真的吗？"

午饭时间，两人进了快餐店，才刚坐下，岩渊就露出悲伤的表情，展开抱怨。

"你看啊，我的妆都掉得七零八落了吧？啊，话说回来，田村小姐没有化妆呢，真是的，应该早点儿告诉我嘛，其实是沉重的体力活儿这件事。"

眼前的岩渊脸上的粉底确实已经脱落，她正板着脸抱怨个不停。小夜子只是含糊地点头，用已经被水泡得发胀的手指剥开汉堡包的包装纸。

"我啊，说真的，要找楢桥社长谈判，让长谷川呀之类的来替我。我的腰啊，很脆弱的。不是假装体弱，是天生的，背脊的骨头发育得不好。楢桥社长也真是的，也真够神经大条，根本没有好好跟我说工作内容。"

岩渊还在抱怨，只有咬汉堡的时候才会停下来，咀嚼跟吞咽的时候依然能够说个不停。第一次见面的时候，完全没想到她是个这么能说的女人。岩渊的话语仿佛连绵不绝的雨水，小夜子依旧含糊地回应着。

"也许是因为她不重视我们吧。可是啊，我觉得我们公司的社长啊，也不是能好好规划未来的人，感觉还是有股学生气。还不是因为有山口在，经营方面才能混得过去嘛。每次只要被问：'楢桥社长，这样如何？'她就会立刻点头答应。我比社长年轻，这话本不该我说，但她真的太随便了。说到底，还是没有工作经验造成的。像我这样的人都曾在大出版社工作过五年啊，在我看来，社长做事情过于天真了。"

小夜子察觉到，墙壁上的镜子映照着两人的身姿。岩渊身材矮小却体格结实，脸上的粉底顺着汗水流下来，在各处结成块状。衬衫的腋下部位，还留有明显的汗渍。而坐在她对面的自己，头顶上的头发仿佛裙带菜一般，湿答答的，耷拉在脑门儿上，人也因为没有化妆，看起来有些病恹恹的。

"田村你还不知道吧？我们的社长可是个了不得的人。"岩渊发现小夜子有些心不在焉的，特意凑近她耳边小声说。

"了不得？是指她很能干的意思?"小夜子问。

"不是。她有了不得的经历，听说曾经上过报纸呢。"

"类似'天才少女'的那种新闻?"虽然岩渊的说话方式让人有些不舒服，但她的话还是激起了小夜子的好奇心。

"才不是。那个人看起来像天才吗？是那种曲折离奇的人生经历。你想啊，报纸上刊登的不都是些案件啦事故啦什么的这种大事件嘛。"岩渊一边舔着手指上的番茄酱，一边得意扬扬地说。

小夜子刚想再详细地多问几句，可下个瞬间眼角瞄到了店里的挂钟，只好催促道："岩渊，我们得赶紧回去了。"

小夜子从座位上站起来，迅速地收拾托盘上的包装纸和纸杯。岩渊则刻意长长地叹了一口气。

回到公寓后，小夜子一边用海绵清理布满油垢的墙壁，一边默默地沉思着。她有时会悲观地认为一切都很糟糕，以至于不喜欢出门去工作，就是因为怕遇见岩渊这类人。在她的大学时代，在更年轻些的少女时代，还有几年前在电影发行公司工作时，总能遇到一些像岩渊那样的人，她们会悄悄地接近自己，装作态度友好，用一种随意的语气肆意说些别人的坏话，然后还故意引导自己去附和，等反应过来时，发现自己已经沦为牺牲品了。最近，那个曾经一度隐没在脑海中的疑问又再次浮现：自己为了可以出门工作，不惜想尽办法在保育园的排队名单中写上明里的名字，但这么做有意义吗？为了打消这个稍微一想就停不下来的疑问，小夜子不断地用海绵对着墙壁画圈擦拭。被海绵擦拭着的油垢还是没能被清理干净，而泡泡却变得越来越多，海绵也越来越湿重。里屋的中里典子又开始喋喋不休地训斥："你看，我说了，清理这样的地方就要用一次性筷子，就凭你粗胖的手指头，是伸不进去的。你懂不懂？"

　　小夜子在中野站下了车，和岩渊一起回到了事务所。

岩渊喊着腰部很疼，抱怨为什么事务所的楼道里没有安装电梯，最后还是跟在小夜子身后，慢吞吞地走上了楼梯。小夜子低头看了一眼手表，时间恰好是四点半。她默默算着自己写完今天的工作日志后，离开事务所的时间估计是五点，那么，五点半前去接明里回家应该来得及……低头想事情的小夜子在三楼楼梯拐弯处迎面撞到一个正在下楼的男士。

"对不起!"小夜子马上向对方道歉，抬眼看见前方站着的是个有点儿眼熟的年轻男士。

"哎呀，是木原先生!"身后的岩渊说道。

小夜子这才想起自己曾在被录用的当天见过对方，听葵介绍说他不是事务所的正式员工，只会在业务繁忙时过来帮忙。

"啊，两位辛苦了! 这是刚回来?"木原笑眯眯地说着，停下了脚步。

"是呢——，实在太糟糕了! 楢桥也太过分了!"岩渊大声嚷嚷着。

"做的是什么工作呀? 听说田村你也在做。"木原随意地靠在楼梯栏杆上，转头询问小夜子。

小夜子刚准备回答，岩渊就抢先说道："是做清洁打扫的工作，完全就是辛苦的体力劳动，木原，我说的对不对?!"岩渊抱怨完，直接就蹲在了楼梯上。

"楢桥是想让田村打头阵，组织一个清扫团队吧。"

"楢桥第一天的时候去过，应该是清楚工作内容的，但事先什么都没和我说，害得我的腰又疼了。"

这两人看起来像是要谈论很久的样子。小夜子再次看了看手表，然后抬头观察了一下面前的两人，估摸他们还要继续聊一段时间，只好小声说："对不起，我先走了……"她转身独自一人继续往高楼层走去。

突然，木原叫住她，等小夜子回过头，便听见他说："下一次再和我说说关于怎么清洁打扫的事吧。"

说罢，还微笑着朝她挥了挥手。木原的热情态度不知为何让小夜子感到很不自在，她轻轻地点了点头，脚步匆忙地再次向上方楼梯走去。耳边远远地传来岩渊幽幽的声音："你想知道清洁的事吧，让我来和你说一说啊。"

回到事务所后，小夜子发现所里只有葵一个人在。葵坐在餐厅桌旁，看起来像在忙着什么。当见到小夜子走进门，便像个学生似的朝对方说了一声："啊，你辛苦啦！"

站在一旁的小夜子有些手足无措地问："不好意思，请问我用哪张桌子？"葵抬手指向自己正对面的座位。而这张餐桌上堆着CD、杂志、录像带和明信片，满满当当的。小夜子在葵正对面的空位上坐了下来，迅速收拾了一下面前的杂物，清理出一点儿空余位置，紧接着，从包里拿出笔记本，摊开放在桌上。事务所里很安静，葵嘴里衔着一根香烟，一边用手把玩着打火机，一边盯着小夜子摊开的笔记本。

"今天典子还是很严厉吗？"葵突然开口问道。

"还是非常严厉。"小夜子笑着回答。

"她呀，原来只是个普通的家庭主妇。我们第一次相遇是在旅行期间。当时典子和她的旅游团走散了，刚好我在独自旅行，她一个人人生路不熟的，所以主动找到了我。"葵跟小夜子讲述她和典子相识的过程，顺手点燃一根烟，继续说，"她那时候无法生育孩子，正在烦恼中，所以和朋友一起经营家政服务业的公司，谁知道刚做出一点儿成绩，她就怀孕了。我当初遇见她时，她还是一个沉默寡言的人，自从经营了公司，当然主要还是成为妈妈以后，她就转变为一个既有魄力又有胆识的人了。"

葵的话音刚落，小夜子抬头问葵："中里她已经有孩子了?"

"是的。一个在读小学一年级，一个在读保育园。应该是生了第一个孩子以后很快就生了第二个。"

"她的孩子竟然还那么小?!"小夜子吃了一惊。

"她生孩子晚呗。而且她曾经和我说过，要是不想生孩子也就罢了，想生的话最好早点儿生，因为女人的体力在二十岁、三十岁和四十岁这些时间段，区别是非常大的。中里在接近四十岁的时候，才生了第一个孩子，加上事业又刚有起色，那段时间她过得非常艰难啊。"

小夜子听得入迷，猛地想起要抓紧时间，再次确认时间后，又匆忙继续写工作日志。

"对了田村，我们事务所每个月会举行一次名为'职业联谊会'的集体聚餐，本月的聚餐你也来参加一下吧，就当作是你新加入公司的迎新会。如果你哪天有空，提前和我说一下吧。"

小夜子再次抬头说："那我要先和老公商量后再答复你……"这时候的她才想起，在这三年里，除了用作购物的那一点点时间，几乎从未发生过因为自己要一个人出门，而把明里交给老公照顾的情况，所以，她不知道自己最后能不能去聚餐。

"是的，你说的对。你们商量好后，就告诉我一声吧，在周六也是可以的哦。"葵说完，就动手把桌上一大堆的CD和录像带一股脑儿地都扔到纸箱中了。

小夜子一边低头写着工作日志，一边在心里默默地想：如果自己周六去聚餐的话，修二应该能够帮忙照看明里。可以让公司这边早点儿开始聚餐，自己也可以中途离席。小夜子认真考虑怎样才能顺利地去聚餐，甚至自己都感到有些意外，原本自己不是最不喜欢和不熟悉的人一起坐下来吃饭喝酒的吗？为什么这次聚餐却非常想参加呢?

原来自己是想要遇见经营公司的同龄人葵,摇身一变成为既果敢又严厉的妈妈的中里典子……当然,她也期待着能遇见更多有趣的人。小夜子期盼着能和他们有所交流,更希望能从他们口中听到对于她出来工作一事的强烈肯定。

"哎呀,下雨啦。"

听见葵惊讶的话语,小夜子望向敞开着的窗户。连窗边的桌面上也满满地堆积着大量的杂物。豆大的雨滴滴滴答答地落在玻璃窗外,眨眼间,它们连成了条条雨线。

4

"肉桂可可和香草雪糕可丽饼。"鱼子说。

"喜客①的海鲜比萨。"葵说。

"SAZABY②的背包。"

"你要说这个的话，那我就要FRANDRE③的连衣裙。"

"等等，这样说下去就变成自己想要的东西的大比拼了。不是说好了要讲出自己喜欢的东西吗?"鱼子说完便拔下手边的杂草，向躺在草地上的葵的身上扔去。

"啊啊，别这样!"葵夸张地大喊，人却在草地上滚来滚去，哈哈地大笑着。

"那我们再重新说一遍。生鸡蛋拌饭!"鱼子改为盘腿坐着，一点儿都不害怕走光。

---

① 起源于美国的比萨连锁店。

② 日本包的品牌名。

③ 日本时装公司的名字。

"那么，我要《小王子》。"横躺在草地上的葵说道。

"哎呀，真是少女的品位啊。那我喜欢大卫·鲍伊①。"鱼子还是不停地拔下长长的小草，朝葵丢去。

"我喜欢佐野元春②。"

"啊，佐野元春?！你可以啊，小葵！我更喜欢尼亚加拉。"鱼子舒展原本交叉盘坐的双腿，顺势跟着躺倒在草地上。

"南天群星③也不错哦！"

"没错，我也喜欢！"

"不知道他们会不会来嬬恋，这里距离嬬恋不远吧?"

"哎，原来你真的什么都不知道啊。嬬恋离这里很远啦。你还真是个城里人，怎么还会以为在同一个县里的

---

① 英国摇滚歌手，演员。

② 二十世纪八十年代，日本标志性的流行摇滚王者。

③ 日本著名摇滚乐队。

各个地方都相距不远呢？你是不是真的认为草津、水上和北轻井泽都在同一片区域啊？"

鱼子说话的时候，手还是不停地把小草往葵身上扔去。细长青绿的草丝纷纷落到葵的脸上，她嘻嘻哈哈地躲开了。在两人静卧不动的时候，不远处的小河的哗啦哗啦的流水声瞬间变得清晰可闻。虽然葵并不认为矶子区是什么大城市，但她喜欢鱼子说自己"真是个城里人"，这样的自己听起来挺厉害，很有来头。

仰面横躺在草地上时，眼中满是蔚蓝的天空，棉花糖般的朵朵白云缓缓地往远处飘去。

"啊——"躺在旁边的鱼子突然大叫起来。葵侧过脸看去，娇嫩的耳朵被草尖戳得有些疼。

"怎么啦？"

"嬬恋距离这里很远，北轻井泽也很远，连前桥和高崎都离得很远，东京什么的，就更远啦。"鱼子的语调仿佛唱起了歌。

"虽是这么说的，可真的算起来，距离也没那么远啦。到了高崎，要去东京的话，坐一趟车，不久就到了。"鱼子听见葵的话语，转头看着葵。横躺在草坪中的两人静静地相互对视了一阵。

"我觉得有些饿了，去吃点儿东西吧。要不去吃章鱼烧吧，或者去安丸的拉面店也挺好的。"鱼子突然微微别开视线。说完她就站起身，双手轻轻地拍打着没过膝的短裙，星星点点的细微尘土和草枝在阳光下飞扬到空中，这个画面印在了葵的眼中。

"我想吃蛋糕了，而且还得是长谷川的甜点套餐。"葵跟着缓缓站起身来说道。在不远处的一片宽阔河滩上，缓缓向远方流去的清澈河水中倒映着蔚蓝的天空。

"我的钱可不够吃甜点套餐哦，最多只有三百五十日元。"

"哇，真的没钱啊！"

"那你请客吧。"

"我才不要请你呢！那就去吃章鱼烧吧，我可以请你喝饮料！"

"太好了！"鱼子把黄色书包斜挎在身上，沿着河边的小路蹦跶起来。葵紧紧地跟在她的身后，河水流动的声音不断传入两人耳中。望向小河对岸，会看到近处一大片空阔的农田和远处拥挤的楼群，不过都是些四五层的楼房，高楼一栋也没有。

在校门前的公交车站搭乘与回家方向相反的公交车，大概只要十分钟，在马路边的车站下车，步行一段距离，就到了渡良濑河河边。这里有堤岸、河滩，河里遍布着高于水面的鹅卵石。虽然葵觉得这不过是一条普普通通的河岸，但这个地方却是鱼子常说的"秘密基地"。鱼子滔滔不绝地向第一次来这里的葵细数着这个地方的好处：别的学校的同学不会过来；极少有行人来往；要是遇到下雨，跑到桥下躲雨只需三分钟；另外，在这里望见的天空是最广阔的。

渡良濑河对岸有一条废弃铁道，周围长满了荒草，比起什么桥下啦，最广阔的天空啦，葵更喜欢那儿。鱼子说废弃铁道看着有些阴森可怕，可葵觉得踏进荒草地，沿着长长的铁轨走下去，让她产生了一种可以自由地通往任何地方的感觉。

葵一路上紧紧跟在鱼子身后，走在河岸边上。小飞虫嗡嗡地在耳边围绕，当葵刚抬起手驱赶它时，小飞虫已经飞到别处了。老人牵着褐色的小狗，从马路对面走来，与她们擦身而过。鱼子一直在哼着些无名小曲。

就在暑假结束后，刚开始第二学期时，之前四月里逐渐聚集的小团体成员间的关系变得越来越亲密了。葵所在的那个小团体，原本只是因为座位离得近，所以偶尔在一起玩儿而已，最近像是受到了什么影响，产生了让人惊讶的内在联系。小团体成员们不仅没有共同爱好的音乐和书籍，而且相互之间也没有打扮成相似的模样，可以说是几乎没有共同话题，可出奇的是大家都不谋而合地一起行动。葵也尽最大努力让自己不被剔除出小团体：她会做好野泽庆子的听众，听对方讲不知所云的动漫故事；还会和平林可奈提出多多展示其收藏的明星影集，可实际上她并不喜欢明星；她还会跟下平奈津惠借阅少女漫画；尽管会听得人情绪低沉，可她还是会聆听高野麻美子讲述在医院发生的故事。

每天放学后，葵几乎都会和鱼子见面，不见面的时候，就会给对方写信、打电话什么的，可是在学校时，并不会和她并肩而行。鱼子依旧和以前一样，不属于任何一个小团体，如果她想和谁说说话，就会在必要时笑嘻嘻地选择一个适合的小团体，加入到她们的对话中去。事实上，葵在学校时，也想继续和鱼子一起玩，可理智提醒着她这么做非常不妥。葵隐隐约约觉得鱼子总有一天会被大家打上不讨喜的投机分子、两面派或是怪物的标签，那时候她一定会被全班同学排斥在外的。她害怕要是自己和鱼子的关系被别人发现了，将来会受牵连。

葵清楚自己心底看似精明的谋划，对这样的自己感到憎恶，甚至想着如果鱼子知道后朝自己发脾气就好了。比如跟大家戳穿葵的所作所为是狡猾自私的，或是大声呵责葵才是两面派，以后跟她再无往来，等等。可是鱼子从来没有遇见过正在小团体内活动的葵，也没有对着胆怯到放学后才会鼓起勇气和她见面的葵口出怨言。

"哎呀，马上要到换冬装的时候啦。这次我想找家店裁剪一下，把冬裙改短些。"

听到葵的想法，鱼子回过头来笑着说："说的没错，要不你顺便把外套也裁短一点儿？就是担心要花很多钱。"

"为什么？外套不是长一些更好看吗？我还想再买一件大一号的外套呢。不过因为柜子里的还可以穿，所以爸妈是绝对不会允许我再买件新的外套的。"就在这时，葵听到有人喊自己的名字，她停下来，转身寻找对方。鱼子仿佛没有察觉，继续迈步向前走着。葵看见十米外有一辆特意缓慢行驶的出租车，立刻认出那就是爸爸的车。爸爸一边降下车窗，一边挥手高喊葵的名字。这动作让葵感到有些尴尬，眼看出租车朝着自己开过来了，她担心这会让鱼子看见坐在出租车里的爸爸。

"啊啊啊，公交车到了！快跑啊！"就在此时，葵恰好看见前方驶来的公交车车顶，车明明距离前面还在走的鱼子有着很长一段距离，可她还是趁此机会大声提醒。虽说夏天早就过去了，但是越来越近的公交车依旧是晃晃悠悠的，仿佛热得疲惫无比。

"喂——！小葵——！"身后再次传来爸爸长长的呼叫。葵并没有回头答应，反倒是冲到鱼子身边，一把抓紧她的手，拉着她快速跑到了车站。爸爸到底是发现了葵是故意不理睬自己的，后来就再也没喊她的名字。

就在两人坐上公交车最后一排的座位的时候，葵一边气喘吁吁，一边眼睁睁地看着爸爸的出租车从公交车旁开过去了。

"啊啊，终于赶上了！小葵你跑得真快！"旁边的鱼子也跑得上气不接下气。

葵从后车窗眼睁睁地看着逐渐远去的出租车，暗自思忖：其实让鱼子和爸爸见面也没什么关系，可自己为什么要拼命阻止他们见到对方呢？无论是看见驾驶着为吸引乘客而布置得花里胡哨的出租车的爸爸，还是和因怯弱而费尽心机的自己在一起，鱼子都不会到处乱说话的。葵重新朝前坐好，调整好呼吸，她认为倒不是鱼子不会针对自己说一些坏话，而是鱼子本就是一个很少用恶意的眼光看待身边事物的人。当然，她也会说一些类似讨厌老师的抱怨，有时也会骂一些在这个闭塞落后的小城里发生的事情。

举个例子，她是个爱用"我喜欢"来代替"我讨厌"的人，不会说"我搞不定"，而是会说"我要做"。遇到懊恼的事也不会把烦恼转嫁给别人。并且，鱼子并不让人觉得她是刻意在人前展现出好孩子的表象，葵真的认为她的说话态度是一种无意识的温和。鱼子肯定从小身边就充满美好的事物并生活在幸福的氛围中，在她的成长道路上，肯定有人为她无声无息地清除了丑恶、肮脏，让她远离所有会打击或是伤害她的事物。

鱼子的眼里根本就不存在任何负面悲观的事物。

葵发现鱼子的特点，全靠妈妈这段时间的变化。在搬来这座小城半年后，妈妈便找到了新工作，工作时间是每天的上午九点到下午四点。和半年前刚搬来时相比，妈妈像是换了个人。

"你今天回来晚了一些。"正在熄着灯的厨房里干活儿的妈妈看见刚回家的葵，满不在乎地说，"换完衣服洗好手后，进来厨房搭把手。"

"好——"葵装作高兴地应和着，人转身上了楼梯，回到了自己的房间。关上门后，脑海里满是在橙色夕阳的照射下，站在厨房里的妈妈忙着干活儿的身影。随之她幽幽地呼出一口气，把纷杂的画面按了下去。

葵把脱下的校服挂好，换上家居服卫衣和牛仔裤，走下楼，来到厨房。

"哎呀哎呀，今天的晚饭是饺子啊，真开心呢！这段时间吃的怎么都是老人餐呢？"葵一边说着，一边把手伸进水槽清洗。

厨房里依然关着灯，这让外面夕阳斜射进来的橙色光线看起来更浓郁了。

"我看在A消费合作社卖的鱼和肉呀，也太不行了吧！颜色都变了，怎么还放在店里卖给客人呢？所以，你就别嫌弃家里老是做什么素食老人餐了，店里只有蔬菜是没变质的。可今天卖的韭菜也很糟糕，都蔫儿了，看着就跟动物饲料似的。真不知道该说什么了。街道上的邻居都没有意见吗？还是说他们从前就没有见过好东西，所以根本没法儿比较？"

妈妈一边用一只手搅动着盆里的饺子馅儿，一边愤愤不平地跟葵抱怨着。好不容易停下来后，又指使站在一旁帮不上忙的葵说："帮我把那个不锈钢盘子拿出来。"

"妈妈，附近有店铺可以把裙子裁短一些吗？岩桥洗衣店的手艺怎么样？"

葵来到桌边，用勺子从桌面的大碗中挖出馅儿，放进饺子皮儿里，迅速捏成形。刚把话说出口，葵就知道自己说错话了，但为时已晚，妈妈接过话题，开始喋喋不休。

"这附近没有正经改衣服的店铺。那家岩桥洗衣店是个老头儿开的吧，去他那里洗衣服价钱很贵，真想问问他是不是在逗我们玩儿。你看，我们不都一直把衣服拿去白洋舍改吗？因为那里很不错啊，不仅手艺好，而且态度也很棒，品牌店就是不一样。"

葵不知道妈妈为什么要强调所谓"品牌店"，以前的她从来没有说过这种话，经常去白洋舍只是因为那里离家里很近而已。妈妈不仅会看准时机冲进打烊前的西友超市抢购折扣牛肉，而且还会为自己这么精打细算而得意扬扬呢。

葵站起身来打开了厨房的灯，耀眼的橙色阳光瞬间消失得无影无踪。她刚想开口说刚才在放学路上碰见爸爸了，不知道他今天会不会回家吃饭，但转念一想，这同样不是适合现在说的话，便赶紧打消了念头。

"小葵，你觉得吃通心粉沙拉好，还是土豆沙拉好？"

"嗯……通心粉沙拉吧，最好加点儿黄瓜进去。"

"好嘞。"妈妈嘴上应和着，却从冰箱里拿出了土豆。葵看了一眼，什么都没说，手上不停地包着饺子。

妈妈的变化有这些：她变得闷闷不乐了，人也爱发牢骚了，往日那种傻里傻气的开朗笑容也渐渐地消失不见了。但让葵最难以忍受的是妈妈的记忆变得混乱了。在妈妈的记忆中，她住在矶子区时，过的是类似公司高管的夫人的生活。穿的衣服是商场里的名牌货，吃的食物是进口超市卖的有机食品，出门购物坐的是出租车，周末时一家三口还会去豪华餐厅用餐，平日会经常去看文化展览，或是和有钱太太们一起吃午饭。眼看着妈妈说的全是这些"回忆"，葵越发觉得不安，非常担心妈妈的脑子是不是出问题了。但是，当妈妈仔细复述完这些并不真实的"回忆"后，又会紧接着说起对于现在的生活的不满："和那时候的富裕生活比起来，在现在这个地方的生活实在是……"因此，葵判断妈妈的精神还算是正常的。她明白妈妈搞出这些不存在的妄想和错乱的记忆，就是为了污蔑现在住的城市是多么不好。

到了晚饭的时间，爸爸果然没有回家，只有葵和妈妈坐在桌边。电视屏幕一直在播放着节目，传来的声音很吵闹，可奇怪的是房间里的两人却安静无比。

"妈妈，在酒店的工作怎么样？做习惯了吗？"葵仿佛是受不了那难受的沉默，问道。搬家后，妈妈先去了一家高尔夫球场做钟点工，因为工作得很不顺利，不到三个月就辞职了。后来，在上个月，找到了一份在酒店做清洁的工作。

妈妈一边盯着电视，一边漫不经心地说："怎么会习惯？我原本就不喜欢干这些，不就是因为这个城市没有公司招聘文员和会计什么的吗？在酒店里工作的大妈不仅素质差，而且还喜欢背地里说人闲话，说的都是些无聊的八卦。"

葵收起手里的筷子，心底里轻轻地叹了一口气。窗外的夕阳早已隐没，只剩下漆黑。

电视屏幕正播放着广告。

"哎呀，你这就吃完了吗？别减肥了，影响身体健康。"妈妈看了一眼葵的饭碗后，嘀嘀咕咕地说着，然后用拿着筷子的右手把遥控器拨到跟前，转换频道。

"今年寒假我想去滑雪。他们说坐车去雪场很快就到了。妈妈，你会滑雪吗？"

葵把剩下半碗饭的饭碗放回到托盘上，起身把托盘放进水槽。

"怎么才到九月份就惦记着寒假了？小葵，你是不是开始讨厌学校了？"妈妈虽然神色平静地和葵说着，但目光依旧恍惚地黏在电视上，同时手拿着筷子悬在半空中。屏幕上的侦探剧的主题曲传进昏暗的厨房里。

"你现在在干什么呢？"葵把电话连线带话筒扯进房间，打给鱼子。

"我正在看书。"

话筒对面，除了鱼子的声音就没别的声响了。葵一直没有去过她家，不过可以想象到鱼子的家相当安静宽敞吧，而且家里人也都经常不在家。葵正握着话筒，把电话线扯进了自己的房间，可电话线的长度又不够，只能紧挨着房门打电话。葵心想：鱼子应该不需要像自己这样费劲儿地打电话吧。二楼的电话是葵求了半天，家人才同意安装的。

"是什么书呀？"

"是以前跟你借的那本《小红帽》，本来以为讲的是'小红帽'的故事，谁知主角却是个东大男生。"

"但是内容很好看。"

"嗯。我不喜欢光看文字，有图画的才能看下去。"

虽然两人放学后才分开没多久，但听着鱼子那天真烂漫如同孩子般的话语，葵突然变得非常想念她。她想从这个被妈妈的悲观消极一点点腐蚀的房子里逃出去，想和鱼子一起待在一个美好的、明亮的地方，一直快活地打闹着。

"对了，葵，我们周六约在哪里？去花泽书店吗？"

"是的，就约在那里吧。虽然什么都买不起，不过还是可以到处逛逛的。"

"买不买得起不是问题，只要能和你待在一起，我就很开心啦。"

葵突然不说话了，鱼子也沉默不语。两人每次通电话都不是因为有特别的事情，但总会有人先打电话给对方，开始聊天，最后两人不约而同地安静地听着听筒里的沉默气息。连接双方的无声沉默并没有让葵觉得尴尬，也没有产生为了打破沉默而故意说些什么的想法。听筒里鱼子轻轻的呼吸声清晰可闻，葵细细想象鱼子现在待在哪里，眼睛又在注视着什么。

"葵，你小时候看过一部名叫《红发少女安妮》的动画片吗?"鱼子突然问道。

"没看过，但我曾经看过原书。"

"故事里面好像是有个名叫戴安娜的女孩子吧? 是安妮的漂亮朋友。虽然两人的家有些距离，可还是能互相见面。她们没有电话，所以晚上两人就拿着油灯，站在自己房间的窗前，用书挡在灯前传送信号，灯光一闪一闪的……"鱼子缓缓地复述着书中的情景。

"欸，有这段内容吗?"

"我不知道原书里是怎么描写的，但我在动画片里看到过。说是两人每天夜晚都在窗前看着对面的闪烁灯光。"

"是吗?"

葵说完又不再开口了，随即鱼子也沉默了，似乎一切尽在不言中。葵从昏暗的房内抬头望向窗外，点点亮星挂在安静的夜空中。

"要是我们也能学着安妮她们那样，在家用手电筒打信号就好了。"葵说。

"我们可以打电话!"鱼子笑着说。

"别煲电话粥煲那么长时间!"楼下传来妈妈生气的责备。葵慌忙用手捂住话筒，却来不及了，鱼子还是听到这话了。

"明天见，放学后老地方见。拜拜——"

在鱼子轻快地挂了电话后，葵依旧呆呆地听了好一阵子话筒里的挂断音，才把话筒放回去。楼下电视里播放的侦探剧声音嘈杂，男女主角激烈的争吵声充斥在整个二楼走廊里。

进入十月后，学校的同学们都换上了深蓝色的冬装校服。葵发现微妙的气息渐渐弥漫在原本平静无波的班级中。葵不知班里是否有同学和她一样提前敏感地觉察到了变化，并且一种不好的预感悄悄爬上了她的心头。

某一天，葵的预感应验了。

午休时间，趁着平林可奈离开教室去小卖部买东西的时候，进藤春花走到葵的小团体旁，开始说道："我说，平林最近是不是有点儿怪啊？她和我借了尾崎的唱片后就没还给我了。她是尾崎的粉丝吧？为什么不自己买啊？"

进藤春花并不在葵的"普通小团体"里面，而是属于另外五个女孩子组成的"开朗小团体"。这个小团体的女孩子都会在嘴巴上涂上学校禁用的有色唇膏，还会用创可贴挡住耳洞，头发还染着不容易被发现的颜色。最近她们还把校服裙子都裁短了，放学走出校门后，会马上换好深蓝色的长筒袜。待在这种小团体里的女孩子特地过来说这些话，葵所在的小团体里的野泽庆子、高野麻美子和下平奈津惠都紧张得面面相觑。

"她的父母很小气。"野泽庆子说，葵惊讶地看着她，野泽的脸有些发红，只见她颇为认真地继续说道，"听说她父母连在学校里穿的室内鞋也不让她换新的。"说着就发出"扑哧"的笑声。

"啊——，难怪她的鞋都烂了还在继续穿，臭得要命，而且我的鞋柜还在她的正上方呢。"进藤春花一边用手摆弄着发尾，一边瞥了一眼教室门口，最后无奈地说，"我先走了。帮我给她传个话，让她尽快还我唱片。你们之间才是朋友嘛。"

进藤说完，转身回到自己的小团体。她们五个人围成一圈，经常能听到从教室后方传来她们的哄笑声。野泽庆子、高野麻美子和下平奈津惠相互交换颇有深意的眼神。葵恍然间觉得眼前的景象像是快速播放的影片般模糊不清。

"夹馅儿面包全部卖完了，剩下的只有薯片，好生气呀！太可惜了！"返回教室的平林可奈嘻嘻哈哈地说着，同时举起手里的一袋薯片，重新加入葵的小团体中。葵本以为会有人主动开口告诉她进藤想让她尽快归还唱片的事，结果却没人出声。

平林可奈像是觉察到小团体内有微妙的气氛在蔓延，便开口问道："是有什么吗？来一起吃饭吧！是我不好，让你们等太久了，抱歉啦!"

平林大声招呼着小团体的人，然后坐了下来。

"什么面包都卖光了，其实是你没钱买吧?"野泽庆子小声嗤笑。

就在葵怀疑自己是不是听错了的时候，野泽突然用命令人的语气丢下一句话："今天去中庭吃饭吧。"说完，她无视平林的反应，径自走出教室。高野麻美子和下平奈津惠像是约定好了似的，跟随着野泽，原本呆住的葵反应过来后，也匆匆跟着她们离开了。葵在教室门口悄悄用眼角余光看去，只见孤零零的平林可奈茫然若失地呆坐在座位上，望着她们走出门口。

在上第五节课时，葵虽然眼睛盯着黑板，人却早就神游天外，她从前一直在担忧的事情还是发生了。可是那个只会兴致昂扬地讨论动漫作品的野泽庆子竟会突然变脸，这让葵感到无比诧异。葵得出一个推论：或许对方曾经也被别人排挤霸凌过。要是野泽庆子真的有过同样的经历，那她确实会为了避免重蹈覆辙而疏远平林可奈，这也是毫不奇怪的，就像自己从不在学校和鱼子讲话一样。

葵没再看黑板，而是回头悄悄望向坐在窗边的鱼子。只见她正托腮远眺着，仿佛窗外有什么事物深深吸引着她。葵心里赞叹鱼子的侧脸看起来是如此纯真开朗，漂亮得像是一幅油画或是个人写真。老师讲课的声音变得忽远忽近。鱼子似乎觉察到了葵在看她，便抬头看向葵的方向。两人对视了一会儿，鱼子挤眉弄眼地做了个鬼脸。

两人在河边的草地上铺上野餐垫，鱼子在上面摆放好刚才买来的烤鸡肉串、章鱼烧、甜甜圈和巧克力，听到葵说："班上的气氛变得让人有点儿讨厌了。"

葵一直担忧的事情最后还是变成现实了。

从那天起连续好几天，班里没有一个人再和平林可奈说话，进藤春花的小团体还经常大声嘲笑她，而其他人就躲在一旁看笑话。葵的小团体也把平林可奈排挤出去了，仿佛她们从来就没有待在一起过。

就在平林可奈成为众人的"靶子"的十天后，野泽庆子被大家骂作"阴险小人"，紧接着成了新的"靶子"，遭到了其他人的排挤。穿着和别人不同的长裙子、打扮前卫、品行不良的小团体开始公然霸凌野泽庆子：剪破她的裙子，往她的头发上粘胶条，等等。

葵担心继平林可奈、野泽庆子她们之后，自己小团体里的哪个成员会成为她们的下一个目标，为此整天如履薄冰。几天后，当她知道她们的新目标是"勤奋学习小团体"里的相原诚子时，虽然感到愧疚，但内心还是松了一口气。

"发生什么事了？怎么了？"鱼子问葵。她从纸袋里掏出刚才在站前那家几乎所有货品都覆盖了灰尘的杂货店里买来的一罐啤酒。

"哦，是说内田要考大学的事？别太在意，她随便说说而已。现在才高一呢，想大学的事情还太早了呢。"鱼子无忧无虑地笑着说道，顺手把啤酒递给了葵。

葵接过罐子外满是水珠的啤酒，说："你是不是故意装作什么都不懂啊？"葵的声音听上去有些不安，事实上，她的内心确实异常焦躁不安。自从平林可奈事件发生后，班里笼罩着一种险恶的气氛，这应该是谁都能感觉到的。可不属于任何小团体，也不独来独往，经常穿行于各个小团体之间的鱼子是如此特别。

　　"说什么呢？什么'故意装作什么都不懂'呀？不管了，我们先干杯吧！生日快乐！自己先祝自己生日快乐啦。"鱼子蹦蹦跳跳地和葵碰杯。

　　"生日快乐！"葵也衷心地祝福鱼子，然后拉开啤酒罐的拉环，泡沫咕嘟咕嘟地涌出瓶口。她赶紧喝上几口，但啤酒的温度已经有点儿变了。

　　"好苦！"葵忍不住皱着眉叫了起来。

　　"好苦！"隔壁的鱼子也几乎同时叫了起来。

　　"Happy ice cream[①]！"接着两人同时用力拍拍对方的肩膀，嘻嘻哈哈地笑了。

---

①日本的一种做法。两个人对话时如果说了同样的话语，就紧接着说一句"Happy ice cream"，然后敲敲对方的肩膀，有时后说的一方要请先说出来的一方吃冰激凌。

"这是什么东西呀？啤酒原来这么难喝吗？"

"我也以为肯定很好喝。早知道买鸡尾酒好了，那个是甜的。"

"我们真是老实孩子，长这么大才第一次喝啤酒。"

"而且还是躲在河边喝啤酒。"

两人说完便一起笑着倒在垫子上。

"快吃，快吃！"鱼子说完，分别打开烤鸡肉串的包装和章鱼烧的盒子，然后逐个放到嘴里，"啊，非常好吃！太好吃啦！"鱼子一边夸张地大叫，一边仰头躺在野餐垫上，两只脚兴奋地动来动去。葵在不小心瞥到了鱼子裙摆下露出的雪白大腿后，迅速移开了眼睛。

"班上的人好像在搞什么游戏似的。"葵边咬着蘸满酱汁的鸡肉串边说，"别说你连这都没发现。先是平林，接着是相原。全班同学都排挤孤立她们，甚至做了一些过分的事，连野泽的裙子都被她们剪破了。每个人都害怕以后会轮到自己，所以私下里个个都在搬弄是非。"

哗啦哗啦向远方流淌而去的河水倒映着高远清澈的蓝天，在盛夏徒长的杂草不知不觉间从青绿变成了褐色，随着清风摇摇摆摆。

"已经是高中生了，那些人还是这么幼稚啊。果然是学校不够好啊，在一家好学校是绝对不会发生这种事的。"一股莫名的勇气让葵开始絮絮叨叨地说了起来，"宇边土里土气地穿着长裙，竟然还跟着去嘲笑别人。要是在我原先的那所学校，她们早被人治好了。"

"我们学校确实很糟糕，你看连我这样的都考上了。"鱼子突然大喊大叫，又忍不住哈哈大笑起来。

"我在说正经事儿呢。"葵有些不开心地提高了嗓门。

"要是你不赞同这些事情，就别参与进去了，这很简单啊。而且宇边和相原都是好人哦。"鱼子认真地跟葵说道。然后仰头张开嘴，把签子戳着的一颗章鱼烧扔进了嘴里。

"啊啊——！"葵学着鱼子那样，拿了一串烤鸡肉躺到了垫子上。淡淡的白云悄然远去，清澈的蓝天无边无际。

"鱼子你过得真好啊，没有什么能让你害怕的，也从来没有人讨厌你吧？家里的兄弟姐妹都能和睦相处，妈妈也一定温柔可亲吧,生活肯定一直都是幸福如意的。"

鱼子皱了皱鼻子,笑而不语,拿起手里的苦啤酒继续喝了起来。

"我的话……"虽然开了个话头,可葵还是犹豫了好一阵子,不知道该不该继续说下去。说出来怕被鱼子嫌弃,但如果继续隐瞒不说,横亘在自己与生活幸福的鱼子之间的分歧会越来越大。葵狠了狠心,最终还是把话全都说了出来。

"我从幼儿园时期开始就一直……一直被人排挤孤立,从来都没有朋友。"说到这里的葵有些想哭,为了忍住泪意,她暗地里小心翼翼地控制好自己的情绪,继续说道,"因为非常害怕,初中的时候我都不去学校了。鱼子肯定没有体会过这种心情。我不知道自己怎么就变成一个怪人了,就算我很不一样,可也没人告诉我怎样做才能和大家一模一样,最后我只好转学了。我拒绝去那边的学校上学,即使妈妈讨厌搬来这个城市,我也坚持绝对绝对不要在原来的地方和一直欺负我的同学一起上高中。"

把心里话都说出来后，葵惊觉自己刚才滔滔不绝地贬低学校和宇边她们的语气简直和妈妈一模一样。于是，她没再继续说话，而是看着安静地席地而坐的鱼子的背影。葵心想：自己竟然和妈妈一样，以贬低厌恶这个城市的一切为乐。要是鱼子因此而鄙视厌恶自己，自己也不会多说什么。

　　"葵，他们会欺负你，肯定是因为他们妒忌你吧，因为你拥有很多别人没有的、与众不同的特质。"鱼子依旧背对着葵坐着，并没有回头看向葵。

　　"好啦，好啦，你别为了安慰我就特地说些好话啦。我知道就是因为我异于常人，才被欺负的。"

　　葵随手拿起一个甜甜圈，放在眼前，眯起一只眼睛后，尝试从甜甜圈中间的圆洞望向湛蓝的天空，天空上的白云静静地飘向远方。突然，圆洞对面出现了鱼子的一只眼睛。"啊啊啊！"葵大叫起来。看到葵被吓得大叫，鱼子捂着肚子笑倒在地上。

　　"算了，我们都别再说了。毕竟没人能说清楚问题到底出在哪里。但是呢，我反而要感谢那些欺负你的人，没有他们，我们也不会相遇。"鱼子平躺在葵的身旁，学着她的样子，把一个甜甜圈放在眼前，用背台词般的语气平静地说道，"葵，其实你不需要担心太多。如果真如你所说的那样，他们会逐个欺负人的话，即使轮到你，到时候我肯定也会站在你那边，作为你的朋友，会尽全力保护你的。就算其他人都疏远你，你也不用太害怕，因为我依旧会和你在一起，对吧?"

葵没有回应，依旧举着甜甜圈看着天空。

"不过，我说这些并不是硬和你做约定，也不是要你用什么和我做交换。如果日后我被其他人孤立，你不需要为我做些什么，这样对你而言比较安全。我本就不怕这些事情。他们做的那些所谓孤立疏远人啦，剪破裙子啦，搬弄是非啦，恶作剧偷藏鞋子啦之类的破事，我一点儿也不在意，因为这些都不是我看重的东西。"

葵咬了一口手中的甜甜圈后，把它高高举起来，让变成了字母"C"的甜甜圈离天空更近些。从圆洞中透出的湛蓝仿佛要将字母的缺口与一望无际的天空连接在一起。

“葵，你听说过‘银戒指’的故事吗？”

“‘银戒指’？没听说过。”

“据说，如果一个人能在十九岁生日时得到一枚银戒指，那么幸福如意就会跟随这个人一辈子。”

“这样吗？一辈子啊？那应该会是男朋友送的吧？”

“如果将来我们在十九岁的时候还没有男朋友的话，那么我们就在生日的时候互相送银戒指给对方吧。这样我们就都能一辈子幸福了。”

“鱼子你那时候估计还没有男朋友，到时候我送你吧。但我一定会有男朋友送。”葵说完又忍不住扑哧地笑了。

“今年生日，你送我烤鸡肉串做礼物也太寒酸了，所以我才故意这么说的。我这是委婉地提醒你要记得在十九岁生日前攒够钱给我买生日礼物。”鱼子又喝了一口啤酒，而后说话声越来越大，然后又开始手舞足蹈，哈哈大笑起来，就连河滩上都回响着鱼子的笑声。

小河清脆的流水声叮咚作响。躺在草坪上的葵抬头望向河面，水天一色，都分不清河平面和地平线了。

5

在快到七月的时候，明里的保育园就定好了，是第二志愿的那家，比小夜子原来预计的时间早了很多。因为附近有社区开始拆迁，保育园里有好几个孩子跟随家人搬离社区了，所以空出了名额。保育园规定入园前一周是适应期，小夜子忙准备工作忙得晕头转向，不仅要办理入园手续，还要完成各种各样乱七八糟的事情：手工缝制保育园规定样式的书包，在带去的毛巾上绣好明里的名字，收拾整理替换的衣物和运动鞋，等等。

小夜子还提前骑自行车熟悉了从自己家到保育园，再从保育园到车站的路线。她不仅发现了一条近道，而且还找到了一条在回家路上也能够顺路买东西的高效路线。在事务所的清洁工作方面，也不仅仅是早上出发去动手干活儿就可以了，更开始多了一些必须用脑子牢牢记住的注意事项：水垢的形成原理及不同的清洗剂分别包含不同的研磨剂、表面活性剂、酸、碱和溶剂等。小夜子像个学生那样，认真地把从中里典子嘴里说出的像绕口令般的要点记下来，还必须记住清理不同的脏污所对应使用的清洗剂。

本来是为了出来好好工作，才费尽心思把明里送进保育园的，可这段时间为了做送明里上保育园的准备事宜，她有时忙得根本没空睡觉，只能通宵，而且第二天早上还要赶着去上班。她开始感到迷茫了，但同时也没那么多心思像以前那样静下心来仔细考虑选择出来工作到底是对还是错。她只能把眼前的一件件事情处理好，时间就这样在不知不觉中过去了。

在没人住的房子的浴室里做清洁工作时，小夜子有几次在心里默默地想着自己的运气还真不错：等了不到一个月就让明里排上了保育园，这事也让刚在保育园认识的一名年轻妈妈吃了一惊；还有在两周前，葵和中里典子体谅她，还特地为她调整了工作时间，改为一周工作五天，但每天只要做到中午后就可以下班。只因明里即便在入园适应期过后，也只能暂时在保育园待到下午四点。

这段时间，小夜子一直与第一天一样，每天乘坐中里典子的面包车，到处去清洁整理已经没人住了的公寓。这段时间不仅葵过来看过小夜子，铂金星球的其他员工也来过。其中就有染着褐色头发、一身年轻装扮的关根美佐绪，还有在事务所做兼职，一头红色短发的长谷川麻生。岩渊估计是私下和葵谈过了，在那次之后再也没出现过。

每次，中里典子都能找到有待打扫的异常脏乱差的公寓房子，对于中里典子寻找脏房子的能力，小夜子都有些佩服了。虽然每套公寓里的厨房换气扇、浴室排水口、洗手间和燃气灶台都各不相同，却都出奇一致地脏乱。

比如，今天小夜子准备打扫的就是一套大单间公寓。估计前几天来搬家的工人曾经在房间里喷洒过味道浓烈的杀虫剂，所以房间里到处都是仰面朝天的蟑螂尸体。

小夜子不得不忍住恶心，先把蟑螂的尸体清扫出去，而后才一个人默默地擦拭长满红色和黑色霉斑的浴室。

即使汗水滴滴答答地从太阳穴流到了下巴，也无暇擦拭，小夜子跪在瓷砖上，心里反复安慰自己："我的运气相当不错啊！"她不禁想起才刚上十天保育园的小明里，今天早上还哭泣不已，说不愿意再上保育园了。

坐在自行车儿童椅上的明里仰天哇哇大哭的情景萦绕在小夜子的脑海中，挥之不去。虽然小夜子对工作一事已不再迷茫，但看着明里哭得惨兮兮的样子，她心里还是会揪成一团。

"小小年纪就遭罪，真是可怜的孩子啊！"婆婆嘴上常说的话，小夜子现在竟也脱口而出了。

小夜子忍不住在心里安慰自己："明里才不可怜呢！今天她一定会交到新朋友的，也能够体会到以前在公园玩耍时无法体会到的新快乐。"此时，她正在用牙刷用力地刷洗着瓷砖的缝隙，慢慢等待大脑放空的时刻到来。

不知不觉已到下午两点，中里典子的面包车准时来接小夜子了。等她顺利坐上车，便出发开向距离最近的车站。

"不好意思，让你们又特意为我调整了时间。"

"这事你别放在心上，我们没关系的。而且，你不是一周来五天了嘛。"原本和葵待在一起时有说有笑的中里典子，和小夜子说话时，又变回神情冷漠的样子。坐在副驾驶席上的小夜子从车窗抬头看向天空，仿佛随时会下雨的阴阴沉沉的天空让点点忧愁爬上小夜子的心头。

"听说您也生育过孩子。"感到车里的安静气氛有些难受，小夜子开口打破了沉默。

"嗯嗯。"中里典子听罢，只是轻轻点了点头。

"您的孩子在小时候上过保育园吗?"小夜子继续询问对方，可中里典子却闭嘴不言。

这让小夜子意识到自己可能是问了什么不该问的事，于是急忙补救："殊不知我家孩子上个保育园竟是件麻烦事，也有可能只是万事开头难……我不仅要亲手做保育园规定款式的书包，而且还要做一个大大的布袋装运动鞋，更要每天撰写育儿日记。有一次，我险些在工作记录本上写什么孩子几点起床，餐食吃了哪些东西之类的。"

中里典子扑哧一声笑了，小夜子这才松了口气。

"我那个是一直不停地吮手指玩。"中里典子突然开口说话，小夜子过了一阵子才反应过来她谈论的是自己家的孩子。

"我家和你家情况不一样，我自己家里的老妈啰里啰唆，烦得很。她怪我整天只顾着工作，让孩子心情过于紧张，以致不停地吮手指。医院的护士也训导我说孩子吮手指是非常不好的习惯。别看我现在淡定，其实当时心里在意得很，纠结得人都神经兮兮的了。"

中里典子的一番话让她在小夜子心中的形象发生了转变。她看着那个坐在驾驶席上正在开车的中里典子，没有化妆的严厉的中里典子，一下子更像个母亲了。

"不过后来葵开玩笑似的和我说：'典子，世上可没有哪个小伙子长到二十岁了还在吮手指的。'她说完，我就感到轻松了许多。"

距离车站还有几十米了。小夜子却还想多听对方说话，心里默默盼望着眼前的信号灯赶紧变为红灯。

"孩子现在还经常说'我要去尿尿，去便便'，故意在商场和餐厅里说出来，气得我真想教训他一顿。可葵依旧说，没有哪个小伙子到二十岁了还满嘴屎尿屁的。"刚把话说完，中里典子便哈哈大笑起来。信号灯没有变红，面包车顺利驶到了车站所在的环岛。

"今天也辛苦您了！我先下车了。"小夜子低头感谢对方后，像往日一样下了车就径直跑向检票口。

小夜子的身影刚出现在门外，明里就像只小狗一样飞奔出来，抱住了小夜子。虽然才几个小时没见面，小夜子却觉得离开明里差不多有一周了，想到这里，她不禁更加用力地搂紧了怀里的小明里。

"您好！这孩子是叫小明里，对吗？"一个推着自行车的妈妈看到相拥的母女，便走过来向小夜子打了招呼，接着又笑了笑，问明里，"小明里，我家小千还在里面吗？"

明里却有些害怕地躲到小夜子身后，探头偷偷看向同班小朋友的妈妈。

"不好意思，这孩子可能还没能记住班里所有小朋友的名字呢。"

"哎呀，对啊，你们才刚上保育园。我之前在《小树苗简报》上看到文章了。"

"保育园规定家长们每个月都要给简报投稿了吗？我已经好久没动笔写文章了，手生了许多，好紧张呀。"

"就是啊，我把汉字笔画什么的都给忘了。不过，每三四个月给他们投稿一篇就行啦。"

小夜子和小千妈妈聊了好久，她们说到了那本在专栏上介绍当月过生日的孩子的宣传杂志，还有园方派发的一本妈妈们撰写的随笔集。在阴暗低沉的天空下，小夜子对和那个连名字都不清楚的妈妈也能够怡然自若、口若悬河地交谈许久的自己感到非常诧异。而回想起几个月前那个手足无措，没有办法和公园里的陌生妈妈们交流的自己，小夜子更是感到百思不解。

"那明天见吧！"小千妈妈挥手道别后，走进了保育园。

"再见！我们先回去啦。"小夜子也挥了挥手，让明里坐进了儿童椅里。

小夜子一路骑自行车赶去超市。心里计划好今天晚饭的餐食和需要购买的东西，同时开口问道："小明里，今天和哪个小朋友一起玩啦？"在每天的"自行车亲子时间"里，小夜子都会问明里相同的问题，并希望她能够清晰地说出某个小朋友的名字。

儿童椅牢牢地固定在车把上，明里乖乖地坐在里面。她依然没有出声回答妈妈的问题，而是一个人轻轻地哼唱着歌曲。小夜子本以为这首歌是她从前常唱的动漫歌曲，可细细听了一会儿后发现并不是。

"明里唱的歌是今天在保育园学的吗？"小夜子再次询问后，明里没有回头看小夜子，而是眼睛看向前方，轻轻点了点头。

"真棒呀！妈妈会一直一直看着小明里哦。小明里在做什么呢？是在吃午饭呢，还是在唱歌跳舞呢？虽然妈妈不在明里的身边，但妈妈每天都在看着明里做的所有的事情哦。"

明里依旧没有回头，再次微微地点了点头。

"声音再大一点儿吧，妈妈也想听听看。"

小夜子更卖力地踩着自行车的脚踏板。暗沉沉灰蒙蒙的天空下，温煦的清风吹拂着路旁的树叶，发出沙沙的声音。小夜子决定今晚回家后，就马上和修二商量自己去参加事务所迎新聚餐的事。

"我再晚点儿回家的话，应该没问题吧?"

拿着手机走出吵闹的餐厅，小夜子一个人躲在电梯口，紧握手机贴在耳边，诚心诚意地问。

"什么?"杂乱的电流声中传来修二的疑问。小夜子搞不清楚他到底是不耐烦了，还是仅仅因为听不清才这么问的。

她低头看了一下表，时间刚到晚上八点，于是试探着说："今天是他们特意给我办的欢迎会，而且大家为了迁就我，还把时间调整到了周六。要是我一个人提前回去了，多少有些说不过去嘛⋯⋯"

"以后可不要每周末都像今晚这样把事情塞给我做哦。"修二用开玩笑般的语气说着，小夜子还听到了手机里传来的笑声。

“塞给你做？”可她还是不由得反问对方。

“明里刚刚睡着了，不枉我连续给她读了五遍睡前图画书。”修二大概察觉到了两人的对话有不好的苗头，于是打了个岔子敷衍过去了。就在这时，小夜子看到公司的一群人刚结好账，正嘻嘻哈哈地走过餐厅的自动门，朝小夜子所在的电梯口的方向走来。

“真的不好意思啦，麻烦你再忍耐一下，我会尽快回家的。”小夜子赶紧把话说完后，迅速收起电话。

“怎么样了？没什么问题吧？”从自动门里跑出来的葵来到小夜子身前问道。问完又笑了起来，整个人一身酒气。

“没关系的。”小夜子露出笑容，向对方比了个“V”型的胜利手势。

那群铂金星球的同事，包括负责财务的山口，关根美佐绪、岩渊、长谷川麻生，还有几个小夜子没能记住名字的员工，在过十字路口的时候，不停地大声讨论着接下来续摊喝酒要去的地方，只有木原站在一旁没有跟过去。看到木原的样子，小夜子有些担心：难道木原也要去葵家里？她只想和葵两个人待在一起说话聊天，加上小夜子本就不太喜欢木原。不是因为木原有什么讨人厌的地方，只是每当看到他，小夜子就觉得不舒服。趁着木原去路旁拦出租车的时候，小夜子赶紧来到葵的身边，问道："木原也会去你家吗？"

"怎么可能呀?! 只是我们会经过他的家，顺路载他一程而已。"

听到葵这么说，小夜子顿时放下心来。就在这时，木原大声朝她们喊道："出租车已经来啦!"

"你来我家的话，可别被吓到哦。"钻进后座的时候，葵像是随意说起什么似的，笑眯眯地对小夜子说道。

"先送你们到下北?"

"不用了，到时候你肯定会死皮赖脸地要跟我们一起下车，先送你到参官桥吧。"

"什么嘛，我才不会跟着你们呢，好过分啊。司机先生，先去参官桥，再去下北吧。"坐在副驾驶席上的木原和司机说清楚路线后，车子马上就出发去往目的地了。小夜子偷偷看了看前排后视镜，镜子里只能看到木原的一只眼睛。

　　周六下午五点，在新宿举办了公司联谊会兼小夜子的迎新会，约有二十人参加。他们分别是商店设计公司的、活动策划公司的、经营顾问及演员练习生等。都是一些不同年龄层、不同职业的人，但他们都有着与葵相仿的气质，大都举止大方，性格开朗，风趣横生，像认识很久的朋友一般和小夜子聊天。一位负责编录制作小众报刊的女士竟然还和小夜子热火朝天地谈论了好久养育孩子的话题。负责公司财务的山口也找小夜子说起了和那个被她们戏称为"明日之星"的年轻男子的恋爱类话题。而关根美佐绪还和小夜子两人十分骄傲地交流起了最近各自打扫过不同程度的脏空房子的经验。直到聚会结束后，小夜子也没能把餐桌上众人的长相和他们的名字一一对上号，当然，铂金星球的员工除外。能够和一群人在酒馆里畅快说笑、高谈阔论的快意像是时隔一百年又出现在小夜子身上了。聚会期间，小夜子本想和葵说几句，可有几次用眼睛隔着几个座位看向葵的时候，木原总是紧紧地黏在她身边，所以小夜子一直找不到机会。最后结账时，和小夜子一起坐在店门口穿鞋的葵才像是突然想起了小夜子似的，转头问小夜子要不要去她家里再喝几杯。

在出租车里，葵突然认真地和木原说起了工作上的事："木原，刚才说的，关于你不是做旅客翻译，也不是做向导给客户定制个性化旅行的话题，归根结底，就是给客户提供类似私人酒吧招待所做的那种服务。这么做确实可以增加不少营业收入，因此你才想开个新业务做一做。"

"我早就猜到你会说这些。现在市场上确实有这方面的要求，比起绞尽脑汁赚日本人的钱，这或许才是新出路。"

明知他们是在谈论工作上的事情，可小夜子还是忍不住孩子气地觉得自己被他们排斥在外了，她默默转头，呆呆地看着车窗外不断变换的风景。向前驶去的出租车把夜幕下五光十色的新宿飞速地甩在身后。现在是晚上八点十分，要是在往常的周六，这会儿小夜子应该正站在厨房里，洗刷晚饭后的碗碟，可能还会不时地极目远眺阳台外寂静的深蓝色的夜幕。就在今晚，小夜子第一次发现新宿的夜空不是蓝色的，而是亮紫色的。

"就算顾客聘请了私人导游，又能怎么样呢？要是没有导游带队，没准儿顾客还能在自己的旅途中遇见一些更有缘分的人。"

"这只是你个人的想法。我觉得新业务做'私人导游'比单纯做'清洁服务'更合情合理呢。"

"这又是什么道理？没有其他业务是比做'清洁服务'更合理的了。铂金星球是我设立的公司，'清洁服务'和旅游肯定有十分密切的联系。"

"你说的没错。"

木原说完便把身体转回去坐好，还特地通过后视镜对着后座的小夜子露出一个莫名其妙的笑容。这一举动让小夜子觉得有被冒犯到，心里十分不舒服，更加孩子气地盼着木原赶紧下车。

好在不久就到木原的家了。就在他下车后，出租车又开了一段距离，最后停在一栋陈旧的大楼旁。小夜子先下了车，她把车费递给跟在身后下车的葵，葵没有收。

大楼周边是一大片高低错落的私人住宅和木结构公寓。

"我家就在这栋楼。"等出租车开出很远后，站在无人的街道上的葵指着面前的大楼向小夜子说道。

葵先打开生锈的信箱，从里面取出一堆信件，然后领着小夜子走进大楼里。大门没有设置自动落锁，电梯看起来也年代久远，搭乘电梯的时候，小夜子都有些害怕。电梯停在五楼后，两人走进楼道。

"请进来，不用客气。"葵一边招呼小夜子进门，一边逐个按亮屋里所有的灯。柔和的橘色灯光洒满房间的天花板和墙壁，这是一套房间里堆满许多杂物的一居室公寓。

一间餐厅兼客厅大概十张榻榻米大小，一间日式房间也就只有六张榻榻米大小。对于一个人居住的葵来说，公寓的面积是足够用的了，但让小夜子有些意外的是葵家的面积竟然比自己家还小。

"连你也很意外呢。"葵笑着说，她的声音从厨房里传过来，估计她在准备待客的茶水，"来到我家的每个人都很吃惊呢，想不到我住的公寓又破又脏，有些来家里喝酒的客人还问莫非公司快要不行了？虽然公司的经营状况确实不是很理想，但还没拮据到开不出员工们的工资。哎呀，你坐这里就行，压到东西也无所谓啦。"

葵都这么说了，小夜子便把沙发上的一堆衣物往后面推推，空出一点儿位置，就坐下了。客厅的窗帘没拉上，小夜子望向窗外的风景，映照在眼里的新宿副都心的璀璨夜景像油画一般。

"夜景真美啊！"小夜子不由得赞叹道。

"是啊，我就是看中这漂亮的景色才租这套房的。"葵认同地笑着说。

客厅横放着的人造革沙发对面是二十五英寸的电视机，旁边的大型观叶植物的叶片上积满了灰尘，一副惹眼的蓝色色调的抽象画悬挂在墙上，大大小小的杂志报纸散落在地板上，还有款式陈旧的不知名牌子的空调，看着都让人怀疑能否使用。小夜子忍不住把目光移向了葵的卧室。把房间填满的杂物和乌木家具都是亚洲风格，周围的装饰小物大概是葵在旅游地购买的，有小摆件、布艺作品和看不懂的抽象画等。房间角落里堆着好几个纸箱子，印有密密麻麻的数字的传真纸散落一地。

小夜子一边环视着房间，一边在心底感叹：如果自己不结婚，一直待在那个电影发行公司的话，也一定会租一个类似的屋子吧。自己可以喝完酒后一个人回家，也可以带几位知心好友来家里，一起欣赏新宿迷人的夜景，把酒言欢，直至深夜。

"田村，你住的地方是什么样子的啊？"葵在说话的同时，往茶几上摆放了两个高脚杯和几块奶酪，然后盘着腿随意地坐在地板上。

"我家是一套距离车站步行十二分钟的三居室公寓。因为有孩子，没办法，家里乱糟糟的，也收拾不过来。"小夜子说。

"挺不错的呀，三个人住也够用。是分期贷款的吗？"

"是，我们有三十五年的贷款呢。"

直到最近，小夜子终于按照葵的意思，和她说话时不使用敬语了。白天工作完成后，她都会急匆匆地回家，直到晚上才有时间通过电话向葵汇报今天的工作。在汇报完事务所的工作后，葵老是会提起一些私人话题，比如最近保育园怎么样了，爱发牢骚的婆婆又怎么样了，这让小夜子根本忍不住，话匣子打开后便滔滔不绝起来，不知不觉间小夜子就不再对葵使用敬语了。

"你家真舒服啊！如果有什么事的话，我可以带上孩子来你家里住吗？"小夜子边把红酒倒进杯子里边问道。原本这只是小夜子的玩笑话，可话音刚落，她就猛地想起了修二晚上说的那句"塞给我做"来。

"可以呀，来吧。我们可以在卧室的地板上把被褥铺开，并排睡觉呢。不过屋子空间太小了，不太够用，还不如到时候一起去温泉旅馆住呢！放松一下，享受享受露天温泉和好吃的怀石料理。啊，光是想象一下就觉得超棒！"葵点燃一支烟，笑着说开了。

"说起泡温泉什么的，我可太想去了，都好几年没去过了呢。"

"一起去吧，我是认真的，去玩一下真的很不错呢。"

"我要真带着孩子，和你一起三个人去泡温泉的话，不知道老公会说些什么呢。我今天差点儿被他气死了！你知道他说什么了吗？他竟然说我为了出门而把孩子硬生生塞给他了。听到这话，我真是惊讶无比，我很想质问他是不是把照顾孩子当成洗件衣服什么的了。"

借着微微醉意，小夜子开始抱怨最近不开心的事。最近她才发现，原来把憋在心里的想法向别人慢慢说出来是一件让她愉快的事。婆婆的事也好，老公的胡言乱语也好，把它们一一倾诉出来，会让这些不愉快的事染上些许喜剧效果，也能让小夜子在说完后顺利地忘掉。要是把它们都默默地积压在心底，不找个发泄的出口的话，原本只是些细枝末节，却会变得至关重大，还会染上悲剧的意味，变得越来越沉重无比。只有和葵聊天的时候，小夜子才能够敞开心扉，痛痛快快地把那些烦恼一股脑儿地说出来。

"哎呀，听完你说的话，我的结婚意愿都要减少百分之七十了。也是因为婚后的烦恼如此之多，社会上打算不结婚也不生育的女性才会逐渐增多呢。少子化的根本原因或许不是有事业心的女性，而是婚后的幸福主妇们的牢骚。"

"楢桥，你不结婚，一个人生活也能过得很好啊。和你不一样的是，我没有勇气可以一个人生活，更没有自信能够出门工作。"

"真的吗？和你刚好相反，我是完全没有勇气去和别人结婚或是当妈妈。其实工作是很简单的一件事，只要动手做就可以了，也就是说，把手中的事按计划处理完就可以了。"

葵说完这话后便缄默不语，房间里鸦雀无声。葵抬头看着吹出的烟圈轻盈地升上天花板。窗外高楼的灯光流光溢彩地映照在房间中。

"可以看看你孩子的照片吗？"葵突然开口了。小夜子从包里掏出手机，打开后，给葵展示了待机壁纸上明里的照片。

"哎呀，真是个可爱的小女孩儿呢！眼睛和你非常相像呢。在生产的时候，你没有感到担惊受怕吗？"葵看着明里的照片，问道。

"担惊受怕?"

"对于生育孩子，我总是觉得这是一件很重要、不得了的大事。我成年后出来闯荡社会，努力赚钱，能够一个人经营一家公司，遇上急事什么的也能妥当处理，连面对上年纪的男人，甚至和他们吵架时，也有信心可以摆足架势，应付自如，不落下风，而唯独生孩子这件事让我非常害怕。为什么这么说呢？可能是因为我太没出息了吧。只要想象一下自己怀胎十月生育出来的孩子，长大后可能会遇上某些我绝对无法想象到的事，导致他万念俱灰或是受到伤害，我就非常担惊受怕。加上我自己小时候是个完全不和父母沟通交流的小孩儿，我才不稀罕生个和我一样的孩子呢。"葵说说笑笑，随手把手机递给了小夜子。

小夜子低头看着待机壁纸上笑容满面的明里，说道："可是，我常常感叹这孩子真的和我很像呢。原本我不希望她的性格像我，而希望她可以成为一个落落大方、性格爽朗的孩子。不过现实太打击人了，我家孩子在外面看到人，就会怕得躲起来，而在家却是个'窝里横'。她上保育园将近一个月了，依旧没有结识到朋友。想想我自己小时候，也是这样，这种情况不是让人感到害怕，而是让人感到十分沮丧。"

说着说着，小夜子的脑海里突然浮现出明里早上那副因不愿意出门上保育园而不断哭喊的模样。每天到了保育园，将明里交给保育员阿姨时，明里也哭天抢地的，让人心疼。环顾园里的孩子，除了明里，就没有一个像她哭得那么厉害的。前天，小夜子在接明里回家的时候，不经意地听一名年纪稍长的保育员说哭得这么厉害的孩子在保育园里也是寥寥可数。明里害怕的模样让小夜子联想到的不是小时候的自己，而是那个之前在"公园巡游"中心烦意乱的自己。

　　一边侧耳听小夜子说话，一边抠脚丫子的葵说了句"我懂了"之后，便站起身来走到厨房。

　　"虽然我没有孩子，可是依旧能够理解你的心态。归根到底，不就是我们这代人有所谓'孤独恐惧症'吗？"葵提高音量，说给外面的小夜子听。透过吧台式厨房的小窗口，只见葵正踮着脚尖伸长手，够头顶上的架子里的东西。

　　"什么是'孤独恐惧症'？"小夜子不明白。

　　"嗯，应该是某人身处一个没有朋友的环境中时，认为自己的世界已经完蛋了的感觉，不是吗？拥有很多朋友的孩子是开朗活泼的孩子，相反，没有任何朋友的孩子就是内向阴郁的糟糕的孩子，这种认知在不知不觉间已被灌输到每个人的脑海中了。从小到大，我自己总是孤单一个人，也一直认为我活该是孤独的。这应该不只是某一个人的想法，而是一种在全世界普遍存在的认知吧。"葵说话间正在往盘子里放东西，她最后说的那句话宛若一句独白。小夜子有些愕然地看着她的脸，心里回想着自己以前是否曾和葵说过在公园里的遭遇。徘徊在不同的公园中，却依旧没办法和任何一个妈妈交朋友，因而时常感到自责，还有那种因为明里无法与同龄孩子打成一片而时常感到的焦躁不安……，难道自己都曾经和葵一一倾诉过吗？

这时候，葵双手捧着一个小盘子走出厨房，边走边说："家里只有这些，不好意思呀，因为我自己在家，所以从不开火煮饭。"盘里装着薯片和混合坚果，每种点心各一半。

小夜子看着茶几上的粗陶盘子，不知道在想些什么。

"可是……"她刚起了个话头，却转头忘记准备说的话了，只好伸手从小盘子里拿起一些薯片放进嘴里，以掩饰尴尬。

"我小时候始终认为没有朋友是一件坏事，所以自己越没有朋友越痛苦。如果我有了孩子，我极有可能会把自己这样不妙的想法再灌输给孩子，想想就可怕啊。不过这种忧虑在找到孩子爸爸后再想也不迟啊。"葵说完，忍不住嘻嘻哈哈地笑了起来。

"可是，朋友众多总归是一件好事吧？"小夜子觉得自己急不可待的声音听起来有些刺耳了。她急迫地想要知道答案，即使她还没搞明白自己究竟是想知道哪个问题的答案：是明里的未来会怎样？还是自己选择的究竟是对还是错？抑或是葵刚才的结论？可她就是想知道。

"我的周围没什么孩子，所以从未了解过什么因素会对孩子的成长过程产生怎样的影响。但我长到现在这个岁数，也有了自己的想法：如果一个人有很多朋友围绕在身边，却依然感到害怕、孤单，那还不如遇见一些特别的人或事，让自己不再畏惧孤独。"

小夜子听完这话，整个人愣在原地直盯着葵，葵口中独特的道理仿佛一声惊雷，让她猛然醒悟：自己教给明里的道理应该是类似葵刚才说的才对。这时候，一个个回忆的画面闪现在小夜子的脑海中：将不停哭喊的明里交给保育员时的无奈；因明里在保育园依旧没有朋友而感到的焦躁不安；与明里在回家路上遇见陌生人，而明里因害怕而躲藏时，自己感到的灰心丧气……小夜子苦思冥想了好一会儿，总觉得自己有的地方做得不对。

　　"楢桥……"小夜子喊了对方的名字后，却又不知道下面要说些什么，只好静默不语了。

　　"不过，没有任何男人在身边，却不觉得寂寞的话，那确实有点儿不妙啊。"葵把嘴里的坚果咽下肚子后，继续笑着说。刚才拿出来的手机有电话打进来，小夜子不看来电显示就能猜到是修二的电话。她抬起手表看了看，时间已经快到十点了，便握住还在响铃的手机，赶忙站起身来和葵道别："多谢你今晚的款待啦！时间已经很晚了，下次你来我家吧，也尝尝我做的饭菜。"

　　"有机会的话你也可以住在我家哦……算了，想了想，这事还是不太合适。这些车费给你，记得要发票，回头把发票给我就行。对了，和司机说走高速，那样能更快一些。"葵一边说，一边手忙脚乱地从钱包里掏出两张一万日元的纸币，塞给小夜子。小夜子本想拒绝她的好意，可是自己对去车站的路不太熟悉，无奈之下只好感激地收下了纸币。小夜子谢绝了葵要送她到大路口的好意，在公寓门口与葵说了再见后，就挥挥手关上了大门。乘坐电梯来到大楼一层，走出大楼的小夜子飞奔在午夜安静的居民区小路上，跑了数十米，便能远远地看见大街上流光溢彩的华灯了。她大口大口地喘着粗气，飞奔向车流，寻找空车的顶灯。

鼻端充斥着难闻的塑料味，坐在出租车里的小夜子闭上眼睛，脑海里满是刚才离开葵屋子时看到的情景，眼前出现了葵在房间里走来走去的身影：她没有收拾茶几上的盘子，而是随意地躺在沙发上，打开电视，一个人喝着杯中剩下的红酒，看着电视里的搞笑节目，被逗得哈哈大笑。刚才葵说的那段话再次萦绕在她的脑海中："如果一个人有很多朋友围绕在身边，却依然感到害怕、孤单，那还不如遇见一些特别的人或事，让自己不再畏惧孤独。"现在，她终于明白为什么中里典子一直念念不忘葵对其孩子吸吮指头一事那一笑了之的态度了。

小夜子坐在昏暗的出租车后座上，回头看向后车窗，即便车已远离葵的公寓了，她却还在努力地从矗立在夜色中的高高低低的住宅楼中找寻那一道属于葵的房间的灯光。

6

从葵家附近的车站出发，到达的第三个车站就是她与鱼子约好会合的地点。虽然葵说过没必要把约定地点定得这么远，但鱼子偏偏不同意，坚持说特地这么做就是为了妥当不出错，她不想因为有人见过葵和自己待在一起而发生什么事并牵连到葵。

　　原本两人打算暑假期间到伊豆的一家民宿打短期工，可是葵的妈妈直到昨天深夜都未同意。葵怎么都无法理解妈妈不同意的理由。她是和同学结伴同行，又不是只身一人出发，而且不是去玩，而是正经地去做兼职。

　　昨天，葵和妈妈依旧在为打短期工的事争辩，妈妈的不同意让她在心底对妈妈产生了一种恼怒，还有一种前所未有的失望。只因妈妈脱口而出了一句："你偏要和那种家庭的孩子一起出门打短期工，这反而让我更加提心吊胆了。"妈妈话里指的是鱼子，妈妈知道鱼子的一切吗？明明一无所知，只不过是轻视这个城市和这个城市里的一切而已，妈妈凭什么要诋毁自己的朋友呢?!"那种家庭"应该是指鱼子家所在的那个住宅区吧。难道妈妈觉得我们住的破房子是一栋豪华宫殿吗?餐桌下，葵愤怒得紧握拳头，气得双手发抖，可是又没勇气开口反驳妈妈，因为一旦反驳了，她就更加走不成了。葵拼命忍了下来，可是眼泪偏偏不由自主地从眼中滴落。葵愤怒的泪水被爸爸误以为是因为不能去打短期工而落下的伤心的泪水，于是帮忙和妈妈求情。"孩子出门试一试，才能了解到世界的变化""去民宿打短期工是个不错的机会啊""葵已经是高二的学生了，也该懂事了"，等等。喝到微醉的爸爸满脸酒意，却依旧不停地帮忙说服妈妈。在约定好葵必须每晚打电话汇报当天的情况后，妈妈终于点头同意葵去打短期工了。

虽然妈妈最后还是答应了，可这依旧无法消除葵内心的愤怒。本来应该是因明天的出行而开心兴奋得无法入睡的夜晚，葵却默默地在黑暗的房间里独自泪流不已。她实在想不明白，凭什么鱼子要被妈妈这个女人——一个每天只会沉醉在对过往的虚假妄想中的女人——轻视贬低呢？

自打搬到这座城市后，妈妈的情绪经常无端地变得消沉起来，每份工作都做不长久，已经换过好几份工作了。最近还会隔三岔五地对着葵发起牢骚。可能是因为在工作上遇到一些不开心的事，所以激发起了妈妈的抱怨：她回到这座小城是为了女儿。有时，当母女二人谈论到将来升学或工作的事时，如果葵说想考上东京的大学，妈妈就会冷冷地看着葵，用一种让人悚然的声音冷冷地反问道："我们全家人从横滨搬到这里来没多久，现在你一个人反倒又想回去那边了？"甚至话里还会夹枪带棒地暗示：葵被人欺负的原因出在她自己身上。在这种令人沮丧的情形下，葵对妈妈大失所望，心情跌落至谷底。可是，最让葵无法原谅的是妈妈不明就里地偏要看不起鱼子这件事。

在今天早上，妈妈对着葵露出豁达大度的微笑，递给葵一个装有现金的信封，用最近绝无仅有的语气开玩笑地说："你要是遇到难处了，就用里面的钱吧。不过就算没遇到，也要用打工赚到的钱加倍还给我哦。"说完竟然还大方地嘻嘻笑了。即使妈妈这样说了，葵在心底也不想收下，不过她还是拼命忍住冲动，最终没有把拒绝的话说出口。虽然打工的民宿包吃包住，葵不知道有什么需要花钱的地方，但她自己口袋里的钱少得可怜。于是她也跟着笑了起来，边收下信封放进背包边说："好啊，加倍奉还。"

"一路平安！"把葵送出家门的妈妈用力地朝葵挥手说再见，仿佛和葵第一次上学那天的情景重叠。

在电车到达第三站时，葵下了车。几米开外的鱼子一眼就发现了葵。两人又飞奔进车厢，在无人的车厢里手拉着手，兴奋地欢蹦乱跳。

"太好啦！成功啦！我们做到啦！"

"我还以为你来不了了呢。"

"可是我还是来啦！你带泳衣了吗？"

"那还用说！打工也有休息时间嘛。我提前把身上的汗毛剃干净了才来的呢。"

"我还偷偷带了一些指甲油和化妆品哦。"

"什么？真的吗？那我们晚上可要好好研究一下。"

"不过我们还要学习呢，你带齐参考书了吧?"

两人在车厢里面对面坐着，仿佛有说不完的话，嘻嘻哈哈地说个不停。鱼子身穿一条牛仔迷你短裙，上半身叠穿了两件背心，也和葵一样背着个宽大的尼龙旅行包。这身装扮莫名地让葵觉得别人肯定会误会她们是两名离家出走的女孩儿。

车窗外，沐浴在万里晴空下的是无边无际的绿色田野，一成不变的景色让醉心于美景的人们产生了电车没有前进的错觉。葵在心中反复地告诉自己：今天是她们两人第一次一起远离这座城市的特殊的日子。

车厢里只有几名乘客：头戴着布巾，在下巴处打好结，抱着购物篮的老奶奶；肥胖得身材走形了的年轻妈妈带着年幼的孩子；去上补习班的脸上长满痘痘的初中生。他们或许一辈子都不曾真正离开这座城市，或许今天只是短暂地离开，过后会再次返回到这里。虽然他们不断抱怨着无聊，但本质上却始终在害怕着无聊以外的一切。葵仿佛能感受到他们身上都散发出一种浑浑噩噩的气息。她和鱼子与他们完全不一样，她俩即将去往未知的远方，那里不存在任何让她感到害怕的事物。此时的葵真切地想高声呼喊，这一次，终于能够体会到何谓仅存在心中的那种慷慨激昂的感觉了。

　　她们在招聘杂志上找到的这家名为"米奇和米妮"的民宿位于伊豆急行线的今井滨站附近，从车站下车后坐十分钟左右的公交车就到了。民宿是一栋不大的三层建筑，重点是距离海滩只需步行五六分钟。站在门口迎接葵和鱼子的是一位皮肤黝黑、体格健壮的女人。两人在民宿后门刚要开口打招呼和自我介绍的时候，女人率先吧啦吧啦地说开了："你们先把行李放在那边，然后到厨房把需要洗的东西洗干净了。接下来，对的，是你，不好意思啊，你把洗好的衣服晾到绳子上，可以吗？不过，我们家人的衣物也混在衣服堆里了，抱歉啊，这没关系吧？来，这里是厨房。我带你去。前面是盥洗间，衣服还在洗衣机里呢!"她一边分派任务,一边带着鱼子去了厨房,带着葵去了盥洗间。

这是葵第一次看见陌生人家的盥洗间和衣物。她先把已经洗好且脱水甩干的衣物放进一旁的洗衣篮里,然后手提篮子向后院方向走去。经过走廊时,她特意看了一眼厨房,厨房里是鱼子的背影,她正在独自奋力清洗堆积成山的碗碟。

民宿的正门是宾客使用的入口,非常整洁漂亮,但工作人员出入的后院则长满了杂草,草丛里还到处散落着小孩的玩具,甚至还摆放着一个空的塑料充气泳池,上面布满了雨水冲刷过的印子。葵因阳光太刺眼而微微眯起了双眼,踮起脚尖将篮子里的衣物一件件挂到了晾衣绳上。那堆客人使用过的毛巾中混有小孩子的三角裤和T恤,甚至还有男人的袜子,女人的胸罩和内衣。葵把衬衣和毛巾之类的容易产生褶子的衣物拉直拍平整后,再逐件晾好,心想:刚才那个皮肤晒得黝黑,染色后的头发如干草般毛毛躁躁的高个子女人相当不拘小节啊。

来到这个距家有五个小时车程的民宿,葵仿佛感到此处的空气和阳光也已与家里截然不同。前不久因妈妈贬低鱼子而生气愤怒的自己，现在已经站在后院给别人晾晒贴身衣物了，葵心里产生了一种奇妙的落差感。点点滴滴的汗水不断地从葵的额头滑落到下巴。太阳如此耀眼，紫外线如此强烈，是因为这个地方靠近海吗？被热气熏得脑袋发昏的葵恍惚想着：要是搬到这样的地方，自己或许能够理解妈妈的心情，然后原谅她。

"你们的动作要利落点儿！还有好多工作要做呢。既然来到店里打工，就要好好听话做事情。"身后传来沙哑的声音，吧啦吧啦地说了一大段话，葵回头看去，只见坐在檐廊下的是刚才迎接她们的那个女人，她正看着自己说话。她从围裙口袋里拿出香烟点燃，随后响亮地"哈——"了一声，抬头随意地吐出了一口烟圈。

"我的名字叫真野亮子，是不是听着像个女演员的名字？"女人说完没管葵的反应，便自个儿哈哈大笑起来，"不过，你们不必叫我亮子，直接喊阿姨就可以了。其实我的年纪也没那么大，可是对你们两个高中生来说，女人到了二十多岁、三十多岁的，都要叫阿姨了吧？"女人继续笑着说。一阵浓烈刺鼻的烟味飘向葵的鼻尖，随后慢慢地消散在空气中。

"过一会儿带你们到处看看。这民宿是在原来我们家住宅的基础上改建而成的。留了一间儿童房给你们住，两个人住同一间房没问题吧？哎呀，你们是双胞胎吗？"

葵听完这句，不禁转身看着她问："我们两个人长得很像双胞胎吗？"不知道为什么，被对方说自己和鱼子像双胞胎，这让葵莫名地感到开心。

"没太留意你们的长相。反正那些像你们这么大的孩子，在我眼里长得都是一个模样。"

"我是楢桥葵，她是野口鱼子。我们两个吃苦耐劳，会努力干活儿的，请您多多关照！"葵手里抓着准备要晾晒的衣物，朝着亮子深深地鞠了一躬。起身后才惊讶地发现手上拿的是一条男式平角短裤，她不由得感到羞涩，赶紧把短裤用圆盘晾衣架夹好。

"我也拜托你们多多关照哦。家里的其他人等到晚饭时再向你们介绍一下吧。对了，你们要等客人们都吃完后，才能开始吃晚饭，按照平时的情况，在八点半到九点之间。你把篮子里的衣服都晾好了就喊我一下，接下来还要赶快打扫浴室。"亮子说完便扔掉了手中燃烧殆尽的烟头，边捶打着腰边走进屋里。

葵在吃晚饭前还干了很多活儿，活儿多到夸张，累得都没有精力找鱼子说句话。过了九点，等她在真野家的餐桌边坐下时，已累得筋疲力尽，连一丝食欲都没有了。

厨房两端分别连接着民宿和正后方的真野家的住宅。和崭新的民宿旅馆本楼相比，住宅部分看上去很有历史感，而且屋里到处乱成一团。就连只有八张榻榻米大小的餐厅里，也有堆积如山的纸箱子、儿童玩具车，各种玩具布偶、旧报纸，喝完的梅酒瓶和成箱的啤酒，十分拥挤。

葵和鱼子两人面对面分别坐在餐桌两旁，坐在同桌的还有亮子的老公太志、婆婆美佐和将近五岁的儿子真之介。就这样，闹哄哄的晚餐开始了。在大家相互做完自我介绍后，有着职业摔跤手那样大个子体格的太志首先问了葵和鱼子一些问题，在她们准备开口回答的时候，真之介大呼小叫着插话捣乱，亮子见状就站起来阻止和教训孩子，一片吵闹中，美佐竟擅自分别给葵和鱼子又添了一碗味噌汤。真之介打闹完了，转头又拿起电视遥控器一通乱按，还在椅子上蹦来蹦去停不下来。太志拿起一份报纸打开，边看边喝啤酒吃饭。旁边的美佐和亮子莫名其妙地说些什么大米品牌的话题。

坐在一旁不知所措的葵和鱼子只能小心翼翼地吃着自己碗里的油炸竹荚鱼和土豆沙拉，两人悄悄地交换了几个眼神。葵平时家里的餐桌上一直只有她和妈妈两个人，估计鱼子也是第一次碰上这样鸡飞狗跳的家庭晚餐。

吃完晚餐后，两人清理了民宿住客当晚的残羹冷饭，又收拾了真野一家人剩下的脏碗碟，接着还清扫了民宿的餐厅，还趁着客用浴室和换衣间没有客人使用的空当做好了清洁。等到最后，葵和鱼子才轮流去洗了澡，等她们回到儿童房休息的时候，已是深夜十一点半了。

她们住的这间儿童房有六张榻榻米那么大，估计原来是给真之介住的，房间里面也塞满了各种各样的杂物。两人先把地上散落的玩具、小孩儿衣物、图画书和积木等形形色色的物品推到边上，在地上铺好被褥，并排躺好后盖上被子，最后关上了电灯。被黑暗填满的房间里，天花板上的星星形状的贴纸发出闪烁的荧光，仿佛一片小星空。疲惫之意爬满身体，两人累得都不想开口说话，只是静静地一起看着天花板。

半晌过后，葵首先开口，她低声和鱼子说："天花板的贴纸是太志大叔贴上去的吧？"

"看起来是个好爸爸呢。"

"亮子阿姨也是，虽然说话嗓门儿大，态度又凶巴巴的，可是人好像也不错呢。"

"我长这么大，第一次干这么多活儿。"

"对啊，我也是。说不定会累得明天起不来。"

"可不知为何，我竟然还有点儿开心呢。"

葵本想告诉躺在身旁的鱼子："嗯，我也觉得有些开心。不过，在第一次见面的陌生人的家里睡觉，还是感觉不习惯。我猜明天的工作也会多到做不完吧。可是和你待在一起，别的什么我都不在意了。明天我们也要努力做好工作！给亮子看看我们努力的成果，好让她夸赞我们一下。"不过最后葵因为累得不想再开口了，嘴里断断续续发出几声听不清的喃喃低语后，终是抵挡不住如潮水般汹涌而至的浓重睡意，不自觉地闭上了眼睛，陷入睡梦中了。

五天后，两人掌握了干活儿的节奏，就能够更加得心应手地继续工作了。早上七点，两人就起床开始了一整天的工作：首先准备好住宿客人当天的早餐，然后快手快脚打扫干净餐厅、大厅和民宿大门，最后她们才有时间吃自己的早餐。八点过后，客人们陆续起床去餐厅就餐，这时两人要及时给客人们端出早餐，等到有空闲时，就去真野家帮忙准备他们的餐食并清洁家里的卫生。上午十点左右，趁着客人基本都离开客房后，两人和美佐、亮子一起清洁客房。客房清洁结束后，又继续清洁民宿的浴室、厕所、走廊和餐厅。在中午结束前，民宿仅有的两台洗衣机在一刻不停地运行着，里面是客人的、真野家的，还有葵和鱼子的衣物，全部都混在一起清洗。在葵和鱼子吃完亮子做的午饭后，又要收拾好使用完的餐桌和厨房，晾晒所有清洗完的衣物。要是以上工作能够在下午两点前全部做完的话，那么两人在下午四点前就能有两个小时的休息时间。要是两人手忙脚乱地没把上午的活儿都做完的话，下午仅有的那点儿休息时间就会相应减少。

一到下午四点，两人又会马不停蹄地开始熨衣服，整理客房床铺，准备客人的晚饭。遇到需要人去跑腿的事，则会叫暂时有空闲的人去做。客人们基本会在八点半结束晚餐，然后是真野家的晚饭时间。最后收拾好两边的餐厅和厨房，已经是晚上十点了，如果她们动作再快一些，也可以在九点半做完当天的工作。

工作越早完成，留给两人的空闲时间就会越多。所以，葵和鱼子在工作期间既不会闲聊，也不会偷懒，都在全力以赴地干活儿。在空闲自由时间，两人会窝在房间里，互相给对方化化妆，一起编辫子玩，有时也会趴在真野家的餐桌上学习。有时，两人还会在夜晚时来到海边散步，边走边欣赏游客们在海边放烟火。

来到这个镇上的青年男女，基本都会在镇上住宿游玩，故此镇上洋溢着一股度假旅游的休闲气氛。街上很多家咖啡馆只在夏季营业，每天晚上的吵闹声不绝于耳。在下午休息的时候，葵和鱼子有时会去海边游泳，经常有被太阳晒黑的小伙子热情地朝她们打招呼。只要经过干货店和腌渍食品店的门口，就能闻到店里传来的一股浓烈的海产味。那些与葵和鱼子年纪相仿的青年男女，有的在海边嬉笑玩闹；有的会突然从车里探出身来，对着路人大声嬉笑；有的刚从海里出来，会穿着滴水的泳衣去超市购物。在葵眼中，这些活得随意的青年人像是来自另一个遥远陌生的世界。不过，当看见他们也会蹲在浴室里冲洗脚上的沙子时，这样普通的情景不知为何反而让葵感到更具现实感。忙碌的工作反而让葵心里感到快乐，停不下来的身体与放空一切的大脑，反而给她带来一种奇妙的轻松感。

"葵，要是我出生在这个镇子上，那该多好啊！"在真野家的餐桌上打开英语参考书的鱼子突然说了这么一句感叹的话。头顶上，荧光灯晃眼的灯光把整个房间照得一片雪白。走廊那端，美佐婆婆的房间里传来电视里正在播放的时代剧的声音。

"真巧，我也有同样的想法呢。"葵放下喝了一大口的温热的大麦茶，微笑着说。

"你也一样吗？能够看到大海的地方就是好啊。"

"没错。连带人的心情也跟着好起来了呢。你是不是也感到了一种自由自在的气氛？"

"是啊，我总算知道了高中生和大学生都会在夏天来到这里游玩的原因了。他们是来游泳的，可也有一些其他的原因。"鱼子神情认真地说完，抬头盯着荧光灯。一只只小飞虫在灯下飞舞着。

"我呢，直到现在也没遇到过什么特别不幸的遭遇，总体上还是个幸福的孩子，也可以说是我家的宝贝吧。可是，有时候我会突然觉得周围的一切是那么让人厌恶，然后我还会把原因归咎到其他人身上，在嘴里喊着'混蛋'，借此逃避过去。来到这里后我一直在想，要是我能出生在这个地方就好了。如果遇见烦恼的事，我就去看看大海，心里面大概就能平静下来了吧。继续在这个地方放空脑袋地去干活儿，心情同样也会变得畅快些吧，也不会胡乱地责怪别人了。"其实葵也不知道自己刚才说了些什么，可是当她把话全部说出口后，才发现这些都是自己自始至终想要对鱼子倾诉的想法。

"你们在聊什么哪？是在说喜欢的男孩子吗？在和对方公开夏日恋爱的心情？"随着一阵沙哑的嗓音响起，亮子走进了餐厅。

"才不是呢。刚才我们在说要是能一直在这里干活儿就好了。"鱼子回答。

"真的吗？可以啊，不如就在我家干活儿吧。不过我们家的正式员工要承担更多的体力活儿哦。"亮子说完哈哈大笑起来。

"阿姨，我是真心实意地想要留在这个地方工作和生活的。"葵接着说。

"傻孩子，你是因为刚来这个地方，只待了一小段时间，所以才会说些不着调的傻话。要是我去了你们的家乡，也会充满期待地说想继续待下去呢。"

亮子从冰箱里拿出大麦茶，给鱼子和葵的玻璃杯里倒满后，放在她们面前。而她自己则拿出一大罐啤酒，站在那里咕咚咕咚地大口喝着。

"真是的，那您就去我们那儿试试吧。待上一天，肯定就受够了，你说是吧，鱼子?"

"没错。我们那儿只有一条小河，剩下的就是一堆学校了。学校的数量倒是出乎意料地多，而且还都是些不错的学校。不过像我们这样的学生，在学校里只有受人欺负的份儿啊。还有啊，我们的周围连一个达到平均水准的帅哥都没有呢。"

亮子蹲下来，打开地上放着的一个纸箱，拿出一袋用半透明塑料袋装着的脆饼，然后席地而坐，掏出袋子里的脆饼，咯吱咯吱地大口吃了起来。

"说些什么话啊! 这里也没有别的，只有大海啊。从前，我和你们年纪差不多的时候，同样也非常讨厌这儿。说出来你们别笑话我啊，那时候我特意一个人跑去外面打工，去了一个比这里好很多倍的旅馆。"

"是哪个地方啊? 是伊豆吗?"鱼子从桌边探身问道。

"傻瓜，我怎么会去附近的地方呢? 我跑去了一座山里，是大山哦。听说过长野的户隐吗? 我高一时第一次去户隐的时候，旅馆的人对我特别好，所以同年的冬天和第二年的夏天我都去了那个地方。我的学生时代基本都在山里兼职打工了。"

说到这里，亮子突然结束话题，低头默默盯着手中喝完的啤酒罐。餐厅的窗户敞开着，几只小飞虫粘在纱窗上不动了。餐厅里的荧光灯的亮光映照着外面的院子，能够隐隐约约地看见隐没在夜色中的晾衣绳和真之介的玩具小车。

"唧唧唧唧、唧唧唧唧"，耳边不停地传来一声声不熟悉的虫鸣声。亮子猛地抬头，在葵和鱼子之间轮番打量了一番，一脸认真地问："对了，你们该不会是离家出走，逃到这里的吧？我猜应该不是这种情况。"

"才不是。"

"怎么可能?!"

葵和鱼子同时否定地说道。

"是啊，现在的孩子才不会这么傻呢。"亮子说完，笑得腰都弯了，"高三那年暑假，我和往常一样去了山里的旅馆打工。可是待着待着猛地涌起了不想回家的念头。因为一回家就要马不停蹄地考虑以后的出路。在我们的那个年代啊，突然讲究起要有学历什么的，连带考试竞争的排名也变得更激烈了。但同时，在我们高中女生的群体中，最理想的'职业'却是家庭主妇。总之，那时候的社会氛围比较复杂……而且这并不是什么很久以前发生的事哦，就是几年前的事，才几年哦。"

"那后来发生了什么？您逃跑了？"鱼子开玩笑似的问。

"没错，我逃跑了。"亮子神情严肃地说道，"那时候我跟着一个一同在旅馆打工的大学生跑了。其实，我对他完全没有感觉，只是不想回家而已。"

随意坐在地板上大口地喝着啤酒的亮子，毛毛躁躁的褐色头发枯黄发暗，脸上也没有化妆，身上穿着领子已经洗得松垮的T恤。看着眼前这个模样的亮子，葵用尽全力去想象着高中时代的亮子，脑海里模糊地浮现出一个穿着海军大翻领校服的风姿绰约的少女形象。

"我本来以为跟着他跑了之后，肯定能够去东京。谁知道是东京旁边的乡下，他的大学就在那里。我们住在田间一栋脏兮兮的小公寓里……我明白你们接下来想问什么，没错，那家伙是我的第一个男人，当时我也没有其他办法，对不对？"

"难道对方就是太志叔？"鱼子突然插话问道。亮子把眼睛瞪得又圆又大，盯着鱼子看了好一阵子，然后身体向后躺倒，猛地哈哈大笑起来。

"怎么可能是他啊？我才没有那么纯情呢。"躺在地上的亮子说到这里，又忍不住笑了一会儿，然后一骨碌爬起来，坐直身体，继续说，"那个破旧公寓的房东不允许他把女人带进去住，所以无可奈何的我只好一个人回家了，反正身上带来的钱也都花光了。"

"啊——那个大学生呢？"

"后来我们还联系过一阵子，不过渐渐就不再联系了，后来就结束了这段关系。他第二年也去山里打工了。就因为我有过这些经历，所以刚才看见你们聊天的时候，突然担心你们会不会也是离家出走的孩子。不过，现在的孩子比我那时候更加机灵啦。"亮子说完，随即站起身来，把喝完了的空啤酒罐子捏扁后，接着将脆饼袋子放到葵和鱼子面前的桌子上，换了别的话题，"这样好不好，我把那些我用不着的化妆品送给你们吧，我早就知道你们私下经常研究化妆的事。"

"咦，真的吗？阿姨您竟然有化妆品？"葵和鱼子异口同声地问道。

亮子悠悠地瞪了她们一眼，说道："等一会儿我拿过来让你们挑一些吧。对了，你们爱看的那个黑帮片电视剧快要播出了。赶紧都去客厅吧，我一会儿就过去。"

亮子说完，头也不回地飞快地跑过走廊，震得地板咚咚作响。葵和鱼子忍不住相视一笑。

"唧唧唧唧、唧唧唧唧"，昏暗的院子里持续传来一阵又一阵的虫鸣声。

虽然从去年，也就是高一开始的时断时续的欺凌事件到高二时结束了，可是一种更为凶险的氛围笼罩了整个高二学年。一开始葵还能经常用毫不在意的态度和鱼子议论班里的事情，开玩笑似的以为在同学中流行的这种风潮和"种姓"或是"等级"制度很相像。

在葵升入高二后，班级发生了调整，原先的那些小团体也理所当然地产生了一些变化。葵和鱼子不在同一个班级了，葵换到另一个新的班级，依旧和一群存在感很低的老实的同学组成了小团体。鱼子也依然和从前一样不属于任何一个小团体，一个人独来独往。

那个在高一时就乐于参与欺负其他同学的"时髦小团体"的成员们，如今霸占着"最高等级"那一层，要是不幸成为"最低等级"的人，那么不管怎样，都难以从被欺压的状态中解放出来。虽然原先那些明目张胆的欺凌行为不存在了，但是却变成了另一种连绵不断的私下进行的行为：受欺凌者或是被故意支使得团团转，或是被孤立疏远，或是被毫无理由地嘲讽。还好葵所属的小团体的存在感实在太低了，反倒避免了成为"最低等级"中的一人。而鱼子则照常我行我素地游离在外。

葵和鱼子依旧和从前一样放学后在校外见面，两人碰面后再一起走去河边的堤岸。她们经常一边分着吃刚从店里买来的零食，一边说说笑笑地谈论着突然在同学之间流行的"等级"制度。鱼子将这些事情发生的原因归结为高中生活过于枯燥乏味了。用她的话说，就是周遭的一切都太平淡无聊了，包括每天一成不变的生活节奏，遇到的无趣的人和事，让人烦恼的生活琐事，还有各种考试和成绩。大家困在令他们焦躁不安的状态中，忍不住想寻找些新鲜刺激的乐趣来调剂一下，于是那种毫无根据的、按主观上的贵贱高下排位的"等级"制度便应运而生了。这样一来，每个人都挤破头皮想要占据高级别"地位"。其实大家变成这个样子也是身不由己。

葵认为，这是因为这个学校里的学生没有其他别的选择，所以只能从众欺凌他人。原本这所学校也不是什么风气好的优质学校，学校培育学生的宗旨一直以来都与当年建校时一样，依然是以教育学生成为未来的"贤妻良母"作为教育方针。可是时代已经发生了很大的变化，现在的女孩子们的观念也相应地发生了变化，不再将自己未来的一切押注在婚姻上了。而学校的教学课程和其他学校在本质上就迥然不同，因为教学氛围宽松，没有受到学校的严格约束，所以她们的学习成绩相应地没有一点儿提高。在横滨的初中时，只有奋力学习才能勉强跟上，而来到这所女子高中后，葵毫不费力便能考到不错的成绩。所以，葵心里很清楚：即便自己是这所学校的年级第一名，如果不额外加大力气拼命学习的话，日后考大学依旧难度很大。

　　大部分刚刚从女校毕业的高中生没有明确未来的计划，也不想转头就进入社会参加工作，于是她们便进入一些职业学校或是周围的短期大学读书。被困在原地的她们只能继续和高中时期已经熟悉了的同期学员来往，依旧絮絮叨叨地抱怨着不满，直到她们从这些学校毕业，也依旧是一无所获，最后只好选择和在学生联谊会或是在玩耍中结识的普通男人结婚。葵在这个城市住了不到一年，便已经清晰地了解了这个镇子上的女校毕业生未来的生活模式。同样地，身边的大部分同学都或多或少地知道，即便她们将来毕业了，也会继续沿着以前的毕业生的老路走下去。这样一成不变又毫无波澜的未来，使得不敢做出改变的她们疲惫不堪。在高二时，这种氛围慢慢地笼罩在众人之间。她们没有幼稚到像小学生那样明目张胆地欺负人，而是莫名地搞出一套扰乱人心的，把同学们分为三六九等的"等级"制度，每个人都身不由己地争破头想要爬到高位去。

葵觉得无法驱散这种氛围，只能任其一味地笼罩在人们心头。

无论是笼罩在众人心头越来越压抑的气氛，还是变化无常的"等级"制度，抑或是一眼就望到头的枯燥未来，葵和鱼子都认为这一切的纷扰通通和自己毫无关系。她们依旧像往常一样，一边往小河中丢小石子，一边喋喋不休地讨论着班里那让人厌恶的氛围，还会研究谁都不可能拥有的各种各样的未来。

可是就在不久前，葵对于鱼子的担忧终于变成了现实。期中考试过后，不知道出于什么原因，整个年级的同学突然开始排挤鱼子，纷纷开始嘲笑、轻视她。葵也听到了很多和鱼子有关的污言秽语。

一开始的时候，她们造谣鱼子是个游走在众人之间的"交际花"，后来又说她爸爸因酗酒导致酒精中毒而住进了医院，妈妈则是个做暗娼的夜店陪酒女，连妹妹也是个偷窃成瘾的小偷。鱼子一家四口挤在只有两个房间的县政府提供的廉租房里，鱼子每天都会去路边采摘野草作为家里的晚饭……

这些真实性成谜的风言风语是如此幼稚又详细，葵对其感到震惊的同时，也的确有一瞬间曾暗自庆幸自己从未在学校和鱼子有过亲近的来往，可是下一秒，她又会像从前一样，刹那间深陷强烈的厌恶当中。每当她想起自己对鱼子家的具体情况完全不知晓时，心里才能松快一点儿。葵知道自己确实会默默听着班里的人继续说鱼子的坏话，因为她根本无法替鱼子反驳和澄清。葵对鱼子家的一切完全不了解，包括鱼子有没有兄弟姐妹，父亲是不是住进了医院，全家人是不是挤在只有两个房间的县政府提供的廉租房里，等等，所以，最终葵都没有帮鱼子辩解。

鱼子自此被他们打上了"穷光蛋"的标签，但是在葵看来，鱼子对这一切并不在意。两人一如既往地偷偷在学校外来往着：晴天的时候就在小河边的草地上，下雨天就在桥底下躲起来，晚上就抱着话筒打电话聊天，还会偷偷摸摸地给对方写信。葵通过观察鱼子的日常状态，发现鱼子并没有因此而受到什么影响，甚至还竟然莫名地觉得班里同学的疏远孤立反倒让鱼子更悠闲自在了。午饭期间，鱼子会一个人悄悄溜出学校，不知去向；休息的时候，她会一个人待在空无一人的艺术教室里，用随身听的耳机把耳朵封起来，静静地看向窗外。

每当葵偷偷观察鱼子经过自己身边后留下的背影时，她的耳边就会响起鱼子从前说过的话："对于他们做的那些所谓孤立疏远人之类的破事，我一点儿也不在意，因为这些都不是我看重的东西。"而且，实际上鱼子现在看待这一切的态度仿佛印证着这些话语，这让葵非常佩服鱼子超凡脱俗的清高心态。可是同时，她又无法理解鱼子的这种心态，这导致她越发烦躁不已。

可能是因为葵迫不及待地想要了解鱼子家里的情况，想要深挖出鱼子拥有如此清高心态的真实原因，所以在暑假前夕，葵好几次开口询问鱼子能不能去她家里玩玩。而鱼子都笑眯眯地拒绝了："我家里没什么好玩的，你不用特意过来。"

但是葵依旧坚持要去鱼子家，她的理由是："鱼子你已经来过我家好多次啦，而且常常自己跑过来，所以我去一次你家总可以吧?"

葵都这么说了,鱼子只好无可奈何地答应了:"好吧……"

不知道是因为紧张、绝望、为难,还是因为愤怒,往常脸上总是挂满笑容的鱼子,此时的脸色却不怎么好看,葵还是第一次见到这样奇怪的鱼子。

葵一边沿着海岸线一路向前走,一边回想着一个月前发生在两人身上的这件事,同时两手拿着超市的塑料袋。三分之一的夕阳落到右边的山峦后方,阳光下,周遭的景色被染上了橙黄色。响亮的蝉鸣声不绝于耳,从沙滩那边传来了让人迷醉的烤肉的香味。葵松松地踩着沙滩拖鞋,一路吧嗒吧嗒地走着,现在不是游泳时段,海面上并没有人在游泳,只有几只三角帆在远方飘荡着。

"喂喂,小姑娘,你在哪家民宿打工呀?"葵抬头看向海岸另一边的大路,有一个年轻小伙子正在跟自己搭讪。她转头装作没看到,脚上速度加快,赶忙走开了。

"喂,晚上一起放烟花啊。"小伙子继续对她喊着,葵依旧没有回头搭理。

经过强烈请求，终于被允许走进鱼子家的那天，葵在心里决定好了：不管妈妈说的话多么让人难受，就算不再给自己支付学费和生活费也好，在暑假结束后，自己都要更加努力地学习，为了最后能够和鱼子一起考上东京的大学。在这个教学质量低下的学校里，鱼子的成绩一直排在后面，要是两人都想在日后考上同一所大学的话，鱼子一定要更加拼命地学习才可以。两人还可以用打工期间赚的钱上补习学校，但如果最后的结果是两人无法考上同一所大学，也就只能听天由命了。不过，还是想要离开家，两个人在东京租一间小公寓，共同生活。

从今年的初夏开始，这个念头就在葵的心里逐渐变得坚定起来，同时，她又想起亮子之前和她们说的那些经历及当年亮子在她们这个年纪时所做的决定。亮子当年是一个人独自出去闯荡，可是自己和鱼子是两个人一起行动呢！所以，不需要像亮子那样依靠男人去讨生活，只要自己和鱼子两个人共同努力工作，肯定会成功的！两人离毕业还有一年半的时间呢！

"葵——"

听到有人在喊自己，葵抬头看向民宿门前的大路，只见鱼子正牵着真之介的手站在门前，朝葵挥手打招呼。天边的夕阳散发出柔和的光芒，余晖将鱼子的脸蛋和身体，真之介的小脸和衣服一一染上了橙黄色。

"你终于回来啦——！太志叔说今晚带大家一起去吃寿司哦——！"鱼子开心地蹦起来。蝉声阵阵，将鱼子和真之介包裹了起来。

亮子开车把葵和鱼子两人一路载到伊豆急行线的车站。和他们玩得已经非常熟的真之介，一看到葵和鱼子两人下车，就开始哇哇大哭，这让葵也忍不住哭了起来。

"你们明年再来哦！"亮子说完这句话，便关上驾驶席的车窗，匆匆离开了。

"真是冷淡呀。"葵眼睁睁地盯着驶远的车子，小声说了一句。

两人在车站的小商店里买了汽水，又在自助售票机上买好了回家的车票，然后来到无人管理的车站月台，等待列车的到来。时刻表上面显示下一趟电车在二十分钟后才到达。葵和鱼子一起坐在月台的凳子上，相顾无言地喝着手中的饮料。对面月台那边是一大片茂密的绿色树海，一声声蝉鸣从树林中不断传来。因为盂兰盆节结束后游客渐少，所以最近一周民宿工作特别少，就连在车站也看不到其他旅客的身影。葵回头看向大海，这时才意识到不久前还那么闹哄哄的海边现在变得安安静静的，还有几家海边小屋正在拆除。

"真是难以置信啊，我们下周就要回学校了。"坐在板凳上的葵伸着一双被太阳晒黑的腿，向鱼子说道。但鱼子只是默默不语地继续喝着饮料。

"明年我们一定要再来，说好了哦。"葵看着鱼子，认真地说。

鱼子只是轻轻地笑了笑，小声回答道："好的呀。"看到鱼子这副模样，葵以为她只是比从前心思更敏感了，又或许是亮子告别时那冷淡的态度让鱼子有些怅然吧。葵想着给鱼子打打气，便从随身携带的尼龙包里拿出了今天亮子给她们的装着工资的信封。

"我先看看这次有多少钱。"葵故意夸张地说道，接着撕开了信封。

她像是在舞台上表演那般，夸张地向信封里吹了一口气，然后把眼睛凑到信封口看了看，说："啊呀，里面好像有封信。"在一沓纸币上面，是一张折叠得方方正正的便笺。葵把信取出来，打开一看，那张米老鼠图案的便笺上是满满的小孩子笔触般的难看字迹——是亮子写的信。

"唔哇，阿姨的字好丑哦！接下来看看她写了什么。怎么写的是平假名呀?"

楢桥葵、野口鱼子:

感谢你们利用短暂的假期来民宿帮忙。能和你们度过这段时光，我很开心。事实上，我们的民宿才刚营业两年。去年我们什么都不懂，繁忙时雇了一些人来打工，结果竟然把我们的钱全都偷走了……

"什么？还有这种事?! 我继续看下去哦。"

　　当然，我们也有不成熟的地方，糊里糊涂，还遇到了这种事，毕竟是第一年开业，什么门路都不懂。虽然后来事情解决了，钱也都追回来了，可是我备受打击，导致后来都没有信心继续经营民宿和聘请新员工了。婆婆和老公本来就不赞成我开民宿，因为这事，我变得越发缩手缩脚的。最后，我说不如今年找两个乡下的朴素的高中生来干活儿吧。（抱歉）一开始我也对你们不太放心，真不好意思。

　　葵读到这里停顿了一下，悄悄地看了一眼坐在旁边一声不吭的鱼子。她还是低着头，看起来像在听葵读信。葵接着继续读了下去。

　　可事实上，你们的到来真是帮了我们很多忙。你们其实远比你们想象中的自己好上百倍、千倍，都是精明能干的很优秀的女孩子。在这段时间里，你们给了我们很多帮助，因此我们一家人才能在忙碌的工作中得到喘息。今天我给你们写信就是想告诉你们这些，真的非常感谢你们！明年，不，今年冬天你们也要来玩哦，不打工也行。我们一家人都很期待你们的再次到来。

亮子

葵把信上的内容读完后，像是愣住了似的，直直地盯着信上像是男孩子的杂乱笔迹般的字，脑海里不由得浮现出一个画面：刚才告别时眼睛故意看向别处，嘴上冷漠地说"明年再来"的亮子，还有坐在副驾驶席上，因为不舍而不停地哇哇大哭的真之介。清醒过来的葵手忙脚乱地把信叠好放回信封里，又把信和信封一同塞到了随身携带的尼龙包的最深处。

"鱼子，电车像是快到站啦。"葵从凳子上站起来，对着从听自己读信时就一直低着头不说话的鱼子说道，"你的饮料喝完了？我帮你扔掉罐子吧？"

秋蝉绵绵不绝的鸣叫声响彻车站站台，仔细辨别，仿佛能听见蝉鸣深处日本夜蝉那"咔哪、咔哪、咔哪、咔哪"的低鸣。眼前的这片树林和两人暑假刚来时一样，郁郁葱葱，可此时，葵却莫名地从不断的蝉鸣声中感到秋日的脚步越来越近了。

电车从远处驶来的动静传到葵的耳边，只听见电车的声音越来越大，在长长的铁轨远处出现了白色的电车车厢。葵转过头来看着呆坐在板凳上不动的鱼子，催促她："鱼子，赶紧的！电车快来啦！我们要上车啦！"

鱼子却还是坐着，没有站起来。在"嗡"的轰鸣声中，电车驶进了站台，车门刚打开，葵便走进了车厢。有些乘客与葵擦肩而过地走出车厢，他们看起来不像是旅客，而像是本地人。有拎着购物袋的大妈，有挎着书包去上补习班的小学生，估计是当地的居民，和当初来这里时车厢里的情形一模一样。

"快点儿啊，鱼子！下一班车要在一小时后才到哦！快上车呀！"葵探出车门冲着鱼子叫喊。可是鱼子仍坐在板凳上一动不动，头也没有抬起来。

列车员把哨音吹响，哨声传遍了整个站台，等不到鱼子上车的葵不得不跳下了电车，返回到站台。随后车门关闭，电车缓缓驶离车站，葵和鱼子却仍留在站台上。刚才从上一辆电车下来的人们把车票插入票箱，完成付款，通过检票口后，散入小镇各处。

"鱼子，你怎么啦？"葵发现鱼子的异样后，来到坐在板凳上的鱼子的身边，蹲在鱼子跟前，用对小孩子说话似的态度，缓慢而温柔地问道，"你是身体不舒服吗？还是丢东西了？或者是想要和亮子再说说话吗？"。

"葵，我……"低着头的鱼子说话声音极小，语句也是断断续续的。

"嗯？你想说什么呀？"葵把手放在鱼子的膝上，看着对方问道。

"我不想回家。"鱼子微微地抬起头，看向葵说道。

"我也不想回家啊……"葵说完就笑了。

鱼子打断葵的话，嘴上一直重复着："葵……，我不想回家，不想回家，不想回家，不想回家，不想回家，不想回家！"

豆大的泪珠从鱼子圆润的大眼睛中涌出，随后滴落下来，这情形把葵吓了一跳。

"葵，我不想回家，不想回家，不想回家，不想回家，不想回家，不想回家!"鱼子紧紧地回握住膝上的葵的双手，依旧重复说着。

葵任由鱼子握住自己的手，呆滞地蹲在原地，觉得眼前的鱼子不再是自己从前熟知的那个一直笑眯眯的开朗的女孩儿了，这让她开始混乱起来："眼前的这个女孩儿是谁？我为什么会在这里？为什么我的手被她握住了呢?"葵恍惚之间认为：真正的自己现在应该和鱼子一起坐在回程的电车上，开心地数着收到的薪水袋里的钞票呢。

清澈的泪水不断地从鱼子的眼睛里淌出来，一滴滴掉落到她的齐膝短裤上，很快便洇湿了一小片布料。葵看向鱼子米色裤子上那一个个形状不一的圆形水印，而自己的双手因为被鱼子握得太紧了，已经有些发白。葵小心翼翼地抬眼观察鱼子的神情，因为鱼子深深地低着头，所以有一部分脸被藏在了阴影里，只见她一把鼻涕一把泪地哭得正起劲儿。突然，葵产生了一种不小心窥探到深井的井底的错觉，像是那种空无一物却又漆黑一团的井底，这让人无法得知井底到底有什么。

葵惊讶地发现，其实自己从前完全不了解鱼子。在她拜访过鱼子家后，自认为已经了解了和鱼子有关的一切，换句话说，她把自己印象中的鱼子当成了真正的鱼子。

顿时，葵不由自主地开始沉思：往日的鱼子总是笑容满面，友善且"自来熟"，像个圆滑的中年妇女；口中常说的都是些积极肯定的话语，总说自己喜欢什么，很少说讨厌什么；开诚布公地说自己不害怕被所有人疏远，对只会在校外和自己说话的葵持宽容和理解的态度；会为了迁就葵，特意约在离家三站那么远的站台见面，而且每天都会和葵说话聊天。可是在看到刚才那个鱼子后，葵觉得以上哪个形象都不是真正的鱼子，真正的鱼子应该是现在自己所见到的，隐藏在深不可测的空洞中的她。

蝉鸣声眨眼间远去，一股微风携着海洋的气息抚过葵的额头。在一望无际又波光粼粼的海面前方，是依旧低着头坐在站台板凳上的鱼子。葵盯着鱼子短裤上一个个的圆形泪痕看了好一会儿，最后说道："我明白了。今天我们不回家了，鱼子。"

这时，不知从哪个角落远远地传来了日本夜蝉那层层叠叠的鸣叫声。

7

小夜子发现浴室里的塑料椅子上的水垢和霉斑怎么擦都擦不干净。她原想用那瓶掉落在洗脸池中的强效除霉剂，可公司不允许使用。她们能使用的只有自己带来的那些清洗剂。

刚才去过的厨房也让人无法直视——有着浓厚油渍的燃气灶上布满了灰尘和毛发。负责清理厨房的是关根美佐绪，中里典子也在帮她一起清理。

小夜子又一次把塑料椅子和脸盆放进满是温水的浴缸里，然后去清理浴室排水口。在揭开排水口的塑料盖后，里面是一大团毛发和黑色污垢，已经把排水口完全堵住了。小夜子用一次性筷子把那团脏东西夹出来丢掉了。

中里典子的研修课程再过几天就结束了。进入八月后，大家进行清扫的工作场地从空屋子变成了有人居住的公寓。每次清扫的人员构成由中里典子决定，有时候只有小夜子一个人，有时候会和关根美佐绪或是长谷川麻生一起，有时候会和中里典子或她的公司里的其他女员工一起做清扫。

小夜子这次的客户居住在一套新建不久的公寓里，客户本人是个非常普通的家庭主妇，对方的年龄看起来和小夜子差不多，是那种在小夜子家附近也能经常遇到的主妇类型，态度温柔亲切。这次客户要求清扫的地方是厨房、浴室和卫生间。小夜子和往常一样，在中里典子的带领下，和关根美佐绪一起来到客户的家中。屋里的肮脏程度和主妇的温柔气质反差之大让小夜子她们大跌眼镜。客户主妇身穿熨烫平整的衬衣，下面搭配花朵图案的半身裙，看起来干净整洁的样子。而厨房里却到处都是垃圾、油渍和食物残渣；浴室里布满霉斑；卫生间的地板上积了厚厚一层灰尘，连坐便器里都有已经发黑的污垢。小夜子看到这一场景，瞬间朝关根美佐绪使了个眼色，关根也微微皱眉表示回应。

　　大家和中里典子商量好各自负责的清扫区域后，开始分头干活儿：关根和中里负责清扫厨房，小夜子负责清扫浴室。客户主妇用和蔼的态度和小夜子她们打招呼寒暄了一下，在众人开始清扫工作后，她就和孩子一直待在客厅里看电视。她的女儿年纪看起来和明里差不多。

　　小夜子不禁默默地想：不知道这个正在抱着孩子看电视的客户主妇有没有烦恼呢？整天都待在家里看电视，不担心将无法培养孩子优秀的品德吗？还有，家里脏乱成这样，她是如何忍受得了的？难道不知道污垢里都藏着很多有害的霉菌吗？她紧紧抱在怀里呵护着的女儿，说不定曾经在浴室里不小心用手触摸到了霉菌，然后无意识地把手伸进了嘴里呢。小夜子脑子里想着事情，手上也没停下来，她不断地从排水口深处掏出一团团恶臭扑鼻的毛发状的混合物。她皱着眉头，忍住恶心的感觉，将混合物纷纷扔进塑料袋，再把专用清洗剂倒进排水口，然后趴下来，用浸满了清洁液的海绵用力擦拭因污垢累积太久而发霉变红的浴室地板。一滴滴的汗珠儿从小夜子的额头流到太阳穴，然后在下巴停留数秒，最后滴落到了地上。

"田村！我要提醒你几句。"当小夜子和关根美佐绪离开客户家，坐进面包车后，驾驶席上的中里典子一脸严肃地说，"我知道你也是家庭主妇，不喜欢看到刚才的客人家里的脏乱。我也知道你会忍不住地想：一个家庭主妇怎么可以不打扫卫生呢？可是你不能把这些想法都写在脸上啊。还有，从今以后，你们几个都不许在客户家里偷偷使眼色，你们以为客户察觉不到吗？她们可以从你们的气氛里感受到！"

刚才还对着女客户笑容可掬地打招呼的中里典子这会儿变得声色俱厉。说完，她就启动面包车出发了。关根美佐绪低头看着小夜子，轻吐了一下舌头。

"但是……，我……"

小夜子刚开口说话，中里典子直接打断她："别说没有这种情况啊。客户，尤其是女性客户，对这种事情是特别敏感的。客户之所以能够接受让陌生人触碰家里的东西，是因为双方之间有相互信赖的关系。但是，不管我们之前获取了对方多少信用值，只要你在对方面前流露出一次轻视的态度，那就没有下次工作的机会了。我们是受雇于客户的，明白吗？你不要老是想着她们和你一样也是家庭主妇，也是女人，你只能想着顾客就是上帝。你们明白了吗?"

"明白了。"小夜子怏怏不乐地低声答应着。

"我也明白了。"身旁的关根美佐绪也老老实实地低声回应。

面包车随即开出了地下停车场，一路沿着螺旋状的斜坡往上开去。

距离出口不远处，被夕阳染成明亮的橙黄色的天空逐帧逐帧地展现在众人眼前。

"你的清扫工作其实做得挺不错的。你记性好，干活儿也认真，所以我可以直接放手让你去做了。可就是这一点你还是做得不够好——无人住的空房子和有人住的房子的处理方法是不一样的。我都说过多少遍了，你们怎么都还没明白呢?！要是今天只有你们两个人在场的话，我们肯定要失去这位老主顾了，甚至还不止一个，那位不满意的客户主妇肯定会向她的熟人朋友说我们竟然是这样看待她的。工作最重要的其实是这些基础细节，你们老是问可选服务的特点是什么，可是如果你们连接待顾客的基本理念都没弄明白，那么其他的要点都会做不好的，你们明白吗?"

小夜子一边低着头听着中里典子唠唠叨叨的说教，一边偷偷揉搓有些肿胀的手指。

小夜子和关根美佐绪在最近的一个电车站附近下了车，随后又一起坐上电车去大久保那边。

"中里唠唠叨叨的，简直像个妖怪。我们就互相对视了那么一眼，她怎么就看到我们使眼色啦? 头儿，我们别把她的话放心上。"关根美佐绪用轻松的语气对小夜子说道。听得出她确实没把这些话放在心上。就在最近一段时间，铂金星球的员工们都喜欢称小夜子为"头儿"，这称谓是因为葵嘱咐大家在清扫工作方面要听从小夜子的安排。

将半边脸藏进高楼的太阳把这一片整齐的屋顶都染成了橙色。小夜子用身体轻轻倚靠着电车门，目不转睛地盯着快速后退的街景，不由得轻轻叹了口气。

"啊——真的累死啦——今天我是'甜度5级'！刚才那个客户家的厨房真是太脏了！"关根美佐绪一走进事务所的大门，便大声嚷嚷，抱怨工作的辛苦。

正在餐桌边干活儿的长谷川麻生和山口听见她的声音后，抬起头说："你们回来啦！今天刚好适合'甜度5级'，因为刚才'乐奇策划'的佐山先生送来了蛋糕。我马上给大家泡茶。"

"太棒了！我也正好想吃蛋糕呢！"

"还有啊关根，蛋糕是'à tes souhaits！①'这家店的哦，我简直爱死佐山先生啦。"

"不会吧，真的？从前我就非常想吃这个品牌的蛋糕呢！"

关根美佐绪来到餐厅，找了张空椅子坐了下来，随后小夜子也坐到她旁边的座位上，打开了日志本，准备写今天的工作日志。

_____

①东京知名蛋糕店品牌。

"头儿，过一会儿再写吧，先休息一下吧。难道头儿你不是'甜度5级'，而是'辣度5级'？中里是因为今天心情不太好，所以才在车上对我们不停说教的。"关根美佐绪照顾着小夜子的情绪，而小夜子只是不置可否地笑了一下。什么"甜度"啦、"辣度"啦，其实都是公司里的大家悄悄约定好的暗语，小夜子也是最近才知道这些的。遇到不合理的或者是让人感到生气的事情，大家会狂吃辣味食品来发泄不满；遇到工作忙碌导致身体非常疲乏时，就多吃甜食来放松身心。后来，公司里的女员工们就把每天不同的工作状况分别戏称为"甜度"和"辣度"，并用五个等级来评估。

小夜子听从关根的建议，把日志本推到一边，专注地吃着长谷川麻生端上来的美味蛋糕。关根美佐绪则手舞足蹈地向长谷川麻生和山口说起她今天清扫公寓时遇到的各种事情。葵慢悠悠地从总经理室走出来，来到餐厅，也拖了把椅子坐到餐桌边。

"头儿，今天看着不太精神呢。"葵也跟着大家喊小夜子"头儿"。

"我让中里生气了。"小夜子缩着肩膀小声说。

"她生气了？为什么？"

"她说我把心里的想法全部表露在脸上了。"

"我说啊，中里她就是那种'喜怒无常，容易翻脸不认人'的性格。今天头儿运气不好，被她逮住炮轰了一顿。"嘴里塞满了蛋糕的关根美佐绪插嘴道。

"实际上，我并不是像中里形容的那样在客户面前展露出了不乐意的态度，我们只是被房子的极度脏乱吓了一跳而已。我想着客户本身和自己的年纪也不相上下，而且家里有一个和我女儿年纪差不多的小孩子，可为什么把家里搞得如此脏乱呢?! 我不过是觉得在我们帮她清扫完后不久，又会恢复成原来那样。"

"可是你仔细想想，如果没有像客户主妇这样的人来聘请我们去做清洁，我们以后就没生意了呀。我不知道中里典子对你说了什么，莫非你们在清扫完成后，一走出屋子就忍不住说'真脏啊'，然后被中里听见了?"

"可是屋子真的太脏了。"关根美佐绪小声回了一句。

"想要抓住观众的心，方法有且只有一个。"葵做出凝视远方的样子，故意用低沉的语调说，"那就是用诚实和谦虚的姿态向观众倾诉。"

"什么呀？"长谷川麻生听完这话，不由得笑出了声。

"你不知道？这是法兰克·辛纳屈①的名言。想要抓住客户的心，方法有且只有一个，那就是用诚实和谦虚的姿态向客户倾诉。"

"等研修结束后，只有我们自己负责清扫工作时，自然而然就会变成你说的那样了，毕竟我们要靠客户的单子赚钱嘛。"

"但你能确定很快就会接到生意吗？研修是不是也快结束了？可是我们现在连一辆汽车都没有，对外工作的团队名称也等于没有，如果我自己是客户的话，就不会找我们这样的团队。"关根美佐绪直截了当地说道。

"应该不会变成那样吧。"听完这话的葵跟着皱起了眉头。

"要我说，这也不是坏事吧。专注本职工作的同时，

———————————
① 美国歌手、影视演员、主持人。

也能等待时机的到来……"

长谷川还没说完,小夜子便打断她:"我们家里经常会收到一些家政服务公司派发的传单,我也会请求保育园其他妈妈们顺手把她们平时收到的传单留下来给我。比如刚才你说到的汽车的问题,其实有些客户并不愿意让别的邻居看到有提供清洁打扫服务的人员出入自己家里,所以,我反而觉得我们可以从入户清扫人数少,不使用有明显标志的公司车辆作为特点去进行宣传,并且由一个人专门负责团队业务的预算控制和实施,等等。"

拜托保育园的妈妈们帮忙收集与上门清扫业务有关的传单,是一件很需要勇气的事情。在小夜子提出拜托的内容时,有几位妈妈表示有兴趣并答应了,几天后,她们交给小夜子一沓五彩缤纷的传单。借此机会,小夜子又交到了几位妈妈朋友。

"小夜子真不愧是'头儿',想得真透彻!"关根美佐绪瞪大眼睛看着小夜子,赞叹道。

"说得很棒。我从前就一直在观察,现在网络上刊登的广告都是些特色鲜明、有关个性化服务的策划。要不我们以赠送客户空调和纱窗的清扫服务为噱头，继而开展初期的工作吧。"葵说。

"这种服务满大街都有。"小夜子接着开口，"当然不都是免费服务，而是作为可选的服务项目，都是价格便宜的，一点儿都不稀罕。或许我们可以把完成客户的一些家务琐事作为赠送服务。当然啦，我们也要区分好哪些是能做的，哪些是不能做的，必须一一列出来，作为明确的规定。比如可以帮客户洗碗，把衣物送去洗衣店，再帮忙取回来，或者是打扫冰箱，等等，或者说可以收拾家里的旧报纸旧杂志。"

"啊——，那么我也想请人清洁我们事务所的冰箱。"长谷川麻生开玩笑地说，大家也都笑了起来。

"我有个朋友曾和我说过，她请人上门打扫的时候，对方事务所接电话的、安排工作的和实际打扫的人全都不是同一批人，导致她不得不每次都要向对方重复一遍自己的要求。所以，安排一个人从头到尾作为专门的负责人，应该是个好方法。"山口静静地说。

"我们可以宣传说负责清扫工作的工作人员都是些家

庭主妇，这个提议怎么样？"关根美佐绪也跟着发表意见。

"可是只有田村和山口符合主妇的身份呀。"

"我虽然是个家庭主妇，可是我没有孩子，也不怎么做家务。"

"把主妇作为招牌用来宣传，效果大吗？"葵点燃一支香烟，吸了一口后，皱着眉头问，"先不讨论刚才的话题。如果负责清扫的工作人员和客户双方都是主妇的话，客户会不会觉得别扭啊？"

"我认为有些事情是只有当主妇的人才会注意到的，这个结论我今天才想到。比如浴室里的霉斑，从未清理过的空调吹出的风，没有晒过太阳的榻榻米和布艺沙发，以上这些都对小孩子有害吧？由主妇工作人员把这些潜在的危险因素告诉客户，提醒她们做好全屋清扫是有必要的，这样会更有说服力。"

"总之，不管以哪一类客户为目标，都需要我们仔细研究客户方案。典子说过，无论客户是个人还是私人事务所，最好是以足够低廉的价格作为卖点。我自己呢，更倾向于以频繁外出旅行的年轻人为主打客户，而不是一般的普通家庭。当然啦，从一开始就把事务所的营业范围控制在这么小的客户群，也不合适。"

"楢桥，假设你是客户，想要委托别人来提供清洁服务的话，最看重对方公司的什么呢?"小夜子转头向葵提出情景设想。

"我的话是要求对方不能表现出被屋子里的情形惊吓到的样子吧。"葵出神地思考后说道，说完后，又轻轻吐出一口烟圈，"我家里脏的时候可是很吓人的，有时想请人来打扫一下，却尴尬得说不出口，因为我不想让任何人看到我的屋里其实是这个样子，所以要是我们可以宣传'无论遇见什么样的房子，都能淡定地完成清扫'的话，没准儿我还愿意试试。不过，我这种情况应该不能当作参考。头儿，你是怎么想的？作为孩子的母亲，你认为什么样的公司对你来说是有吸引力的？"葵问小夜子。

"我想想。首先是价格问题，其次是由同样身份的人来打扫的话会更好。我的家庭并不富裕，所以从来没有请人来家里打扫过。但是在我的孩子年纪再小点儿的时候，还是曾经动过请专业人员来家里打扫的念头。例如在我去保育园接孩子或是带孩子去医院做定期体检的那一段时间里，如果有人能够麻利地帮我清理打扫浴室或是厨房的卫生的话，对我来说就是帮大忙了。因为在孩子年纪还小的时候，我对照顾孩子还不熟悉，所以总是害怕哪里没做好。要是有一个育儿经验丰富的人来打扫，在空余时间里，我能问问对方一些相关的事情的话，可能就会放松许多吧。即便谈不了很多内容，可有个正在抚养孩子的人来我家打扫卫生，也会让人感到安心。像大家都经历过的婴儿时期的夜哭啦，两岁时的反抗期啦，关于孩子成长的事情总是没完没了的……我说的这些建议是我个人的想法啦，可能没法儿给大家做参考。"

小夜子说上面那段话的时候，葵和其他一些女职员都在认真倾听，并不时点点头表示赞同。看到此情此景的小夜子感到有些兴奋，甚至想滔滔不绝地说下去。一直以来，小夜子对许多事情都抱有莫名的轻微的罪恶感，为此，她自己也感到非常郁闷。像辞职啦，窝在家里不出门啦，懒得去公园啦，下雨了就松口气啦，还有老是被别人说把孩子放在保育园很可怜啦，等等。可是现在，小夜子觉得她前面的努力都没有白费，全部都是有意义的。

"哎哟，头儿，过四点了。"山口抬头看了一眼墙上的挂钟，说道。小夜子在研修结束后，谈论和清扫有关话题时，经常会忘记时间，其他人担心她接孩子的时间过了，也会提醒她。每当这时候，小夜子都能真切地感受到自己在这个地方是有归属感的。

"辛苦啦！"大家都嘻嘻哈哈地对站起来准备离开的小夜子说再见。

"对不起各位，我先走啦。"小夜子穿好鞋子，又看了一圈还围坐在桌边的女同事们，在缭绕的香烟雾气中，女人们正凑成一堆说说笑笑。小夜子握住大门把手，离开了事务所，关上门后，转身飞快地跑下五层楼梯。这时候的天空已是淡淡的紫色。

小夜子从车站的自行车停放处推出自行车，在红绿灯路口迅速跨上车子。从车站到保育园要骑七八分钟才到。小夜子沿着一条两旁种有银杏树的马路直行，在豆腐店左转，再经过一条住宅区的小路，就到保育园门口了。她特意抄近道，能比平常的路程快两分钟。时间刚过五点，阳光却还像正午的时候那样热烘烘的，还没骑到豆腐店，小夜子的上衣就已湿透了，被汗液浸湿的衣服紧紧地贴在后背上。

这种黏腻的讨厌的感觉让小夜子有一种想骂人的冲动，同时脚底越发用力地蹬踏板。她原本不是真的想骂人，也没有什么事情让她生气。最近小夜子经常在骑车的时候自言自语。虽然只有短短七八分钟的路程，却莫名地让她产生了一种高速路上堵车了的感觉。每当心里暗骂一句"混蛋"，脚下便多出一分力道去蹬脚踏板，她感觉能够更快地摆脱"堵车"的感觉了。

保育园的门前已经站着三五成群的家长，在等待园门打开。看见小夜子骑车过来了，几个家长有的朝她挥挥手，有的过来和小夜子聊聊天。

"清扫工作做得怎么样啦？"

"我也想请人到家里打扫呢，看来要启用自己的私房钱啦。"

"你还有私房钱?"

"没钱的怎么办呢?"

小千妈妈是从事护理工作的,莲君妈妈现在在保险公司上班,小泽妈妈则是个自由职业者,在家做些翻译。小夜子笑容满面地和这些熟识的妈妈们聊天,心里也会忍不住想:她们是不是也和我一样,都是一边骂着"混蛋",一边骑自行车来接孩子的呢?

保育园开门后,接孩子的家长一同前往孩子的教室。小夜子透过明里所在教室的玻璃窗看向教室的内部,明里今天还是一个人孤零零地蹲在远离其他孩子的地方,两只小手里分别拿着两个布偶玩具在玩耍,偶尔抬头左看看右望望地观察着周围。在明里抬头看了几次后,她终于发现了小夜子的身影,马上放下玩具布偶,像炮弹一般冲到小夜子的身边。

"妈妈,小明里今天也一直在看着妈妈哦!"扑进小夜子臂弯里的明里小声说,"所以我今天很乖,没有哭哦,小明里今天没有流下泪珠呢。"明里又补了一句,声音里却分明还带着哭腔。

小夜子用力回抱着明里，心想：放声哭泣，不愿意去保育园的其实不是明里，而是自己啊。她搞不清楚是否像婆婆说的那样，一个人待在保育园的明里是个可怜的孩子，也不清楚重新开始工作这件事是否正确，被这些问题纠缠得喘不过气的自己才是真正想哭的人。

"小明里真厉害哦。妈妈也是在心里一边想着小明里，一边努力奋斗了一天呢。"

明里嘻嘻哈哈地笑着玩闹，扭动身体从小夜子的怀抱中抽身出来。小朋友独有的清脆笑声回响在走廊中。

"小明里妈妈，明天见！"其他接了孩子的妈妈们从教室里出来时，朝着小夜子说再见，小夜子也朝她们挥了挥手示意。

看到葵一个人坐在自家餐桌边的这个新奇情景，小夜子有种不可思议的感觉。葵俯身凑近笔记本电脑的屏幕看着什么，同时，她的一只手从牛仔裤裤兜里拿出一支香烟，准备放进嘴里，然后像是突然想到了什么，又把那支香烟放回到烟盒里。

"楢桥，你可以抽烟的。"坐在沙发里，正往茶几上放茶水的小夜子开口说道。葵听后有些难为情，抬头看了小夜子一眼，然后径直走向厨房换气扇的方向，过了一会儿，便传来换气扇启动的声音。这时，待在日式房间里看绘本的小明里抬起头，露出不安的眼神，看着小夜子。在小夜子对她安抚似的笑了笑后，小明里就用一只手指向绘本上的大猩猩和长颈鹿，另一只手挥动着示意小夜子："妈妈你看！你看呀！"

之前，小夜子提出不仅要在互联网上打广告，还要制作宣传单发放给公寓和独立房屋的住户。因为她认为即使研修期结束了，也不会马上就能接到生意，所以这段时间她打算徒步发放宣传单。当小夜子说出这个想法后，大家纷纷表示认同，都觉得这个办法比什么都不做要好。

早上十点过后，拿着笔记本电脑的葵一个人出现在了小夜子的公寓门前。看到这个突然上门的陌生客人，小明里有些不知所措，似乎是紧张过头了，整个上午都躲在角落里哭闹。好不容易哭累了，又开始悄悄地走近坐在餐桌边敲击键盘的葵,在葵留意到她后,又呼的一下逃走;或者是来回几次喊着小夜子的名字,打断她的工作。最后,在大家吃完午饭后,小明里除了还会偶尔瞥一眼葵外,基本上能够安心地一个人摆弄绘本和布娃娃了。

小夜子把一份用铅笔写好的初步方案交给从厨房抽完烟出来的葵。然后两人逐一地和散落一地的其他公司的宣传单做比较,并相互交流了一下意见,又修改了一下方案上的用词和插图的位置。接下来,葵根据她们刚修改好的内容,输入到笔记本电脑上。在工作的间隙,小夜子留意了一下墙上的挂钟,估摸着这个时候修二应该在婆婆家睡觉,或许两人正在指指点点她这个不参加婆婆的生日宴的儿媳妇呢。

管他呢。小夜子满不在乎地想,这让她瞬间觉得心里痛快了许多。

其实,原先小夜子想着没必要在本该休息的周六把葵请到家里商量宣传单的事情。不过,今天的来访计划是由葵提出的:“既然我们难得都有空,那就一起商量一下怎么设计宣传单吧。如果你觉得带着明里来事务所很麻烦的话，我去你家里也可以的。"故此，小夜子毫无心理负担地同意了葵周六来访。

就在昨天早上，修二对小夜子说："关于明天的生日礼物，你提前去买个适合的吧。"可小夜子根本就不知道为什么要买礼物。

"明天是我妈的生日，家里每年都会一起过的，你怎么就忘记了？"修二又补充了一句，话里话外竟然有埋怨小夜子忘记了这件大事的意思。确实，每年婆婆生日的时候，小夜子都会老老实实按修二的要求去准备好礼物，然后一家人会在离婆婆生日最近的一个周六去井荻为婆婆庆祝生日。从前，小夜子对于这件事没什么特别的想法，但现在，反而觉得以前总是那么顺从听话的自己很奇怪。修二一次也没有给住在千叶的小夜子的父母庆祝过生日，更别提送他们什么生日礼物了。

这让小夜子不禁回忆起之前庆祝婆婆生日时的情景：那天，修二一整天都躺在沙发上，像是被黏住了似的，而购买食材、准备晚饭以及收拾整理婆婆家的家务等所有的琐事，婆婆都是吩咐小夜子一个人去完成。每当明里缠住正在忙碌做事的小夜子时，婆婆就会趁机朝小夜子反反复复地说一些或是讽刺挖苦或是说教指导或是沾沾自喜的话，比如"你就是宠孩子宠过头啦""这孩子你没教育好""我教育两个儿子的方式可比你严格多了"等的唠叨。

去年给婆婆准备的礼物是一条夏天专用的真丝围巾，婆婆打开包装盒后，却抱怨起来："这么热的天气，怎么还有商店卖围巾啊？"婆婆连拿都没拿出来看，就把围巾连同包装一起扔到旁边了。

回家的路上，修二对着默默无言、一个人生闷气的小夜子解释道："妈妈本来就是那样的人，她只是不怎么擅长表达谢意和高兴而已。"当时的小夜子被说服了，竟还觉得修二是个善解人意的好老公，可如今回想起来，却觉得这么想的自己真是莫名其妙。

周五，小夜子在事务所写工作日志的时候，忍不住把这些事用吐槽的方式告诉了葵。

"既然这样，那无论如何，明天我都要给你安排工作了。你就说是老板指定你去做宣传单。"葵说完，像个顽皮的孩子似的笑了。

于是，昨晚，当小夜子对很晚才回家的修二说明天有件无论如何都要完成的工作时，内心是无所畏惧的。听到小夜子这么说后，修二嘲讽地说："怎样的保洁工作才会推不掉啊?"

小夜子不但没把他的挖苦放在心上，还马上回应："是你自作主张地要庆祝生日的。而且明天不是我妈妈的生日，是你妈妈的。"

话刚说完，小夜子竟然有一种想笑出来的冲动。她联想到前段时间自己总结出来的一句话："有些话默默地放在心里时，会让人沉重得喘不过气；可一说出口，不知怎的却变成了喜剧。"

一直待在日式房间里一个人看绘本的明里有些不耐烦地发出声响了，小夜子估摸着她是吃完午饭后想睡觉了。小夜子走进房间，抱起明里，轻轻地拍着她的后背。只有葵敲击键盘的声音在静悄悄的屋里回响，窗外湛蓝的天空万里无云。小夜子把哄睡后的明里轻放在榻榻米上，然后从壁橱里取出小小的毛巾被给她盖好。

"这个方案能不能行啊？头儿，快来看看！"葵压低声音喊着小夜子，担心吵醒了睡着的明里。小夜子也轻手轻脚地来到葵的背后，一起看向笔记本屏幕上的内容。葵不断点击鼠标滑动屏幕，以便让小夜子看清全部内容。这份清洁服务的宣传单在借鉴其他公司的宣传单的基础上，加入了一些具有她们事务所特色的宣传文案。

"这份是面向家庭主妇的，接下来那份是面向单身人士的。"

"嗯嗯，我觉得这样挺好的。楢桥，你真厉害！你还能在电脑上画画。"

"我只是使用了一些现成的图片而已，这样就可以了吧。你家里有打印机吗?"

"我这就去拿。"小夜子从熟睡的明里身上跨过，不发出一点儿声音地把放在日式房间角落里的打印机搬到餐桌上。葵把笔记本电脑和打印机连接好后，打开打印机的电源，然后点击"打印"。打印机运作时发出咔嚓咔嚓的响声，小夜子和葵不约而同地看向一旁睡得很沉的明里。在确定明里没有被打印机的声音吵醒后，两人悄悄地相视一笑。

两人一起认真地看着那张打印出来的宣传单，商量着修改了字体和颜色，还删减了一些宣传文字。她们每修改一次宣传单的内容后，都会打印一份成品，研究是否要继续修改。

"楢桥，真的谢谢你。"小夜子一边看着打印机咔嚓咔嚓地吐出打印好的宣传单，一边感谢葵，"今天你真是帮了我一个大忙。"

"是你帮了我大忙才对哦。今天能够全都定下来的话，周一就能把方案交到印刷厂了。而且你还请我吃了午饭呢。有什么事，你只管开口和我说，假日加班我也没问题的，反正还有一大堆杂事呢。"

小夜子来到厨房，打开冰箱。她原本想给葵喝大麦茶的，可转念一想，葵应该会更喜欢啤酒，所以就拿了修二的啤酒存货。

"太棒了，大人的零食时间！"看到小夜子端来玻璃杯和啤酒后，葵开心得拍手欢呼。葵一边喝着冰啤酒，一边转动脑袋环顾了一下小夜子的房子。

"头儿，你真的是个好主妇啊。"

"怎么说呀？"小夜子笑了起来。

"阳台上晾晒着洗干净的衣物，啤酒杯和店里的一样冰冰凉凉，还能轻松地抱着明里哄她入睡。真不敢相信你和我是同龄人。"

"这些啊，其实都是些人人都能做到的事啦。但我不能像你那样和外国人通话调配车辆，也更不会做旅行策划什么的。"

"头儿，你不也是在工作吗？在外面工作那么辛苦，还能把家里整理得井井有条，同样作为女人的我很佩服你哦。而且你的厨房里既没有脏盘子，也没有方便碗面的空盒。"

"说起工作，我既没有加班，也没怎么动脑子，更没有你那么卖力。"

"讨厌！我们怎么还互相吹捧起来了呢？跟两个大妈似的。"葵激动地笑着拍了拍小夜子的后背。小夜子也给自己倒了杯啤酒喝了起来。啤酒冰冰凉凉的，让人瞬间就放松下来了。

"楢桥，你是单身主义吗?"小夜子突然问道。

"不是啦，只是暂时没有男朋友。老实说，我是去年旅行的时候被对方甩啦。"葵往喝光的杯子里又添了些啤酒，咕嘟咕嘟喝了一口后，继续说道，"你猜他说了什么话就把我甩了? 他说受不了我旅行时的小气样儿。他自己到处给服务员小费，还狡辩说是因为导游手册上写明了。连在脏兮兮的小吃摊上也会特意给服务员小费，也会给没有帮忙搬行李的酒店引导员小费，甚至还打算给那个漫天要价的出租车司机小费，最后他被我大声制止了。我们只是简简单单地去旅行，又不是要请人帮忙搞到极难买到的巴黎歌剧院的门票。就因为这样，我被对方称作是'吝啬女'。"

葵像是说完什么笑话似的，忍不住哈哈大笑起来。小夜子不知道跟着笑是不是合适，最后只能轻轻地点了点头当作回应。

"说到底都是那本错误的导游手册惹的祸。对了，你参加过旅行团吗? 看过旅行社发放的导游手册吗? 上面写着面对什么服务人员要付多少小费之类的，还写着千万别去什么样的商店，类似需要旅客特别留意的注意事项的那种。听说最近有一个去往东南亚的旅游团给团内每个旅客发了一本小册子，上面写着不要吃小吃摊上的食物，不要喝加了冰块的饮料，不要吃没烹煮过的蔬菜，一条一条详细地列了出来。后来在自由活动时，有几个旅客没遵从手册上的教导，去小吃摊吃东西后，全都拉肚子了。你觉得这是因为小吃摊的食物不卫生造成的吗？我反而觉得是那本导游手册故意暗示了旅客。手上拿着一本详细的手册，人就会放弃思考了。一旦人不动脑子去想东西，就会什么都看不见了。导致有些人会不记得自己是否给过小费，但那些教你需要发自内心地感激致谢的事情，你是怎么也不会忘记的。"

　　葵突然滔滔不绝地说起她对旅行的各种看法。小夜子认真地倾听着，眼睛却透过紧闭的玻璃窗，看向阳台上随风飘荡的晾晒着的衣物。

　　"旅行分为'to see'（看）和'to do'（做）两种方式，其中一种是去往目的地，参观名胜古迹和博物馆之类的，还有一种是亲身参加当地人民的活动。但是如果没有作为前提条件的'to meet'（遇见）的话，那后面的一切都谈不上。国外和你原本待的地方非常不同，说什么人们都能互相理解啦，人都是平等的啦之类的，其实这些全是谎言，人和人之间一直是不一样的。如果意识不到这一点，人与人之间就没法'遇见'对方。导游手册上写的'请这样做''这些是常识什么的'等，反而会阻碍人们亲身感受那些不同之处。"

葵说完便停下来眨巴着眼睛看向小夜子，有些不好意思地说："抱歉，忍不住又激动起来了。我很容易兴奋，一兴奋起来便滔滔不绝，所以常常被木原君他们笑话。"

葵把话说完，就伸手去拿终于全部打印好的宣传单。葵刚才说的话在小夜子听来，类似一台从未使用过的洗衣机的说明。葵前前后后说了那么多，可小夜子只听明白了一点，那就是葵和自己是完全不同的人——她们两个所关注的事物及想要的东西，还有追求的人生目标迥然不同。但为什么发生了此情此景呢？或许可以借用葵的一句话来描述，正是因为每个人都各不相同，所以才会有今天这些对话的出现。

小夜子看到葵的杯子喝空了，刚想开口问她要不要再来一瓶啤酒的时候，大门外传来了有人用钥匙开门的声音。小夜子惊讶地跑进走廊里，正好碰见刚开门进屋的修二。

"你怎么现在就回来了？"小夜子不禁问道。

"你才怎么回事，没出去加班吗？"修二也吃了一惊。

"我就在家里加班。"

"什么？在这家里？能干什么呀？"修二一边说一边走进客厅，当他打开客厅大门时，一脸困惑地发出"啊"的一声，小夜子赶紧跟着他走进了客厅。

"这位就是平日很关照我的栖桥。这里被我们搞得有点儿乱，没想到你这么快就回来了。"

"其实田村帮了我不少。我们正在做事务所的宣传单，下个月就要开始新的业务了，田村可是业务负责人哦。"面对修二这个第一次见面的男人，葵依旧不慌不忙，用对待熟人的态度和修二说着话，还给他看了看今天刚做好的宣传单。

"啊，辛苦您了。"反而是修二有些语无伦次了，他用手推开挡在门口的小夜子，朝卧室走去。大概是被大人们的声音吵醒了，屋里的明里小声地哭了起来。

"你家先生回来了，我也该告辞了，先收拾整理好。"葵一边说一边站起来，把打印好的宣传单收拾到一起，然后拔掉了笔记本电脑的插头。

"他今天怎么这么早就回来了？真是的！没关系的，楢桥，你再坐会儿吧。"

"我们的最终定稿今天已经做出来了嘛，周一一早我就拿去印刷。头儿，明里在哭呢。"

小夜子抱起了越哭越大声的明里，还在试图找别的理由挽留葵，可是葵快手快脚地将笔记本电脑放进包里，还把空啤酒罐和玻璃杯拿到了厨房。

小夜子怀里抱着明里，一直把葵送到了公寓楼大门口。

"真想哪天去趟温泉啊。"刚踏出公寓楼自动门一步的葵，突然冒出一句看似感叹的话。

"嗯，就是。"小夜子梦呓般地小声回应道。

葵在炫目的阳光下向远方跑去，跑到几米开外后，回过头冲小夜子用力地挥着手。小夜子赶紧握着还在呜呜咽咽哭泣的明里的小胳膊，也朝着葵挥动一下，还大声地说"谢谢"。环绕在公寓门口四周的树丛，把层叠的阴影投射在反射着刺眼日光的柏油路面上，穿着白衬衫的葵的身影跑动在树荫下，眼看着越来越远了。小夜子一直站在原地，目光紧紧跟随着阳光下熠熠生辉的白衬衫，直到看不见了为止。

"你们刚才的工作根本就是社团活动啊。"等小夜子刚一进屋，坐在沙发上翻看杂志的修二一脸不快地直接对小夜子说道。

她没有回答对方，只是一声不吭地把还在小声哭泣的明里放回日式房间。

"又不是要做学校文化节的海报……"

"今天你回来得真早啊。妈妈还好吗？"小夜子一边问修二，一边收拾明里翻看过的绘本，明里紧紧地跟在小夜子身后。

"我一个人去有什么用啊？"

"你没去井荻吗？那你今天去哪里啦？"小夜子有些吃惊。

"哪里都没去。我就在附近逛了逛。"

"妈妈岂不是一直在家等着你？"

修二没有回答，装作继续看杂志，然后说道："冰箱里的啤酒都没了。"

小夜子不禁叹了口气，抱起身边的明里说："小明里，和妈妈出门去买东西，好不好？爸爸说啤酒没了，他在生气哦。"

"你怎么这样说话?!"

"还要买点儿晚饭的食材，我很快就回来。"

修二朝着走向门口的小夜子口是心非地喊："我也去吧。"小夜子装作没听见，蹲下来给明里穿好鞋子。

"妈妈，我们要出门吗?"明里不停地问道。

在小夜子载着明里骑上自行车后，还想着或许能追上刚才走路去车站的葵呢。可是被影影绰绰的树荫覆盖着的道路尽头并没有葵的身影，只有一些大人带着孩子，以及刚从泳池回来的孩子们走在树荫下。

8

从伊豆车站坐上电车后，葵和鱼子依次在伊东、热海、小田原这几个车站下了车，在当地闲逛了几圈，最后她们来到目的地——横滨。

她们到达横滨时，城内各个角落都已看不见游客们的身影，街上到处弥漫着暑假结束后独有的肃然和寂静。她们两人都住在不提供餐食的便宜旅馆里，每天的房费是三千日元左右。在这段时间里，葵有好几次回忆起了临近暑假前去鱼子家游玩时的情景。

起初，葵在学校听说鱼子一家挤在只有两个房间大小的县政府提供的廉租房里，而实际上是一处老旧的公寓型住宅。几栋四层的住宅楼相互之间紧挨着，每栋住宅看起来都像是一个方形盒子。一个荒凉破败的公园缩在小区中间，一眼看过去就知道，这个公园里不会有小孩子玩耍。公园小小的沙坑里堆满了空食品包装袋和空罐子，还有一个木架腐烂、铁链生锈的秋千，其他地方也满是烟头和褐色的维生素饮料的空瓶。

葵走在鱼子身后时，不禁想起从前曾经想象过的鱼子家里的情景。当葵拉着电话线与她通话时，仿佛能从耳旁的听筒听到鱼子藏在深处的气息，这让葵联想到鱼子所在的宽敞整洁的家。而近在眼前的这片破旧不堪的住宅反倒更接近同学间传播的风言风语。

鱼子走进了一栋在侧面涂有字母"E"的住宅楼里。葵一路跟在鱼子后面，爬上了阴暗狭窄的楼梯，来到三楼鱼子家的门口。斑驳的绿色大门上没有名牌，鱼子用钥匙打开家门。两人进门后，鱼子没看一眼葵，只是冷淡地小声和她说："请进。"

葵永远也忘不了踏进鱼子家时所看到的场景。

葵是第一次见到这样的地方，不是因为这里非常脏乱，而是不像是有人居住的地方。一进大门，就马上踏入了厨房餐厅，再往深处一些是两间四张半榻榻米大小的日式房间。葵猜整个住宅区的房子大概都是同样的布局规划。虽然房屋结构和其他的普通住宅没什么区别，可是这个屋子无法让人感受到"家"的氛围，反而像是车站候车室或是刚才见过的那个破败又荒无人烟的公园。踏入房中的葵与其说感到惊讶，不如说心里先泛起了一丝隐约的恐惧。

这个家里毫无生活的气息，看着像是建在户外的无人看管的公共设施。厨房的水槽里和台面上满是无人收拾的碗面和盒饭的空盒子、饮料和啤酒的空罐。堆在厨房角落里的三个黑色垃圾袋周围有几只小苍蝇在飞舞。厨房兼餐厅的小空间里除了一个冰箱，没有看到其他家具和电器的影子。连餐桌、碗柜、餐具柜、微波炉都没有，甚至连电饭煲也看不见，只有一只挂在矮矮的天花板上的电灯泡。鱼子脚步匆匆地走过餐厅，进入左边的日式房间，葵也跟着进了房间。这个日式房间里也和餐厅一样空落落的，加上距离旁边的住宅楼仅有几米的距离，所以窗户没有阳光照进来。窗下的一张书桌是房间里唯一比较像样的家具。因使用时间太久而卷曲起毛且褪色的榻榻米上堆放了录音机、女性杂志、黑色电话机、装有鞋子的无盖盒子、十四英寸的电视、运动包等杂物。

"想喝什么？"鱼子把黄色的书包放在书桌上，即便是在询问葵，鱼子的眼睛也还是没有看向葵。没等葵回答，鱼子便直接走到厨房，打开冰箱去找喝的东西了。葵趁机偷偷看了看隔壁的日式房间：隔壁房间的榻榻米上也是乱丢着毛巾被和枕头，周围还有几个已开封的零食袋子，地上散落着几个被捏扁了的空罐子。其中一面墙上还挂着一排颜色鲜艳的衣服。

"其实比大家说的还多了一个房间哦。"这时候，手里拿着罐装果汁饮料来到葵身边的鱼子说道。

进门这么久，她才第一次看着葵笑了，然后用平日少见的带有攻击性的语气说："满意了吧？你终于看到了这个传说中的'贫民窟'。"

葵却觉得鱼子家给人的这种别扭怪异的观感和常人说的贫穷并不是一回事。鱼子从小到大在这个家里是怎样成长和生活的呢？对于葵来说，这些疑问可能无法问出口了。比如在这个看似不会有全家人聚餐和和谐团圆的气氛的家里，她都吃些怎样的饭菜？每天都和谁待在一起？聊天的时候，会说些什么呢？

葵不禁回想起之前她对鱼子的固有印象：这个女孩儿一定是生活在美好的家里，从来没见过外面的肮脏之事，是在家人的宠爱和关照中长大的。可事实与想象是不一样的，甚至可以说是完全相反的！实际上，鱼子在这个家里不仅没有人疼爱，肯定还感受到了一些不该感受到的东西，是她一个人努力在这样的家里长大的！葵在脑海中为鱼子辩护，可嘴巴却紧闭着说不出话。

"其他人在我背后嚼舌根，我根本不在乎。"鱼子一边喝着果汁，一边小声嘀咕着。

"学校里不存在让你看重的东西？"葵联想到鱼子曾经说过的一句话，疑惑地开口问道。

"也有这个原因……即使现在他们对我指指点点，但这根本不是我的问题，症结在那些人身上，所以这些风言风语不该成为我的负担，我可没有分担他人烦恼的宽厚之心。"

葵没法理解鱼子话中的含义，反而认为鱼子只是在硬撑着，就像她从前说过的没有遇见过任何能让她感到害怕的东西一样。两人同时沉默不语，一同默默地小口喝着果汁。这时，突然传来一阵门锁被粗鲁地打开的声音，几个学生模样的女孩子走进屋子。她们都穿着葵从未见过的校服，裙子都很长，像和服下摆似的在她们的脚踝处飘动，脸上还化着浓浓的妆。不过这些女孩子完全无视葵和鱼子，吵吵闹闹地走进了隔壁房间。几分钟后，她们全都换上挂在墙上的那排色彩鲜艳的衣服，还是那样吵闹着关门离开了。葵摸不着头脑地一边嗅着留存在空气中的香水味，一边呆呆地目送着她们走出门。在她刚猜测着这个房子是给一群陌生人提供的更衣室时，只听得鱼子低头笑了一声，说："我妹妹。啊，不都是哦。我妹妹是其中那个妆容最浓、头发卷得最夸张的丑女。"

当窗外夕阳的余晖把对面那堵仿佛迫近眼前且满是裂痕的墙壁都覆盖上橙色时，葵离开了鱼子的家。鱼子将葵一路送到离家最近的公交车站。在等车的间隙，葵和鱼子还像往常一样不停地说说笑笑，仿佛刚才去过鱼子家的事从未发生一样，葵装作什么也没看到，鱼子家的真实情况也没被发现。不过从这天开始，葵再也不想去深挖鱼子的其他隐私了，她决定不管同学们在背地里流传的那些话是否真实，她都只看重鱼子本人。

葵原本以为不管怎样，自己都无法将鱼子家的实际情况与眼前这个笑容满面的鱼子联系在一起了。可是，在她们离开伊豆，经过这几天的亲密共处之后，葵终于发现：鱼子确实是在那个废墟般的家庭中长大的，而自己从前对鱼子的真实情况确实是浑然不知。

原来约定好回家的八月二十四日早就过去了，连新学期开学的日子也过去了，可鱼子看起来却毫不在意的样子。她似乎一点儿也不担心可能会被学校里的老师训斥，也不担心有人看见她的脸和印有她照片的寻人启事后会报告给警察。离家在外漫无目的地乱逛的日子一天天过去，葵觉得鱼子的精气神儿反倒更好了。

提出两个人去情人旅馆过夜的是鱼子。她的理由是一般的旅馆和民宿就算再便宜，两人一晚的房费也要六七千日元，而情人旅馆是以房间为单位计费的，如果算上夜晚的"优惠时段"，不到六千日元就能在房间里住一天，加上旅馆内提供的生活用品很充足，她们不需要额外再支出。葵不知道"优惠时段"具体是什么意思，鱼子淡定地解释说这可以理解成优惠套餐的一种，从晚上十点开始计算房费的话，只要花很少的钱就能住一晚上，待到第二天早上九点或十点退房也行。

在大矶站下车后，葵和鱼子沿着国道一号线走了很远，沿途也看到了好几家情人旅馆。葵对旅馆散发着的色情低俗的氛围有些害怕，摇着头不敢走进去，紧张得缩手缩脚。而鱼子却大方坦然地走进其中一家情人旅馆，先摁了一下显示板上代表空房的按钮，然后熟练地取出房间钥匙。葵直勾勾地看着鱼子的一举一动，仿佛她是个金发碧眼的外国女郎。

离开伊豆的民宿不到两周的时间，她们为了继续在外生活，钱陆陆续续地花出去很多，葵对着日益空瘪的钱包一筹莫展。正如鱼子所说的，情人旅馆低廉的房费和充足的日用品大大缓解了她们窘迫的经济状况。一般的廉价旅馆都不会给住客提供洗发水和护发素，但情人旅馆里不仅有洗发水供住客使用，还有可以用来洗脸的香皂及护肤品，还有生理用品、棉棒，甚至还有薯片和咖啡。

葵在佩服和感激鱼子丰富的常识和做事的魄力的同时，更深刻地体会到了在伊豆急行线车站时鱼子那空洞的失落感。她这种对未来自暴自弃般的逃避感和那个仿佛被时代抛弃了的老旧住宅区里的家有着莫名的相似之处。

对于鱼子身上的"空洞"，葵在感到一丝莫名的恐惧的同时，也深深地被吸引住了。那个深邃黑暗的"空洞"，就像黑洞一样具有强大的吸引力，能够吸收恐惧、不安、不幸、踌躇、无聊和厌恶等这世间所有的负面情绪，让自己觉得放松且安全。

"鱼子!"葵喊了对方的名字。当时两人住在茅崎一家名为"课外补习班"的情人旅馆里。在四周是透明玻璃墙的浴室里，鱼子正用过氧化氢给头发脱色。

前天，在茅崎的一家超市里，葵和鱼子被一个看起来像是学校教导员的中年妇女叫住问了好久。两人猜想大概是随身背着的波士顿旅行包太过显眼，被人误以为是离家出走的少女了，所以后来她们将不必要的换洗衣物、浴巾、泳衣和防晒霜等通通丢进了车站垃圾箱，尽量少带行李，轻装上路。又为了从外观看上去年龄更大些，她们还用亮子之前给的化妆品化了浓妆，用刚才在药店买的过氧化氢漂了头发。

"怎么了啊？"鱼子身上裹着浴巾，正站在花洒下方洗头，她的声音混合着水声，让人听不真切。

"只要和你在一起，我觉得我们什么事情都能做得到。"葵把身子靠在更衣室的墙壁上说道。

花洒的流水声突然停止，一个非常冷静的声音从浴室里传来："我们真的什么都能做到哦！"

当葵拉开厚重的布帘时，她便不再犹豫和惶恐不安了，因为她已经明白：每个地方的迪斯科舞厅其实都是一样的。

在横滨站东口尽头附近的一条小河的沿岸，摆开了许多流动小摊子。葵依稀记得在初中的时候，爸爸曾说过那一带的治安不太好，让葵不要靠近那里。可是当葵最近来过这附近的迪斯科舞厅后，她才知道爸爸说的治安不太好的一带指的就是这个地方。

舞厅的大门一打开，在昏暗中不停闪烁的晃眼的五彩灯光瞬间就把葵和鱼子包裹起来了。中央舞池像高峰时段拥挤的电车车厢一样挤满了人，葵和鱼子不敢乱看，径直走向角落里的小桌。两人轮流看着行李，交替去自助餐区域拿食物。自助餐的餐食基本都是这些东西——油腻腻的芝士烤菜、干巴巴的意大利面、黏糊糊的炸鸡配软趴趴的薯条。不过今天竟然少见地增加了烧卖、比萨和烤饭团。两人各自从自助餐区装了满满一盘食物，坐到角落里的桌子边，面对面地默默地开始吃今天的晚饭。葵看了一眼墙壁上的镜子里反射出来的两个人的身影，镜中分别是顶着一头染坏了的金发的鱼子和误打误撞染出一头漂亮的褐发的自己，两个人现在的模样让葵觉得陌生得很。舞池那边传来英国乐队"Kajagoogoo"震耳欲聋的摇滚歌曲。

"这家比上次我们去的那家要好。"

"啊，你说的是'恋爱女王'？那里的东西难吃到吃不下呢。"

"我去拿点儿饮料吧。"

"再等一会儿吧，肯定会有人请我们喝饮料的。"

现在已经进入九月的第三周。一周前，葵和鱼子把平沼桥、新横滨、东神奈川这几个横滨附近的情人旅馆逐个住了一遍。她们白天出去找兼职做，也不吃午饭，傍晚的时候就特意去找有"女性免费日"或是能拿到赠票的迪斯科舞厅，在舞厅里吃自助餐解决晚餐。运气好的话，还能遇到搭讪的大学生或是年轻的公司白领请她们喝酒，有的人甚至还会和她们约好几天后再见并且答应帮她们支付舞厅的费用。

一个额头上满是汗珠儿的西装男走到她们的桌前，对着正在吃东西的葵和鱼子说道："喂，你们也来跳舞吧。只会不停地吃，会胖成猪的。"

葵看了看鱼子，鱼子朝她使了个眼色，于是葵装作没听见西装男的话，继续用叉子卷起意大利面放进嘴里。

"假正经什么，都是丑八怪！"男子愤愤地说完便离开了。舞池的曲子换成了美国乐队"Earth, Wind & Fire[①]"的劲爆摇滚乐，舞池里的人们发出一阵阵欢呼。

最近遇到的一些事让葵怎么都想不明白，比如昨天说要请她们吃拉面的二十岁左右的公司白领和刚刚粗鲁地向她们搭讪的西装男之间的区别在哪里。可是，鱼子看了对方一眼，便能分辨出这个男人是危险的还是安全的。葵无法得知鱼子的判断的准确率是多少，不过到目前为止，她跟着鱼子还没有碰到过危险人物。

葵差不多有一年半没来过横滨了，但是她没什么特别的感觉，既没觉得亲切，也没觉得厌恶。只是觉得现在的横滨比从前更热闹了，像是一个完全陌生的城市。葵继续想着：即使自己去了矶子区，看到的情形也一定是一样的吧。葵在矶子生活的时候，除了自己的脚尖外，她从没注意过那里的街景、天空、广告牌和大楼，所以也没有什么感想。

两人来横滨是为了找工作。之前她们离开伊豆的民

① 一九六九年成立的著名流行放克组合，曾六次获格莱美奖。

宿时，两人身上的钱全部加起来有四十五万日元左右，包括亮子给的打工的工资，还有葵从妈妈那里收到的备用金。两人在外乱逛期间，基本都是住情人旅馆，手洗衣物，去近距离的目的地都靠走路，还不吃早午饭和零食，可是身上的钱依旧像流水般匆匆而去，离开伊豆还不到一个月的时间，两人总共只剩下二十万日元左右了。在旅途开始时，葵就在原本用来写英语作业的本子上记录每一笔支出，她经常检查记录，想找找有什么可以节约的费用，可是她发现每一笔支出都是用于购买必需品，到横滨后，因为天气变冷而必买的每人一件的长袖外套就算是最奢侈的消费了。

所以葵和鱼子开始认真找工作了。在反町的一家情人旅馆里，两人各自乱写一通简历，简历的内容里只有姓名是真实的。她们先到横滨站附近的 "PORTA" "JOINUS" "MORE'S" "LUMINE" 等大型购物商场，找到贴在楼层角落里的招工启事，然后逐个去联系对方，可是全都被拒绝了。有时候，两人还会分头去找工作或是参加各种面试。或许是满是假话的简历被人看出来了，或许是鱼子的金发和葵的褐发太碍眼了，没有任何地方肯录用她们两人。两人就这样继续着窘迫的日子。现在，迪斯科舞厅是她们最好的蹭吃蹭喝的场所，但也只有一顿可以填饱肚子的自助餐，偶尔会有人请她们喝东西、吃夜宵。

整晚，舞厅里有好几个人跟她们搭讪，不过鱼子全都没搭理。看到时间已经过了十点，葵和鱼子便收拾好一起离开舞厅。来到门口的时候，两人背后正响起一首诉说爱意的情歌，粉色灯光从舞池里紧紧相拥的情侣们的身上缓缓滑过。

河岸边，一排密集的流动小摊上挂着照明用的小电灯泡，灯光映照在河面上，散落着点点跃动的亮光。高速公路上驶过的车辆络绎不绝，高楼里的灯光遥远得像星星一般，被城市的灯光反射着的夜空纯净无比。从居酒屋里出来的醉酒中年人们勾肩搭背，口中哼着难听的跑调小曲。情侣们则相互依偎着，连体婴儿似的黏在一起，走在路上。深夜，敞开店门的咖啡店里传出时下流行的麦当娜的歌曲。一辆车窗全开、底盘几乎贴地的跑车里发出轰轰的电音舞曲，从葵和鱼子的前方迅速开了过去。葵还是第一次看到夜幕下横滨这个城市的另一面。眼前的横滨所呈现给葵的是如此闪耀夺目，热闹非凡，仿佛不存在一丝阴暗。或许这并不是横滨本身的样子，而是因为葵正和鱼子待在一起吧。

　　眼看着这番繁华喧闹的夜景，葵不知怎么想起了妈妈。她认为妈妈其实是个可怜的人，那个幻想全家曾在这个热闹的城市里过着富足的生活，现在却看不起周围的一切的妈妈。对一直不回家的自己，她一定很生气吧。妈妈曾经说过"会被人欺负全是因为你自己做得不对"这种话，她现在一定在抱怨着因为葵这种胡作非为的行为，才导致一家人被迫回到了乡下，但最后葵却从乡下逃出来，一个人逍遥自在去了。妈妈一定无法理解和原谅葵的这种做法吧。真是个可怜的女人！妈妈大概会终身困在那个镇上，过着满腹牢骚，鄙视周围的事物，没有一份稳定的好工作，看不到希望的生活吧。

　　"我还想去一趟企鹅酒吧，今晚没遇到大方的人呢。"

　　"葵，你喜欢企鹅酒吧吗?"

"谈不上喜欢……只是上次你带我去的时候，我玩得挺开心的。"

"哎，有时候就会碰上今天这种运气不好的日子。对了，储物柜的钥匙在你身上吧？"

"嗯，我拿着呢。今晚我们住哪家旅馆？去最近住过的三泽的那家？那里相当不错哦。"

"啊，你是说'蓝月亮'？那就这家吧。要是情人旅馆能够允许连续入住几天就好了。"

鱼子和葵从车站的投币储物柜里拿出装着两人行李的波士顿旅行包后，走向车站西口。在这一路上，不断有与她们擦肩而过的年龄相仿的女孩子们，用审视的目光瞥她们一眼。不过，鱼子对此毫不在意，还突然哼唱起刚才跑车里播放过的麦当娜的歌曲《Like a Virgin①》。

来到情人旅馆后，葵倒在双人大床上，随手打开笔记本，开始记录今天两人的全部支出。从昨天剩下的钱里减去今天花费的金额，一共剩下不到二十万日元了。

---

① 美国女歌手麦当娜发行的第二张个人专辑。

"啊呀，糟糕了！钱真的快花光了。"

坐在沙发上，看着电视里的歌唱节目的鱼子回头问："具体还剩下多少？"

"十九万两千八百七十五日元。"葵回答。

"还够用呢。"鱼子说完，便转头跟随电视里的松田圣子哼唱起来。

"你认真听我说啊。我们平均一天还是要花一万日元的，对吧？这么算下来，只够花十九天而已。要是遇到一些必须花钱的地方，那时间就会更短些。所以在不到一个月的时间里，我们别的什么都做不了喽。"葵从床上坐直身子说。鱼子也停止哼唱，又回过头来看向葵，一副若有所思的样子。

"明天我想方法弄点儿钱来。"鱼子面无表情地说道。

葵呆住了，她完全不明白鱼子的意思。

"什么？怎么弄？"几秒钟过后，终于回过神儿来的葵问道。

"我说的是用最简单的办法挣钱。嗯，之前没跟你说过，可是我早就知道了。之前我一个人找工作的时候，发现了一个专门供男人和年轻女孩儿一起玩耍的地方，那里的人还喊住了我。只要能挣钱的话，我对这种事完全无所谓的。"

"但你还是个处女啊！"葵忍不住打断鱼子的话，但她立刻就反应过来了，自己刚才说的话是多么愚蠢，下一秒她就呆立住了。

"之前不是和你说过了吗？那些对我来说不重要的东西，我是不会在意的。真正让我觉得重要的东西就只有一两个，其他的无所谓，我不会感到害怕，也不会觉得难受的。"鱼子直勾勾地看着葵的眼睛，用无比冷静的声音说道。

葵想开口劝说鱼子别做那种蠢事，可最终她什么也说不出口，只能僵硬地和鱼子对视着。葵明白鱼子说的全是大实话。眼前的这个女孩子以后真的会站在街边，跟那个和她搭讪的陌生男人一起离开，对此，她既不会犹豫，也不会害怕。估计没有什么东西能让她受到伤害，因为那些会伤害到她的一切都被吸进那个深不见底的黑洞里了。

在两人相互对视着不动弹的时候，一个疑问悄悄爬上葵的心头：为什么在准备登上回家的电车的时候，鱼子会那么激动地说不想回家呢？当时自己想到的原因是鱼子受到同学的欺负排挤，加上厌恶那个仿佛被时代抛弃了的家，以及不能选择未来的痛苦不堪。可是，在两人遇见了这么多人和事后，现在的葵觉得，从前自己想到的这些对于鱼子来说，或许全都是无关紧要的事情。那么究竟是什么原因令她如此抗拒，哭着不想回家的呢？不想回家的真正理由会是什么呢？

突然，一阵寒冷的恐惧感爬上了葵的脊梁，仿佛现实中的她并不是在情人旅馆里，而是站在悬崖高处向下看。

"鱼子，你并不需要做那种事。"葵听着自己的声音，感觉像是从远处传来的。

可鱼子还是直勾勾地看着葵，葵又缓缓地说道："我有个更棒的建议，可以打我以前的同学的主意，抢她们的钱。要是她们身上的钱不够的话，就让她们想办法多拿些，我知道她们的家庭地址。"

即使说了许多话，葵依然觉得自己的声音忽远忽近，没有真实感。

但可能也正因为这样，刚才葵后背的恐惧感减轻了不少，于是她又毫无顾忌地继续说："我们去买把刀，用来威胁她们，看准一个落单的人后，猛地拿出刀来恐吓她。正好你现在一头金发，肯定能吓得她们乖乖听话。"可是不管葵怎么说，站在对面的鱼子还是面无表情，葵有种错觉——感觉鱼子脸上突然出现了一个深不见底的黑洞。而正在和鱼子对视的自己，也有同样的黑洞覆盖在脸上吧。葵看着眼前的鱼子，仿佛看到了镜子中的另一个自己。电视机中传来的男子七人乐队"THE CHECKERS[①]"的优美歌声，像是远在天边的梦幻泡影。

葵和鱼子一起爬上曾住过的那幢四层楼高的"Demeure矶子"公寓的屋顶，俯瞰城市。太阳缓缓藏进高

---

① 二十世纪八十年代，日本很受欢迎的偶像派合唱组合。

楼大厦的背后，脚下这片广阔的城市渐渐被余晖染上金橙色。环顾四周，一栋栋灰色的不规则的高楼像锋指天空的匕首。或许是有些大楼里经营着大众浴室的缘故吧，细黑的烟囱从楼顶延伸出来，烟囱里飘出来的白色烟雾跃进橙色的天空。夕阳落下前还暖洋洋的微风，现在已经变得寒冷，穿着一件长袖衬衣的葵觉得冷飕飕的。

"'Demeure'是什么意思啊?"鱼子突然开口问道。

"不知道呢，"葵对鱼子在这个时候还问些无关紧要的问题有些不耐烦，但还是继续说，"'Amigo'的话我知道。"葵疑惑这时候的自己怎么还说些无聊的话。

"'Demeure'和'Amigo'完全是两码事吧。"鱼子说完，干巴巴地笑了起来。

几小时前，葵人生中第一次抢了别人的钱。被抢的人原本应该是随机决定的，但这次被抢的人是高桥玖美子。几天前，葵在偶然路过的车站西口的麦当劳里，看到了正在店里打工的高桥玖美子。

从小学时起，高桥玖美子就和葵在同一所学校读书，小学五六年级的时候，两人也还是同班同学。同班的时候，高桥玖美子胡乱编造葵身上有臭味的传言，然后打翻葵的饭盒，用黑板擦打葵的脑袋，还和男孩子们一起哈哈大笑着掀葵的裙子。初二时，她也和葵同班，初中时的高桥玖美子虽然已经不再做那些孩子气的欺负人的事，但从来没和葵说过一句话，当她根本不存在一样，完全无视葵。不过在葵的眼中，高桥玖美子的心眼儿并不是特别坏，因为其他同学当时也对葵做了类似的事情，所以葵没有单独记恨她一个人。如果在麦当劳打工的是原千岁或是松川英美的话，抢钱的对象肯定就是她们了。

两人提前在三越百货买好了一把折叠小刀，偷偷躲到麦当劳的后门附近，等高桥玖美子一个人下班。

藏在大楼阴影处的葵和鱼子在等待期间，曾看到穿工作服的高桥玖美子出来扔过一次垃圾。

下午四点刚过，高桥玖美子和其他几个打工的同事一起从后门离开。葵和鱼子悄无声息地跟着她，等待只有她一个人独处的时机。高桥玖美子在车站西口附近的公交站和其他人挥手告别后，一个人走进通往地下通道的楼梯。葵朝鱼子使了个眼色，两人突然从楼梯尽头冒了出来，一左一右地抓住了高桥玖美子的两个胳膊，把她拉到楼梯后方。

"借点儿钱给我们用用。"鱼子开口。葵还没来得及从牛仔裤口袋里掏出藏着的小刀，高桥玖美子就听话地从手袋里拿出了钱包。葵一直看着高桥玖美子用颤抖的双手拿出来七千日元。

"这点儿钱不够，我们还想多要些。"鱼子说。

高桥玖美子害怕得只敢看着鱼子的胸口，小声说："对不起，我真的没钱了。"高桥玖美子看着比中学时胖了一点儿，耳垂上有耳洞，脸蛋儿和下巴上长有痘痘。

鱼子把七千日元塞进自己的口袋后松开对方，高桥玖美子转头跌跌撞撞地朝着地下商业街的方向逃去。

在离开的瞬间，高桥玖美子看了一眼葵，便快速移开视线，很显然，她根本没认出葵曾是自己的同学。葵呆滞地把目光黏在高桥玖美子混进人群后远去的背影上，她感觉刚刚这一切都不像是真的，所以她一点儿也没感到害怕和紧张。葵只是觉得耳朵里嗡嗡的声音有些吵而已。

虽然抢来了七千日元，可不知为什么，葵一点儿也不开心，胃部还在隐隐作痛，像是被强塞进一堆无法消化的东西。并排而走的鱼子的脸上也看不见高兴的神情。两人漫无目的地走在地下商业街中。来到车站附近时，葵听到鱼子小声说想去看看葵在这个城市里曾经住过的地方。

"高桥已经完全忘记我了！"在"Demeure矶子"公寓的屋顶上，紧抓住栅栏的葵说道。

"大概是因为你的头发变成褐色的了，脸上还化了妆吧。"鱼子说。

屁股底下的水泥地板凉飕飕的，抬头便看见被落日余晖染成漂亮的粉色的云朵从空中缓缓飘过。远处，白底上写着"大关酒"的红色字体的霓虹灯一直闪烁不停。

葵原来住过的305室现在已经有陌生人在居住了。和在横滨站时的感受一样，无论是特意来到矶子，走在曾经每天都会路过的商业街上，还是看着面前这栋从幼儿园时起就居住在里面的公寓，葵的心里一直非常平静，既没有怀念，也没有讨厌。在葵眼里，这些地方像是和她的人生从未有过交集的陌生的街道和公寓。

"吃奶糖吗？"鱼子一边说着，一边从牛仔裤口袋里掏出一盒奶糖。之前塞进口袋的七千日元"啪"的一声掉在了地上，松松地叠起来的纸币有几张被风吹着跑了几米远。葵在蹲下来捡起纸币的瞬间，感到一阵前所未有的、对自己的深深的厌恶感涌上心头，但她伪装起来，不让鱼子察觉到，将纸币塞进自己的口袋后，又一屁股坐回刚才的地方。

"有件事我一直想问你。"

"什么事？"

"'鱼子'为什么要读成'nanako'？"葵嘴里含着奶糖，含混不清地问道。傍晚的天空渐渐从橘黄过渡成了深蓝。

"你问的是这个呀，这是一种布料的名称。我们那里的布匹不是很有名吗？听说'鱼子'是一种布料的名字，还是高级布料呢，所以奶奶给我取了这个名字。"

"你还有奶奶啊。"

"她已经不在啦，是在我上小学的时候去世的。"鱼子仔细剥开糖纸，把奶糖也放进了嘴里，"我的家里，原先住过五个人哦。在奶奶得了癌症住进医院的那段时间里，家里没有一个人感到伤心。大家都开心地迅速重新分配好房间。右边的房间归妹妹，左边的是我和妈妈的，厨房是爸爸的，真是混乱不堪啊。连奶奶的衣橱及酿的梅酒，还有她亲手做的米糠酱……奶奶的东西被扔了个一干二净。"

斜对面的公寓楼走廊里的灯突然全部亮了起来，远方某处传来了汽车的喇叭声。葵嘴里的奶糖渐渐融化了。

"我也没资格责怪他们什么。奶奶因生病短时间内瘦了很多，我害怕见到她那非常憔悴的样子，连医院也没再去了。听到她离世的消息时，竟然还松了口气。那时候，我就悟到自己真是个冷酷无情的人啊，是个冷漠的、残忍的、没有一点儿感情的生物。"边含着奶糖边说话的鱼子说到这里就停了下来，转头看了坐在旁边的葵好一会儿后，继续说，"葵，其实你早就想回家了吧？已经觉得很累了吧？"

葵也回看鱼子，这时候才发现天色已经暗了，昏暗的夜色中只能模糊地看到鱼子的脸的轮廓。

"我并不想回家。"葵回答。

在离开伊豆的时候，葵畅想着在某个遥远的地方，有缤纷精彩的美好未来在迎接自己，未来的一切都能顺利度过，自己和鱼子两人一定能一同到达那个美好的地方。不，现在的葵也还是这么想的。只要她们都找到工作了，后面的事情就会好起来，也就能顺利到达那个向往的未来。可是事与愿违，自从她们来到横滨后，一种不安的感觉有时会悄悄浮现在葵的心头，让她觉得自己一直期待着的美好未来并不会存在于世上。就像妈妈错乱记忆中的豪华奢侈的生活那样，无论是过上称心如意的充满美好的未来，还是鱼子和自己的最后归属，都是虚无的，全都不存在于世上。

"我不想回家，但真的觉得已经很累了。"葵继续补充着，嘴上说着很累，身体似乎感觉更累了。用抢来的不多的钱去买食物，晚上还要寻找便宜的情人旅馆，睡觉前在床上也要努力回忆并记录当天的支出，费尽心思地找路子去挣钱，甚至还想着如何才能拥有精彩的未来……一想到这些烦心事，葵的脑袋就开始晕乎乎的，累得都不想站起身了。

葵突然回忆起那时候走在笔直地向远处延伸的田间小道上，同班的女孩子们被风吹起来的裙角，一路嘻嘻哈哈地跑着超过自己时挥动手臂的情景，时间似乎已经过去了好久，像是在离自己非常遥远的过去看到的情景。

"其实我也累了。"鱼子小声说。

葵默默抬头看向那高阔明朗的夜色。夜幕已完全笼罩在街道上，深蓝色的街市上亮着大大小小的霓虹灯。站在高楼楼顶，葵重新聚精会神地细看自己心中那在夜色中依然繁华绚丽的横滨：无边的深色夜空下，有远远近近闪烁着的霓虹灯。不管是今天也好，还是昨天也罢，在葵眼中，游走在城市边缘的她看到的不是繁华的都市，而是一个无边无际的陷阱。

"葵——"不知道过了多久，葵听见鱼子用强忍瞌睡的声音喊她。

"嗯——"葵点头回应对方，心想自己的声音听起来也是如此吧。

"我们不断向前走，却感觉哪里都到不了。"鱼子说出了葵一直想说却不知道如何说出口的内心的真实想法。

"嗯。"葵点头赞同，"可我还是想要去往更遥远的地方。"

"想要去往更遥远的地方。"鱼子一脸平静地重复葵的话。

"我们手拉手一起从这里飞起来吧。"鱼子双手抓住栅栏，脸也贴在手背上。在真正想明白鱼子的话到底是什么含义之前，葵首先想到的是：如果她们真的能飞起来的话，可能会去到什么地方呢？是一个没有劳累的地方，在那里她们不需要再寻找情人旅馆，也不需要为如何挣钱而烦恼，是个一切事情都能一帆风顺地完成的地方。现在，葵也依旧像个幼童般天真地相信：只要和鱼子两个人一直在一起，就任何事情都能办到。

葵直勾勾地盯着按照"大、关、酒"的顺序逐一亮起的巨型霓虹灯，突然看不明白眼前的这些字的含义是什么了。葵过了好久才发现，耳朵里持续不断的鸣叫声突然消失不见了。

9

"明里，别闹了！"小夜子听见自己愤怒的叫喊声在耳边徘徊着。从前，只要自己黑脸，就会被吓得大哭的明里，现在就算是被大声训斥也还是一脸满不在乎的样子，嘴上还不服气地喊着："不要，不要，不要，我就是要玩！"

"你要是再这样顽皮，妈妈就做不了晚饭了！"

"我不要吃饭！"

现在的小明里已经长大了些，可以与自己对话了，这让小夜子深感欣慰和开心。厨房里突然传来锅盖被蒸汽掀开的声音，母女间原本还算有逻辑的对话下一秒又变成了混乱的各说各话。

"随你了，妈妈不管你了！"小夜子说完便跑进厨房，她赶紧先关了火，然后处理刚才丢下的做了一半的肉丸。明里咯咯地笑着跟进厨房，一边缠在小夜子腿边，一边不停地说"抱抱，抱抱"。

"明里！是你说今晚想要吃肉丸的哦！"

"我才没说过呢！"

"马上就做好了，你先去旁边看会儿电视等等妈妈吧。"

"不去！"明里说完，就踮着脚把手伸向厨房台面。

下一秒，小夜子赶紧把放着菜刀的切菜板推到远处，这时，不小心碰到了菜板边装肉馅儿的大碗，大碗被挤出了台面，"砰"的一声翻转掉到了地板上。明里吓得"啊呀——"一声叫了起来。小夜子看着洒落在地板上的黏糊糊的肉馅儿，突然觉得所有事情都让她感到非常烦心和头疼，无论是晚餐前的准备工作，还是晚餐后的收拾整理，她觉得这些都变得让人厌恶不已。

"真的够了，明里！妈妈真生气了！"小夜子拽住明里的胳膊，把她从厨房里拖了出去。这时刚好回家进门的修二看到了这一幕。

"这样对明里也太过分了吧。"修二把手上的皮包和杂志扔到餐桌上,吃惊地喊道。

"刚才的事你没看见,这孩子伸手去摸厨房里的刀具,太危险了,我也是没办法才拉她出去的。"

明里又哇哇大哭起来,还朝着修二伸出双臂。修二不但没有帮着抱起明里哄她,还事不关己地说着风凉话:"小明里,妈妈真可怕呢!"说着松开领带,打开了电视。

小夜子蹲下身,赶紧收拾散落一地的肉馅儿,脑子里乱七八糟地想着晚餐该怎样重新做:先用剩下的肉馅儿给明里和修二做好肉丸,自己只好将就点儿,用味噌汤和咸菜来配米饭了,无奈的小夜子不禁叹了口气。

"今天我们到家时快七点了。明里吵着要吃肉丸,其他的都不愿意吃。超市的肉馅儿又卖光了,我只好特地跑到车站那里的商业街去买。刚准备做饭,在井荻那边的妈妈又打来电话,说什么我们还要不要生老二啦,好好想想,赶紧把工作辞掉啦,在电话里唠叨了将近一个小时。好不容易终于可以开始做饭了,明里又缠着我不让我做饭。"虽然小夜子嘴上没再说下去,可她继续在心里接着说，自己饿得快要倒下了，午饭也没吃，一直在做清洁的工作，结束后又要匆忙跑到车站，坐上拥挤的晚高峰电车，然后骑车一路飞驰到保育园。晚上到家才发现自己从早上开始就没吃过东西……突然，小夜子发现客厅里异常安静，抬头一看，电视机是打开着的，而修二并不在客厅电视前，明里早就不哭了，正入神地看着米老鼠的动画片。

"十五分钟后就可以吃晚饭了哦。"小夜子猜修二去了卧室，于是朝那个方向说道。

"啊，晚饭我已经吃过了。"换上T恤出来的修二走出卧室，绕过小夜子走进厨房。

"太过分了！你应该给我打电话的呀！手机拿着干什么用的?!"受不了的小夜子对着在冰箱里找啤酒的修二大声喊叫起来。但修二只是瞟了小夜子一眼，一言不发地走出厨房，仿佛没听到小夜子的话，慢悠悠地坐到沙发上看杂志去了。

"你要是没事做的话，就给明里洗澡吧。"小夜子把整理好的肉丸倒进炖着番茄酱汁的锅里，压下心里的烦躁，尽量用平静的语气说道。

"哦哟，真可怕哦。来，明里，我们洗澡去吧。"修二站起来，抱起明里走出客厅。快要走出客厅时，修二咂了一下嘴，声音虽不大，可小夜子却听得异常清晰，这咂嘴声仿佛一道黏着力极强的胶水似的，久久萦绕在小夜子的耳际。

"要是很勉强的话，你就辞职吧。"修二对刚哄完明里入睡，回到卧室的小夜子说。小夜子坐在梳妆台前，从镜子中看到修二正躺在床上翻看一本杂志。

"什么'很勉强'？什么'辞职吧'？"

"当'保洁阿姨'的工作呀。"修二马上接口，"我总感觉最近回家后，家里的气氛不好。你老是凶巴巴的，这样有时候对明里来说也太过了。出去工作是没什么不好，可也没必要勉强去做吧。"

"对我来说，一点儿都不算勉强啊。"

"上次来家里的是你们老板吧？休息日还要追到下属家里来干活儿，也不想想你的情况，你不觉得她也太我行我素了吗？这样的人和你合不来吧。"

"那天其实是……"小夜子刚想开口又忍住了。她没法儿说是因为自己不想去婆婆家，才拜托葵来家里的。

"孩子三岁前和妈妈待在一起的时间的多少，会对孩子日后性格的形成产生很大影响，这些你早就知道的吧？明里才三岁，她以前是一直待在家里的，现在你突然把她放到外面的世界里去，这样对她来说可能太残酷了。你想要工作的话，可以等明里长大些再做。你出去做家庭保洁倒无所谓，可因为工作而随便应付家里的话，那就没意义了，你说对不对？"

小夜子刚想辩解，可是想说的话太多了，脑子里乱成了一团，反而不知道该怎么说了。

"你妈今天也说了同样的话。"最后小夜子只说了这句。

"妈妈她就是一直待在家里的，所以她认为在家里才是最正确的。"

"你没发现明里有改变吗？你认真观察了吗？她最近交到朋友了哦，你不觉得她说的话变多了吗？"小夜子说话间有些不耐烦了：不仅明里有变化，我自己也变得更好了啊，为什么修二就看不见呢？

"我不是说出去工作不好。以前我也是一直鼓励你出去工作的，不过我指的是在明里出生以前吧，但是那时候你却一直在家待着。现在突然出去工作，然后我和明里，还有你自己，都渐渐变得烦躁不安起来。还有，你在现在的公司和在以前的公司做的工作不一样，你现在所做的不是那种有决定权，必须做策划案的工作，所以这个工作就算你不干了，也不会有什么问题吧。我说你不如暂时休息一下，后面再慢慢找，看看能不能找到像之前做过的那种有意义的工作。"

正往脸上涂抹晚霜的小夜子停下手来，转过身看着修二说："意义？"

小夜子用力忍住自己颤抖的声音，导致真正说出来的声音嘶哑低沉。不知道修二是不是没听见，他说完那一大段话后，就把杂志扔到地板上，最后说了句"你考虑一下吧"，就闭上眼睛睡觉了。

小夜子胡乱地把鼻尖上的一小团晚霜抹匀后，直直地观察着镜中的自己，看了一会儿后，捡起修二睡前扔到地板上的杂志，慢慢走出卧室。她原本打算把杂志放回书架上，可转念一想，却放在了餐桌上，随后转身走进了厨房。小夜子给自己倒了一杯大麦茶，坐到被微弱的厨房灯光照射着的餐桌边。她拿起刚才放到桌上的杂志，一页页地随意翻看着，眼前的文字和照片因泪水而渐渐模糊起来，一颗泪珠从右眼滴落下来，她赶紧擦擦眼睛。

"哭出来也太傻了，这种事不值得哭泣！"小夜子在心里不停地安慰自己。

刚才应该跟修二解释一下，他说的三岁儿童必须母亲陪伴的观点已经不符合当下社会上流行的教育方式了，而且这种观点也没有科学依据。小夜子曾多次和修二说过，明里能够提前入园是一件多么幸运的事，还说过明里在读的保育园的办学方针是如何的科学合理，园内气氛是如何的融洽，可是修二只当这些是别人家的事，从来没有热情地回应过小夜子。小夜子知道提出要出门工作的是自己，所以对修二这一局外人般的反应也只能无可奈何地接受。

昏暗的餐桌旁，小夜子翻着自己毫无兴趣的杂志。

自从决定要出去工作后，为避免发生些猝不及防的事情，小夜子暗自给自己定了几条规则：无论工作有多忙，回家后都要认真做完所有家务；餐桌上不放任何外卖的饭菜；水槽里不能堆满脏碗碟；需要熨烫的衣物不能全都送到干洗店。小夜子是严格遵守上面的规则的，可现在看来，这么严格要求自己的意义到底是什么呢？家里收拾得干净整洁，桌上随时能摆上亲手烹煮的饭菜，抽屉里整齐摆放着熨烫好的衣物，这些事情对于修二来说，全是理所应当的，是不需要他烦恼的。可是只要有一件事没做好，前面所有的辛劳就都成了"负数"。不管自己如何忙碌不休，如何照顾家人，这些功劳都不能按照加法计算，它们只可以相乘，可是一旦乘上一个零，曾经的辛苦成果便全部归零。

当看到杂志的某一页时，小夜子停住往后翻的手。她凑近杂志，借助厨房远远照射过来的微弱灯光，看到页面上有一张眼熟的照片。那是一张跨页广告，上面用显眼的字体书写着"让我们一同在乐园迎接新年吧"，广告右页角落里印有花园酒店的介绍，同时下方也印着"咨询方：铂金星球"。小夜子回忆起在事务所里曾见过同款的广告图：珊瑚和鱼类在碧蓝的深海里畅游。坐在昏暗的餐厅里的小夜子，凝视了这幅美丽迷人的海景图许久，幻想着自己也能跟着鱼群在水中畅游。

中里典子的研修在八月下旬就全部结束了。在与顾客的相处方面，直到最后，中里典子依旧絮絮叨叨地对小夜子的表现不满意，虽然不再与中里典子共事让小夜子有些不安，但同时她也轻松了一些。在研修的最后一天，中里典子带着小夜子去了一趟建材超市，买了一堆水桶、小刀、一次性筷子、锥子之类的工具，中里典子还把这些必要工具的用法逐一做了说明。清洗剂和吸尘器已拜托中里典子批量购买，剩下的事就只有等待客户上门向铂金星球公司委托清扫工作了。

目前，暂时有三件来自熟客的清扫工作。一件是一对住在东京都内的公寓的老夫妇委托的，请他们清扫的是浴室、厕所和一间基本上已经堆成储物间的书房；另一件是要清扫一家个人事务所；最后一件是要清扫一家餐饮店的厕所和盥洗室，这家店距离铂金星球步行只要五分钟。不过这些都不是大单子，全都由小夜子一个人完成了。可能因为都是老客户吧，清扫工作结束后，对方既没额外说些什么，也没有对清扫后的成果表示赞叹。

八月中旬开始，葵和其他员工开始专注于公司的网上业务和广告专送服务，在那三件清扫工作结束后，小夜子就再没接到新的任务了。小夜子在每周参加清扫研修的三天时间里，曾独自一人步行发放过广告宣传单。她很感激葵当初为自己开具就业证明以及根据保育园的上学和放学时间而特意帮她在工作时间上做了调整，所以即使在不上班的时间，或是在接送明里去保育园的路上，小夜子也会顺手把广告宣传单投进路过的高级公寓或集体公寓的信箱里。

今天，小夜子以世田谷区为中心，在周边地区走了一圈。她一只手拿着小地图走在住宅区附近，每当看到高级公寓或普通公寓，就去公寓大门处，把广告宣传单投进每家的信箱里。九月上旬的天气依旧炎热难耐，小夜子在街上走了几个小时后，脑袋就晕乎乎的了。公寓和独栋住宅整齐划一地排列在道路两边，远方的街道被烈日烘烤得热气蒸腾。

小夜子在脑海里慢慢地想："今后的我会是怎样的？大概就像被太阳烤得冒起蒸腾热气的风景吧。"小夜子能做的事情是有限的，只能通过走路发宣传单的方式来试图扩大客户群体。小夜子从未想过修二能够无条件支持和帮助自己去完成事务所的工作。如果工作能像期待的那样接很多单子，关根美佐绪和长谷川麻生大概也会来帮一把，要是人手还不够，葵大概还可以招新员工。到那时候，自己除了要继续照顾家庭外，还有余力更加尽职地投入工作吗？小夜子也没有把握。转过一个路口后，前方依然有数量多到仿佛一眼看不到尽头的相似的建筑高耸在道路两旁，宛如竖起了一面面高大的三棱镜。

当小夜子疲惫不堪地回到事务所时，进门就看到铂金星球的全体员工和木原都坐在餐桌周围，他们并没有和往常一样打闹和开玩笑，而像是在开很重要的会议一样，气氛严肃。

没有一个人转头看一眼走进来的小夜子，大家都目不转睛地看着正站在那里朗读材料的山口。小夜子轻手轻脚地从餐厅经过，坐到长谷川麻生的位置上，把手里拿着的东西放好后，拿起今天中午买的那瓶因为天气炎热而变温的乌龙茶喝了起来。

　　"之前大家建议的振兴观光旅游业的计划怎么样了？"

　　"又变成白纸一张啦。"

　　"要振兴旅游业什么的，怎么说也得花上十年、二十年才能做成吧？如果没有动力，是不可能长时间只做同一件事情的。"

　　"'动力'什么的，现在说这种话合适吗？"

　　"等等，'这种话合适'是什么意思？"

　　小夜子一边默默地听着餐厅里传来的各种说话声，一边写着今天的工作日志，突然，她的目光停留在对面桌上的一件物品上。她伸手拿过来，将桌上那件叠起来的衣物展开，发现这是一条黑色的围裙，围裙胸口部位印着一行白色的罗马字——"铂金清洁服务"，旁边还有一个土星模样的品牌标志。

怎么连工作服都做出来了呢？仿佛依旧走在阳光下一样，小夜子的脑袋开始变得晕晕乎乎的了。这时，小夜子的耳边像是听到了修二的声音："这个工作就算你不干了，也不会有什么问题吧。"想到这里的小夜子抬起了头。

"头儿，你觉得怎么样？这是做好后刚送来的工作服样品。"葵的声音突然冒了出来，她像是看懂了小夜子的想法。小夜子转头看向餐厅，发现所有人的目光都集中在了自己身上。

"围裙很漂亮吧?"葵得意扬扬地笑了。

"确实挺可爱的，但我觉得围裙不是最好的选择。"小夜子实话实说。

"咦，为什么?"葵顿时换成正经态度，问道。

"在做清洁的时候，大家大部分时间是趴着的，围裙的下摆反而会碍事。如果是穿 T 恤或是下摆更短些的围裙的话，工作起来会方便灵活一些。加上黑色更显脏，一旦粘上了灰尘和油渍就会更显眼。"说话间，小夜子身上的疲劳感慢慢消散，有人认真问询自己的意见真是件让人开心的事。

"是这样吗？哎呀，真是的，倘若在做样品之前和头儿商量一下就好了。"葵离开座位，走进房间拿起了围裙。小夜子察觉到那边坐满人的餐桌上的气氛发生了微妙的变化，大概是因为原本的热烈讨论被打断了吧，大家都有些扫兴。小夜子马上就后悔自己突然插嘴发表意见了，但葵却毫不在意地在小夜子身边套上围裙，而后比手画脚地问道："你是建议他们从这里裁短呢，还是干脆重新做一份好呢？头儿，你是怎么想的？"

"栖桥姐，你先别说那些了，还是继续讨论咱们刚才的话题吧。"关根美佐绪开口提醒葵。

"说到底，清洁工作本就不是咱们公司的主营业务，还不知道将来会怎样处理呢，最好还是别在这方面多花什么钱了。"岩渊有些不耐烦地嘀嘀咕咕。

"可是，说不定清扫业务会成为我们公司的'救世主'哦。所以我们也要尊重头儿的意见并认真听呢。"木原站出来打圆场。

"我说大家，已经下午五点啦，麻生她们今天连午饭都没吃吧？不管是继续讨论还是怎样，不如大家换个地方再说吧。"葵脱下围裙，回过头对着餐桌边的众人说道。

"那可不行哦，大家又要喝起啤酒吧？酒后讨论的话就更混乱啦。"木原打趣道。

"现在大家都想不出更好的点子了，什么也继续不了啊，说不定大家边吃边聊更能激发干劲儿呢。走吧，去找家餐馆慢慢聊吧。下面该讨论什么了，山口？"

"有一些突出的问题，现在急需大家商量出解决方法。"

"是啊是啊，'问题'嘛，不喝点儿酒还真讨论不出什么结果呢。走吧走吧，我请客。"

听完葵的话后，大家都忍不住嘻嘻笑着站起来离开了座位。反倒是小夜子带着些许茫然，看着一群人叽叽喳喳地离开了事务所。

"头儿，我们现在去外面换个场地继续开会，会议时间应该会比较长，不过你中途可以提前走的，你也一起去吧。"

小夜子真的很想跟着她们一起去。可她又想到等大家讨论完所谓"问题"后，才继续说围裙的修改方案、清洁业务的前景，最后自己还要和葵等人讨论一段时间。小夜子看了看手表，无奈地挤出笑容说："时间有点儿来不及啊。"

"还真是有点儿迟了，真抱歉，我忘了你还要去保育园了。这也不是什么重要的会议，你别在意啊。不过围裙的事我还打算继续跟你商量一下的，时间允许的话我想要重做，到时候我给你打电话吧。下摆要裁短一些，颜色是……嗯，你建议什么颜色好？"

"灰色或蓝色吧。"

"好的。那就麻烦你走的时候锁好大门，空调不用关，开着就行。辛苦你啦！"葵说完，小声哼着歌走出房间。小夜子听见了大门关上的声音。刚才葵脱下的围裙像是一片黑色的剪纸，落在了小夜子的脚边。

小夜子打开事务所的大门，刚准备离开，差点儿和木原撞到一起。

"哎呀，你有东西忘了拿吗？"小夜子吃惊地看着面前的木原问。

"是啊，我忘了拿手机了。头儿，今天的工作都做完了吧，我顺路送送你吧。"木原蹬掉鞋子，跑到餐桌边，在桌上一堆乱七八糟的东西中寻找手机。

"顺路送我?"

"开车走高速要快很多吧?"木原把找到的手机放进兜里，朝大门走去。

小夜子有些不明白他为什么要送自己回去，便疑惑地问道："你们不是要出去开会吗?"

"其实基本上都是在喝酒而已。我不是公司的员工，我的意见也不算数。怎么样，要坐我的车吗? 反正我也要去那边办点儿事，你别客气，大概三十分钟就能到达。"

小夜子又看了看时间，心想早五分钟到保育园也好啊，于是说："那我就不客气啦。"

"好嘞!"木原爽朗地笑了，从小夜子手中拿过钥匙，锁好了事务所的大门。

汽车灵活地穿梭在住宅区狭窄的小路中，不久便驶上了大路。种在步道两旁的绿化树在阳光的照耀下显得分外翠绿，仿佛夏日的脚步依旧停留在九月的街道上。

"谢谢你，帮了我大忙呢。真的没有耽误你的时间吧?"坐在副驾驶席上的小夜子问。

"没有的事，我真的是顺路而已，没关系的。你的宣传单派送工作做得怎么样啊? 现在天气这么热，一定很辛苦吧。"

"可是如果我不去跑业务的话，公司岂不是不再需要聘用我了。"

"葵这个人哪，怎么说呢，其实她做事挺随心所欲的。"

高速路上车辆很少。小夜子又看了看手表。木原一边开车盯着路况，一边弯腰把左手伸到脚边，从驾驶座下捡起一张CD。

"头儿，你不打算多做点儿和公司主营业务相关的，我是说和旅游相关的工作吗?"

"楢桥让我做的话我就做，因为当初公司聘请我，是要我专门做清洁工作的呀。"

"清洁工作也就刚刚开始搞起来，说实在的，你觉得怎么样？刚才的会议上，我听出来大家都认为清洁业务只能算是开了个头而已。头儿，你有什么好点子？或者对葵的做事方式有什么想法吗？你现在做的和外面那些打零工派送传单的人没什么区别吧？你没觉得有不安的感觉吗？"木原把刚才那张CD放在膝上，嘴里一直在和小夜子说话。小夜子越听越觉得烦躁，她不知道木原真正想问些什么，也不知道他想借此表达些什么。木原问完后，也不等小夜子回答他，又继续兴冲冲地点评葵的工作态度。他半开玩笑似的批评葵其实并不擅长经营，工作方式也太过随意，等等。木原那种漫不经心的点评口吻不知为何让小夜子觉得他和葵之间有可能存在着某种亲密关系。小夜子不时笑着迎合木原的话，可是心里却觉得他无趣至极。

"原本搞清扫业务这件事是葵和中里在某次聊天的时候，聊得兴起后草草决定要做的。现在看来，清洁业务这个模块也不能迅速拉起整个公司吧。"

"可是清扫业务已经正式开始做起来了呀，至少我是在认真对待这份工作的。"小夜子打断对方。

木原看了她一眼，皱起眉头说："问题就出在这儿。头儿你当然是认真对待的，可是如果葵态度随便的话，对你来说不是很失礼吗？"

"对不起，我不明白你的意思。"小夜子装出一副笑脸去掩饰她的不耐烦。

"我是说葵这个人哪，别人说什么事，她都会轻易点头答应，所以才会经常被员工牵着鼻子走。清扫业务这块儿，最后还不是头儿你自己在跑上跑下地张罗，所以我就想问问你的真实想法。"

"木原，难道你在公司是负责'牢骚部门'的？"小夜子问道。她本想开开玩笑的，却意外地听到自己的声音是那么尖锐刺耳。

听到小夜子的话，木原笑着含糊应道："哈哈，就算是吧。"

木原到底是什么人？为什么总在铂金星球转来转去呢？他现在想从自己口中问出些什么呢？小夜子完全不知道这些问题的答案，只是觉得心情被他打乱了。

"我是葵的粉丝哦。虽然葵做事随心所欲的，可她是个有意思的人呢。和她在一起的时候，我能学到不少东西。"木原手握方向盘开始为自己辩解。小夜子点头并附和了一声，继续看手表的时间。不知为何，木原这番看似饱含真情实感的解释，却让小夜子越发糊里糊涂了。她不耐烦地听着木原絮叨，心里却重复默念着"马上就要见到明里了"。木原大约察觉到小夜子心不在焉地没听自己说话，也就不再说下去了，然后将CD放进了播放器。小夜子的脑海中浮现出自己骑着车从车站一路疾驰到保育园的场景，等待着下一秒就能看到上方出现"武藏野市"的路标。高楼上的广告牌似乎高远得无法触碰，天光明媚，时间仿佛被按下了停止键。

10

葵先是听了一下楼下妈妈的动静,然后才悄悄来到二楼的电话旁,拿起话筒,飞快地拨了一串烂熟于心的号码。她焦急万分地等对方接听电话,可等了好久,只能听到一个机械电子音的女声在说:"您拨打的号码是空号。"

"葵,你要吃点心吗?今天我做了奶油泡芙。"楼下传来妈妈的喊声,葵急忙放回话筒。看样子,妈妈大概一直在盯着楼下的电话主机吧,因为只要二楼一拨号,主机就会有绿灯亮起。似乎妈妈只要在家,就会一整天都待在客厅里,盯着看主机的绿灯是否亮起来。

"不用啦,我不吃。"葵回答完便返回自己的房间,她呆呆地坐在床上,看着窗外的风景。远处农田里的稻子已经被人收割完,只露出一大片光秃秃的黑褐色土地,连桑田也开始渐渐变成黄色,远处灰蒙蒙的天空无边无际。

在葵回家后的这段时间，总会有人在家里陪她。妈妈原本想着辞掉钟点工的工作留在家里，可是家里的经济状况太差，她每周还是有四天要去面包工厂工作。她不在家时，就会换成外婆过来。就算大人们不这么严防死守着，葵离开家也已经没有可以去的地方了。

　　当初葵并没有明确的想要离开人世的决心，她只是想去另一个地方：一个不用敲诈抢钱也能活的地方，一个不用每晚到处寻找便宜的情人旅馆住宿的地方，一个不需要惧怕教导员凶恶目光的地方。

　　那时候，葵醒过来后，眼里赫然全是一片雪白，一瞬间她真的以为自己到达了梦想中的地方。她再也不用抢劫别人，再也不用寻找情人旅馆，再也不用去迪斯科舞厅蹭饭，也不再需要紧巴巴地计算支出了。可是，鱼子又在哪儿呢？葵缓缓地转动脑袋，下一秒就看见了正在哭泣的妈妈。妈妈身后是表情僵硬的爸爸。两人一起喊着葵的名字，他们的声音由远及近逐渐传进葵的耳中，她这才意识到自己最后什么地方都没去成。

"鱼子在哪儿？"葵开口问道。爸爸妈妈像是都没有听到葵的话一般，只是不停地呼唤着葵的名字。

葵住的病房是个单间，屋里没有电视和收音机。妈妈每天来病房时，都会把床边花瓶里的花束换成新的。葵和鱼子从楼顶飞起来又落下来的地方不在公寓正面的大门处，而是公寓另一面的角落里的一个自行车棚。两人先是落到铁皮棚顶上，最后滚落到了草地上。葵后来才知道两人都没有骨折，只是受了些皮肉伤。可是在医院的时候，葵一点儿都不知道当时发生了什么。为什么自己会来到医院？鱼子又去了哪里？爸爸妈妈也什么都没有问葵。妈妈倒是一脸认真地对葵重复了好几遍"这家医院就是你出生的地方"，还说原本她是想回娘家生产的，可是离预产期还有好多天的时候，肚子就阵痛起来了，结果葵比预产期早了差不多两个月出生。在炎热的夏天，葵作为早产儿在这家离矶子公寓最近的医院里出生。妈妈和爸爸思来想去许久，最终才决定以夏日热烈开放的花朵为这个孩子命名。当年葵出生后因为体弱，只能待在恒温箱里，妈妈连抱一下葵都不行，每晚都因忧心葵而哭泣不已。到后来葵健康了许多，终于能被妈妈抱到怀里了，可妈妈又开心地哭个不停。妈妈说从抱到葵的那一瞬间开始，就下定决心：不管将来发生什么事，都要好好保护这个孩子。那时的葵个头虽小，却长得十分可爱，所以连护士们都排着队想要抱抱她。妈妈在医院里把这些话反反复复地说给葵听。晚上，爸爸终于赶过来了，可他还像往常一样沉默寡言，只是坐在折叠椅上，木木地问葵想吃些什么东西，或者是想看什么漫画。两个人都没有回答葵最想要知道的"鱼子去哪儿了"这一问题。

每天，医院的护士都会给葵做检查，还会让她做一种测试题。在一间洁白光亮的屋子里，一个说话特别清晰的阿姨会温柔地问葵一些无关痛痒的问题，比如有没有喜欢的偶像歌手，最喜欢哪一学科，不喜欢的老师是谁，等等。

无论是护士们、主治医生，还是做测试的阿姨，都没有告诉葵鱼子究竟在哪里。无论葵怎么问她们，她们都说自己什么也不知道。

在医院里的时候，妈妈都紧紧跟在葵的身边，不管是在做检查，还是在做测试，甚至连葵去厕所也跟着。有一次做完测试后，葵走出屋子，看到总是坐在长凳上等待的妈妈不在，她猜想妈妈可能去上洗手间了，于是一个人走去小卖部买汽水。排在结账队伍最末端的葵，原本还在漫不经心地随意看着架子上摆放的杂志。突然，一本杂志封面上的文字跃入眼帘，"两名高中女学生，异常性爱的末路——跳楼殉情"。葵来到架子前，拿起那本杂志，不知为何，她有一种直觉，杂志说的是她和鱼子的事。杂志上面的报道写着：从九月上旬起便出现很多关于葵的寻人启事，并且警方以伊豆和东京为中心，进行了大规模的搜索。葵的妈妈还对杂志记者说过葵很讨厌横滨，应该不会去那里之类的话。这些信息对葵来说都不是重点，她拼命地在杂志报道的字里行间查找和鱼子有关的一切信息。她着急地想要知道鱼子现在是否安全，在哪里。可葵在找到关键信息之前，妈妈一阵风似的跑进小卖部，一把抢走葵手中的杂志，明明紧张得表情扭曲，却仍装作轻松地说："小葵，外婆来了，她带了长谷川的名店的蛋糕哦，她说想要和你一起在病房里吃蛋糕呢。"声音大得让小卖部里所有的顾客都一脸惊讶地看着她们。

当爸爸问葵现在最想要些什么的时候，葵提出想要一本杂志。听到葵的请求的一瞬间，爸爸竟然差点儿哭了。第二天，他买给葵的是一本面向青年的漫画杂志。葵从第一页的读者投稿专栏一直翻到最后一页的特约报道，她着急地想找到关于自己和鱼子那件事的报道，结果连只言片语都没找到。

葵在医院住了快两周，后来一家三口坐着爸爸的出租车回家了。直到出院，她还是无法得知鱼子去了哪里。妈妈说她直到放寒假前都可以不去学校。就算妈妈没说，现在的葵也没有力气继续去上学了。她一回到家，就马上打电话到鱼子家。可是，话筒里传来的只是一个冷冰冰的电子提示音："您拨打的号码是空号。"

自从葵回家以后，爸爸、妈妈和外婆轮流留在家里陪伴葵。他们从来不问葵离家期间发生的事，也从来不提鱼子。葵一直躲在自己的房间里极少出去，只爱坐在窗前，静看窗外的景色慢慢地披上了冬装。

葵在家期间，逐渐拼凑出了那天发生的事情的经过。她得知徘徊在家附近的那些陌生男女是媒体记者后，旁敲侧击问出了一些信息：鱼子和自己一样只是受了轻伤，被人发现坠楼后，鱼子被送到了另一家医院。葵还曾悄悄去二楼父母的房间找了一圈，找到了几本杂志。这几本杂志被放在平日很少打开的日式衣柜里的一摞和服上。葵把杂志偷偷拿回自己的房间，仔细地从头到尾翻看后，又得知了很多信息。

在她们从楼顶跳下来后，葵离家期间每天认真记录收支的那本笔记本也被人找到了。看到上面记录着两个高中女生每晚都住在情人旅馆后，人们就片面地认为葵和鱼子是恋人关系。也或许是这种不同寻常的关系更容易激发话题度，杂志还胡诌了一段庸俗的故事：葵和鱼子一开始就是私奔去伊豆打工的，在离开伊豆后，每晚都到情人旅馆中相亲相爱，然后又频繁地去迪斯科舞厅玩耍。后来，她们因为这段恋情不被世人认可而痛苦不已，最终决定一起殉情，从高楼跳下。看这些乱编乱造的报道时，葵始终认为这些都和自己没有一点儿关系，报道上说的全是其他人的故事。因为这些报道的每一句话都是虚构的，不真实的。

葵认为关于鱼子的内容肯定也不是真实的。比如有一本杂志上说鱼子的爸爸进了戒毒所，妈妈是一名夜总会的陪酒女。另一本杂志里又说鱼子的爸爸是因犯罪而进了监狱，妈妈在高崎做娼妓，周末才能回家。还有杂志上说鱼子的爸爸早就和年轻女人私奔而去，妈妈被一个公司的高层包养了，等等。葵始终认为只有她曾经去过的那个"家"才是鱼子真实的家庭情况，那个没有生活气息、没有人气的空落落的"家"。

不知道是不是没有办法给葵的家庭强加戏剧化背景的缘故，杂志上只会从头到尾地强调葵是个认真老实的学生。

即便杂志报道中没有一句话是真实的，可是在其他人阅读完这些报道后，也只会得出一个结论：葵是受了鱼子的欺骗和诱惑，才会被她带着离开家，到处流浪的。就算是那些不会随意相信这种老套庸俗的报道的聪明人，估计也会留下类似的印象吧。最让葵伤心难过的就是这一点。

"这些人真是混蛋，随便乱写，把我们编成同性恋人了。不过也挺有趣的，人类的头脑真是结构简单啊！要不这样，明天我们手挽手去上学，吓唬吓唬他们?"葵仿佛听见鱼子在漫不经心地开着玩笑，还扑哧一下笑出了声。可当葵抬头时，眼前只有一面属于自己房间的泛黄墙壁，墙上挂着一件夏季校服。

以前很少在晚饭时间回家的爸爸，最近每天这个时间基本就会回到家里。桌上摆好的全是葵爱吃的饭菜。有汉堡包、欧姆蛋、饺子、茶碗鸡蛋羹、金枪鱼生鱼片，还有奶油烤菜。也顾不上每种饭菜之间是否搭配，直接摆了满满一桌。以前吃饭时，总习惯打开的电视也被关掉了，爸爸和妈妈热热闹闹地边吃饭边聊天，像是在上演即兴话剧，每句话的内容都是以"开心快乐"为关键词。葵依旧毫无食欲，可要是不吃饭的话，父母之间的

"话剧"就会加大戏码并无休无止地演下去。葵只好强迫自己握住筷子继续吃饭。

某一天在妈妈出家门后，外婆过来照顾葵了。外婆最爱看的电视剧《水户黄门》的声音从一楼客厅一直传到了二楼。葵依旧坐在窗台上远眺风景，直到她听到了从客厅传来的电视剧的声音。突然，她迅速地跳下窗台，套上一条牛仔裤，在这段时间一直在穿的睡衣外面套好一件毛衣，连外套也没来得及穿，匆匆带上只有一点儿零钱的钱包，便无声无息地走下了楼梯。此时，《水户黄门》刚播完一集，电视里正在播放广告。葵躲起来紧贴楼梯边，等待电视剧再次开演。电视广告一结束，葵便轻手轻脚地穿过走廊。在玄关穿好运动鞋后，葵小心翼翼，尽量不发出响声地打开了大门门锁。葵踏出大门前回头看了看，客厅里的外婆像是没有听见自己的动静，《水户黄门》里男女主角的说话声还是那么喧闹。

随即葵拉开大门，在冰冷的空气中奔跑着，一口气冲进了公交车站。工作日的白天，街道静悄悄的，四周没有一个人影。前段时间守在葵家房子周围的媒体记者最近已经纷纷离开。等待的公交车迟迟不来，十分焦急的葵在原地不停地踏步。呼吸间嘴里喷出的白气和裸露在空气中的被冻得麻木的指尖让葵意识到自己已经有很长时间不曾出过门了。

葵中途换乘了一次，靠着仅剩的记忆，来到了鱼子居住的小区。为了寻找标有英文字母"E"的那栋楼，她在外形相同的住宅楼间穿梭着。好不容易找到后，她飞快地跑进楼梯间，终于来到一扇有点儿印象的大门前。葵不断按响这家的门铃，但好久也没有人回应。喘着粗气的葵抓住了门把手。

大门像是没有上锁。葵心一横，直接推开了大门，映入眼前的是一所空荡荡的房子。

上次见过的地上扔着的垃圾袋和空饭盒，角落里的冰箱，甚至连房间里的榻榻米，全都消失不见了，只有日式房间的窗户外那座紧挨的住宅楼还屹立着。葵握着门把手站在大门口，茫然若失地看着这所空荡荡的房子。

屋子里的情形很不对劲儿。不过上次葵到访的时候，这里也是一副没有人气和生活气息的样子，这点倒和现在看到的完全一样。说不定鱼子现在还在这所空荡荡的房子里生活着呢。

抱着这一想法的葵忍不住脱鞋走进屋里。室外明明是阳光灼灼的晴朗天气，而室内却是灰蒙暗沉的。满是焦痕和污渍的亚麻油毡地板，人一踏上去就咯吱咯吱地响。葵大口大口地吸气，想要从空气中嗅到一丝属于鱼子的气息。她在屋里来回寻找着，可无论怎样努力，葵也感受不到任何人类的气息，甚至连鱼子独有的那种空洞感也消失得无影无踪。直到脚底被粗糙的地板硌得有些疼时，葵这才发现自己没穿袜子。她呆呆地站在冰冷的地板上，耳旁唯一能听见的只有自己慌乱的喘息声。

后来，葵还特意去了一趟以前放学后她和鱼子常去的那个"秘密基地"。她想着即使鱼子不在那里，或许也能找到鱼子留下的信息。

可是，葵在河滩边和桥墩下寻找了一圈，却什么都没有找到。寒冷冬日的晴空下，枯黄的小草垂头丧气着，不再生机盎然。葵期盼着哪怕能找到暑假前自己和鱼子扔在这里的冰激凌包装袋也好啊。她在草丛里翻找一圈，只找到一些不属于自己的回忆的烧酒瓶子和发黄的报纸。

回家后，葵看见本来应该要更晚才能回来的妈妈比自己早到了家，估计是外婆发现葵不见后把妈妈喊回来的。葵侧身绕过站在走廊里的妈妈，刚要走上楼梯回房间时，突然听见身后的妈妈冲着自己喊叫开来。

"你还有什么不满意的啊?!"葵慢慢回过头，看到妈妈在号啕大哭，"我真受不了你了! 你还有什么地方不满意的啊?! 我们费尽心思就是为了哄你开心! 为了你，就为了你一个人，大家拼了命地努力着! 你究竟要我们做什么啊?! 你想要我们怎么做啊?! 你倒是说出来啊!"

"对不起，是我不好，只顾着看电视没看好葵。"外婆跌跌撞撞地从客厅里跑出来，然后慌张地抱住妈妈，不停地小声道歉，接着又看着葵的脸，焦急地说，"葵，快点儿道歉呀! 你妈妈都急坏了。"

"我真的受够了!"妈妈没有看外婆一眼，继续朝葵怒喊着。葵愣愣地待在原地，看着妈妈的眼泪和鼻涕顺着下巴一滴滴滴落到胸前。

"我真是受够了! 我哪里做得不够好啊? 我这么卖力

地照顾你，你告诉我该怎么做才行，我要怎么做啊?! 你说出来啊!"

葵的鼻子里隐隐作痛，她缓缓张了张嘴，想说些什么，却一句话也没说出来。

"你在说什么？我听不见。说大声点儿!"妈妈高喊着。

葵又吞吞吐吐了好几次，最后她勉强从喉咙深处发出干涩的声音："妈妈，鱼子在哪里?"

葵分明觉得自己哭出来了，但眼睛却和说话的嗓音一样非常干涩，鼻子深处依旧阵痛不已。

11

伴随着活泼灵动的音乐,"桃子班"的孩子们正在跳绳。有的孩子一次也没被绳子绊到,轻轻松松地跳了好多下;有的孩子被绳子打到脚后,就蹲下来不再跳了。今天也是万里无云的好天气呢。坐在塑料垫上不停地低头摆弄摄像机的小夜子,这时也开始抬头观看孩子们的活动了。四岁班孩子的跳绳比赛结束后,是一岁班孩子的亲子比赛,接着是明里所在的班级要表演的亲子舞蹈和五岁班的赛跑,最后就是明里个人将要表演的舞蹈节目了。小夜子把今天保育园各班小朋友的比赛顺序反复确认了好几遍。

保育园的大门上、院子里都装饰着运动会的标语和手工制作的折纸工艺品,孩子们热热闹闹地在院子里玩闹着,院里的音乐声震耳欲聋。大概是被这非常吵闹的气氛吓到了,明里紧紧抓住小夜子的衣摆,不肯松手。即使是同班的小女孩儿走过来和小明里打招呼,明里也是"咻"的一下躲进了小夜子的身后。

跳绳比赛结束后，广播里宣布接下来的亲子比赛快要开始了。妈妈们抱着还在蹒跚学步的幼儿们，有些害羞地来到院子中央。今天是周六，有很多家庭是父母双方都来参加了。在阳光下，眯着眼睛的小夜子仔细瞧着这些不认识的父母，有的爸爸还穿着西服，大概在运动会结束后，要直接去公司上班吧。

修二同样一直期待着明里有生以来的第一次运动会，在家不仅调试了好久不用的摄像机，而且还嘻嘻哈哈地练习亲子舞蹈。但昨天很晚才回到家的修二遗憾地表示今天的工作实在推不掉了，小夜子只能对他说"真可惜呢"。难得的一个周六却要去加班，去不了期待已久的明里的运动会，真是太可惜啦！可是修二却把小夜子的话当成是对自己的嘲讽，像一个被批评后的孩子那样嘟嘟囔囔："我和你不一样的。你那个工作随便找个人代替做也完全没问题，可是我的就没办法了，我不去加班的话，工作就没法开展了。"虽然小夜子早就告诉自己要习惯修二的这种说话方式，可是对于这句话，小夜子无论如何都忘不掉。

第一单工作和预约估算价格是上周刚接到的，小夜子一共接到两单新客户委托的清洁工作。这两个工作的地方都在小夜子此前派发宣传单的小区范围里。

小夜子提前去客户家里沟通清扫的具体内容。这两个客户都是有小孩子的家庭。第一单的客户住在经堂，家里有一个和明里年纪差不多的小男孩儿，妈妈早上十点就要出门上班；第二单的客户住在笹冢，女主人是个比小夜子还年轻的妈妈，身上背着一个刚出生的婴儿，据说她是个自由漫画家。小夜子就清扫的时间和费用向两位客户分别做了说明，还回答了她们提出的问题。不知何故，一时间小夜子竟然有种错觉，觉得接待的这两位妈妈是自己认识多年的朋友，像是经常聚在一起，会互相倾诉对老公的不满，分享育儿过程中的趣事，抱怨和公公婆婆间起的小争执；或者在遇见困难时会认真商量解决办法，互相提供支持和帮助。

因此，小夜子在这两位客户家里，即使看到肮脏的厨房，满是霉斑的浴室，散落各处的玩具，满是脏衣物和灰尘的客厅，也不会像以前那样觉得讨厌了。小夜子觉得最重要的是她们指定了自己来做清扫，而不是其他公司的人。小夜子本不准备请关根美佐绪和长谷川麻生来搭把手，她想一个人把这两位客户的家里打扫得干净整洁。即便是工作时间不长的简单清扫任务，小夜子也想让客户妈妈们尽量能够得到短暂的休息。

不过，在小夜子完成清扫工作后，这两位客户并没有当场签约，说是要和其他公司做比较后再决定。即便如此，小夜子在完成两家的工作，走出公寓楼时，心里也是充满了干劲儿。

小夜子并不觉得自己完成了一件很厉害的大事，可是，她还是认为自己已经有所改变。那个曾经徘徊在不同公园里的闷闷不乐的自己，现在变得为了完成工作目标，先是分析现状，然后按照方案和想法行动起来，遇到困难就与一群女人商量解决方法，即使中间犯过一些错误，但最后还是把清扫业务一点一滴做起来了。在小夜子看来，这段时间第一次体验到的人生经历和修二所说的这种工作没什么意义，反正能由别人代替之类的片面想法没有任何关系。

同班的莲君和小千就在明里身边嘻嘻哈哈地排练下一个节目要跳的舞蹈。明里一直躲在旁边看着，有些跃跃欲试想要加入他们的意思。在莲君妈妈的召唤下，明里终于鼓起勇气，跑过去加入他们，一起排练起来了。

"我们家这个呀，刚才还问：'今天也是练习吗？'我说：'是正式演出哦。'她听后都傻了。"小千妈妈主动和小夜子搭话道。

"明里今天一大早起床后，就一个人在家里跳舞，把我吓了一跳。"小夜子笑着说。表演节目的音乐声响起，抱着孩子的父母们随着音乐跳舞。原本在跳舞玩闹的明里和其他孩子停了下来，呆呆地看着对面的父母们。这时，小夜子似乎听见有人喊了一声"头儿"，她转头寻找发出声音之人，但又转念一想：在这种地方，是不会有人叫自己"头儿"的。小夜子在心里苦笑时，突然远远看见葵站在关闭的园门前，正向自己挥手呢。

"楢桥！"小夜子不禁站起来，跑向大门处。

"你怎么这时候过来啦？又是怎么知道我在这里的？"小夜子不是很明白葵怎么突然来保育园找她了。

"手机……"今天葵的脸看着有些浮肿，像是昨晚没睡好的样子，她有些上气不接下气地说，"你的手机打不通。本来今天我在吉祥寺那边有一单业务要去处理，距离这里很近的。"

"我的手机？啊，已经没电了。"

"我就说嘛。不过反正也不远，我早先听你说过保育园的地址，所以顺路来看看。"

"顺路？你是顺路来看运动会的？"

"和运动会没关系。头儿，是上周那两位客户，"说到这里的葵停顿了一下，使劲儿吸了一口气后大声说，"她们已经定好选我们公司啦！两位都是今天早上打电话给我们的，说是以后请我们定期上门做清扫呢，说看来看去还是想指定我们呢！"

小夜子惊喜地睁大了眼睛，她已经完全顾不上刚才看见葵出现在这里的奇怪感觉了，嘀咕了一声"太好了"，然后猛地开心地跳了起来，大声喊："成功啦！"

"万岁！"大门外面的葵也高兴地蹦了起来。

隔着大门的栅栏，小夜子抓着葵的手翻来覆去地说："成功啦！太好了，成功啦！"

"我想着反正今天上午吉祥寺就有一单业务，离这里近得很。还有，我也听你说过，今天保育园举办运动会，想着一定能在这里见到你，想要当面告诉你这件好事，所以就匆匆忙忙过来了。"

小夜子握着葵的手，激动得只能"嗯嗯"地点头。她瞧见葵的额头布满汗珠儿，一滴滴顺着头发滴落下来，便说道："楢桥，我们做的不是完全没有意义的事情吧？不是在做些徒劳无功的事情吧？我这个身无长处、不善交际的人也能完成些有意义的事情，对吧？"

"在说什么哪！我们从零开始到最后有客户签约，如果没有你的话，这件事是不可能成功的哦！"看着不敢相信现实的小夜子，葵有些不知所措，赶紧安慰对方。小夜子这才发现原来自己已泪流满面了。先前的亲子比赛节目的音乐结束了，四周响起了掌声，随后，一首旋律优美明快的曲子在晴空中演奏起来。小夜子觉得自己哭哭啼啼的有点儿傻气，客户只不过是刚签约，接下来还得看以后的清扫工作的质量呢，只能说是有了个开始而已。

"就像你说的那样，楢桥，我好开心啊。"虽然嘴上说着开心，但小夜子还是哭得停不下来，一副眼泪鼻涕直流，又哭又笑的奇怪模样。

"讨厌啦，你要哭就哭，要笑就笑好不好。还有，你是不是应该先开门放我进去呀?"

"哎呀，对对对，对不起，楢桥。快到我和明里一起跳舞的节目了，有时间的话你也进来看看吧。"小夜子像个孩子那样用手背胡乱擦了擦眼泪鼻涕，然后"哗啦"拉开了保育园的大门。

后来葵一直和小夜子一起待到运动会结束。她自告奋勇地接下摄像任务，拍了很多明里和小夜子亲子舞蹈的视频和照片，还跑进一群家长中间，争先恐后地想要拍下明里独舞的视频。一大早起床后便在不停练习舞蹈的明里，却在伴舞音乐响起后呆立着一动不动，像个洋娃娃似的愣在那里，只有两只眼睛骨碌碌地盯着旁边的小朋友们。

"小明里——，加油！跳起来啊！"小夜子和葵大声鼓励明里，可是明里呆愣愣的样子实在是太可爱了，小夜子两人笑弯了腰。

"楢桥，"小夜子对站在身旁坚持拿着摄像机的葵说，"和你在一起的时候，我感觉自己什么事情都能做到呢。"

听到这话的葵突然一脸严肃地看着小夜子，眼神中还流露出不是很赞同的意思，小夜子心里不禁咯噔一下，许多葵可能会问的问题瞬间浮现在小夜子的脑海中，比如"你说什么事情都能做到，那你到底想做些什么？""你打算做什么事呢？"。可还没等她整理出这些问题的答案，葵便扑哧一声笑了起来，还用胳膊肘轻轻撞了一下小夜子。

"讨厌——，这也太夸张了吧。有客户愿意签约不等于事情已经做完了哦。"说完后，葵转头再次举起摄像机，大声呼喊明里的名字。

"你想不想去之前提到过的那个温泉？可以去庆祝我们第一单业务顺利开始哦。"葵像个淘气的小孩儿般开玩笑地说。

运动会已经结束了，她和小夜子正要走出保育园的大门。

"什么时候去呀？"小夜子问。

"就现在吧。"葵漫不经心地说。

"现在就去？"小夜子吃惊得很。

"对呀，现在去泡温泉，我们三个去。你、我，还有小明里。反正明天是周日。"

"现在就去？"小夜子不确定似的又重复问了一遍。在大门前，有几个用自行车带着孩子的妈妈正围成一圈聊天。运动会上的兴奋劲儿还残留着，大家都在高声地说说笑笑。有的妈妈还和小夜子打招呼，挥挥手说再见后就回家去了。

"现在已经是下午两点了，能去的地方不多了呢。但还是可以找个近一点儿的地方吧。江之岛也太近了，热海怎么样？去热海的话，我知道一个好酒店哦。我们一起去看看大海，吃吃美食，泡泡温泉怎么样?"

葵雀跃地提出一堆建议，就像是偷偷给小夜子展示藏起来的"宝物"。小夜子一边听着葵说话，一边张大嘴愣愣地看着葵，这时只有两个念头萦绕在脑海里，一个是"我不可能丢下修二跑去玩的"，另一个是"去吧，去吧"。一想到自己今天回家的时候，要用淡定的态度迎接同样抱着淡定的心态回到家的修二，然后再给他看葵拍摄的录像时，突然一股生气郁闷之情涌上小夜子的心头。修二不是说我的工作随便找个人就能替代吗?那就让他尝试一下如果没有我在他身边，他甚至连晚饭都吃不上的感觉!

"小明里也想去泡温泉哦，对吧?"葵蹲下身，凑到明里跟前说。大概是经过一天的时间，明里已经和葵混熟了吧，明里玩闹着笑哈哈地跑走，躲到了小夜子身后。

"那我们今天就去吧。"小夜子小声答应了。

"好嘞，我们准备出发吧!"葵一把抱起明里，用脸颊亲近地蹭了蹭明里的小脸蛋儿。

"讨厌啦——，我不要嘛!"明里被蹭得痒痒的，扭着身子笑了。

　　小夜子三人离开车站，穿过环岛，走了一段两边都是历史悠久的饭店的小路后，下一秒，一片广阔的大海出现在她们的眼前。

　　"哇！"小夜子不禁发出一声赞美。

　　葵刚才在东海道线电车里喝光了两瓶啤酒和两瓶杯装清酒，然后流着口水一路睡到目的地。可能是醉意还未消退吧，小夜子刚停下来欣赏美景，身旁的葵却就地蹲下来说："哎哟，难受死我了。一高兴就喝太多了。"

　　"是大海呀，楢桥，我们来看大海吧！"小夜子边激动地说，边拉起明里的手跑向大海的方向。她们完全没留意信号灯就过了马路，穿过护栏，来到了沙滩上。太阳还在努力地散发着刺眼的光芒，使得平静的海面上泛起闪闪的波光。沙滩上没有游客，角落里只有一家挂有玉米图案布帘的小吃摊。

　　小夜子打算再朝大海多走几步，可是牵着明里的那只手突然被用力地拉住了，她回过头问明里："小明里，怎么啦?"

明里害怕地两腿分开站直,死死地待在原地不动,使出吃奶的力气抓住小夜子的手,脸蛋抽搐着,因紧张而全身肌肉紧绷着。

"哎呀,小明里,你还是第一次看见大海呀。"小夜子大声说。她看着明里僵硬得动不了的样子,被逗得不禁笑出了声。

"没事没事,别害怕。小明里,你小时候也见过大海哦,当时是在妈妈的老家附近,可能你早就忘了吧。大海一点儿都不可怕哦,大海很美丽的。"小夜子蹲下来安慰明里。可明里依旧害怕得把嘴巴抿得紧紧的,直直地看着眼前波涛汹涌的深蓝色的大海。

这时葵终于喘着气追了上来,说:"哎哟,头儿,你们真厉害,跑得那么快!"

"快来看看,"小夜子笑着指向明里说,"这孩子第一次看见大海,都吓傻了。"

"是吗?第一次看到大海?这是件大事哦,是个值得纪念的'第一次经历'哦。"葵说完便趁明里不注意,一把抱起她，就朝大海跑去，她连自己早就累得不行了都忘记了。明里又吓得"哇"的一声哭了出来，小夜子紧跟在她们身后，在沙滩上奔跑着。

两人跑累之后，就在沙滩上铺好运动会上用过的塑料垫，把还在抹泪的明里放在中间。灿烂的阳光直射在沙滩上，使得小夜子产生了夏日重回身边的错觉。

"简直像做梦一样呢。"小夜子说。

"什么?"仰躺在垫子上的葵问。

"我说我们跑来海边玩就像是做梦一样。"

"又不是去法国和埃及，这里离东京也就只有价值两千日元的距离哦。"葵盯着天空说。

"说的也是。"

小夜子从包里拿出一颗糖果，塞进还在哭的明里的嘴里，虽然明里还在闹脾气，但也含住了糖果。她紧紧地贴在小夜子身上，但也会时常回头看一眼大海。层层海浪汹涌而来，拍打着沙滩，留下遍地白色泡沫后，又退回到海里了。伴随着海浪声，一只有着暗褐色羽毛的老鹰在空中飞向远方。

"我肚子有点儿饿了，你们等一下啊。"葵匆忙站起来，拿起钱包向着小吃摊跑去。几分钟后，她便一只手拿着烤玉米，一只手拿着啤酒回来了。她递给小夜子一根玉米棒后，自己也盘腿坐下，大口大口地啃起来。玉米棒上酱油的焦香味涌进小夜子的鼻端，她忍不住也开始啃起了热乎乎的玉米，停止哭泣的明里也向小夜子伸手要玉米棒。

"这样的情景让我想起了我的高中时代呢。"小夜子突然说。在高三的时候，小夜子经常和要好的朋友们一起换乘好几趟电车去海边玩，然后又一起坐在沙滩上聊天，一聊能聊好几个小时。小夜子根本想不起当时她们的聊天内容，只记得每当夕阳西下时，心底会莫名产生那种有点儿慌乱的感觉。

"我那时候讨厌回家，所以经常故意在海边消磨时间，一直待到天都黑了，这样再回家的话，不是很快就到第二天了吗？那时候的我真的很讨厌这种事。"

"我也想起了高中时候的事情。"葵双腿盘着，眼睛凝望着远处的海面。

"楢桥你从前也住在海边吗?"

葵没有回答小夜子的问题，反而谈论起关于大海的话题:"大海本身存在一种净化的功能呢。它能消化掉人们每天产生的各种各样的消极情绪，从不拖拉;它也不会在某一天突然发现原来自己身上早就背负了一堆累积的压力。当我觉得'哇，我真的受不了了，我要崩溃了'的时候，就会像现在这样跑来海边，一边吹着海风，一边感受所有的压力被风一点儿一点儿地吹散。也许只是我个人的想法吧，不过在海边，我的心情会变得更加舒畅。"

小夜子听着葵倾诉她的感受。她不知道经营一家公司的葵所形容的"累积的压力"具体指什么，但的的确确能感受到葵想要表达的意思。而小夜子自己在日常生活中产生的郁闷感受，无法发泄的怒火，还有对未来的不安，这一切在大海面前，都如泡沫般轻易破灭，然后消失得无影无踪。

"那等我们老了以后，就来到海边生活吧。在海边建一个房子，我们每天都可以看着大海喝着茶。"

"好呀，有时候我也会产生同样的想法呢。两个意气相投的人住在一起，相互做邻居。"

葵的话在小夜子看来，不光是个美好的愿望，还是一个完全有可能实现的蓝图。

"妈妈——！"明里突然插嘴喊小夜子，又哭着说，"手……手弄得黏糊糊的！"然后把粘有玉米酱汁的两只小脏手伸向小夜子。

"哎哟，那我们去海里洗干净吧！"葵把还没吃完的玉米棒直接扔在垫子上，再次抱起明里朝着大海跑去。海浪迎面打过来的时候，明里又吓得大哭起来。葵弯下腰，让明里的小手伸进海水里，等海浪拍打而来时，又飞快地跑开，嬉笑打闹的两人发出阵阵笑声。小夜子认真地看着海边的两人，葵的红色外套被风轻轻扬起，明里发出分不清是开心还是害怕的尖叫。在阳光下，一道金光笼罩在两人身上，她们在波光粼粼的大海前嬉笑着，打闹着。

不知道过了多久，连太阳都开始缓缓落入海面后方。大海正中央的大片海水被夕阳照射着，像一道光彩夺目的橙色灯带。在明里的笑闹和哭叫之间，时间悄悄溜走了。加上先前在运动会上跳了好久的舞，明里累得靠在小夜子的胳膊上开始打瞌睡。每当明里差不多要睡着的时候，又会猛地睁开眼，忍住睡意说"听我说，我要……"，拼命地想要参与到小夜子和葵的对话中。在被小夜子轻拍几下后背后，明里总算能够安心沉入睡梦中了。

夕阳正快速地沉入大海，余晖把海面染成一片橙红色，而远方的天空已是昏暗的深蓝色了。

"啊——，天变得好冷啊。我完全忘记给旅馆打电话预订房间了呢。刚才看见车站后面那条斜坡上有一家不错的旅馆，我们直接过去那边看看吧。"葵说完站起来，拍了拍身上的沙子。

"我们今晚一定要好好泡一下温泉，明天再去滨松吃鳗鱼，最后晚上拐到名古屋吃炸鸡喝啤酒，你不觉得太棒了吗？后天我们继续把大阪的美食吃一圈去！"

葵欢快的话语惹得小夜子跟着哈哈大笑起来，她刚想跟着打趣一句："我们之后再去神户？"可是她突然一脸严肃地看着葵，一个疑问从脑海里冒了出来：自己还想去哪里呢？

小夜子明白自己内心深处的真实愿望是去往那个比滨松、名古屋、大阪都更遥远的地方，而且自己一旦到达那个更远的远方，可能就再也无法回到原本所在之处。

耳边再次回响起自己刚才对葵说过的话："和你在一起的时候，我感觉自己什么事情都能做到呢。"

小夜子又联想到了修二，那个无论是带孩子还是做家务时都不会搭把手帮忙，还会贬低妻子的工作的丈夫。

小夜子顿时意识到和葵在一起的时候，确实会产生一种自己无所不能的感觉。更不知为何，小夜子和葵在一起的时候，甚至会产生更奇怪的错觉——生活问题不需要担心，只要她可以毫不犹豫地丢下那个只会满腹牢骚、无法理解妻子的丈夫，离开那个家，就算一个人带着明里，也能好好地过下去。那种情形就像现在她们在热海这样。

小夜子一想到今晚要住在某个旅馆一整晚，便感到一丝不安。她原本只打算在外面住一个晚上，当作是给修二一个小小的警告而已，可后来，小夜子越发觉得事态正朝着某种能让她下定决心的方向发展。

比起今晚在计划之外和明里外宿这件事，应该还有更关键的事情将会发生。

在泡温泉的这段时间，小夜子必须正面和修二述说自己的不满、疑问和想法。

"楢桥！"当葵正在跨过沙滩和道路之间的栏杆时，小夜子喊住她。葵停下来，回过头看着她。

"要是我们还没预订旅馆的话，今晚就先回去吧。赶紧在这附近找一家好吃的店，吃完后就回去吧。"

"为什么呀？支付房费的钱我身上带够了，这方面你不用操心。"葵大方地说。原本小夜子早就习惯了葵平常的说话方式，可不知为何，现在这句话却听起来有点儿刺耳。

"不是担心钱不够。我没带孩子的换洗衣服，明里睡在陌生的地方，说不定晚上会尿床和哭闹什么的。"

"这也不是什么大问题呀，换洗的衣服去店里买就行了，商业街上应该有童装店吧？另外尿床和哭闹什么的，我不会介意的哦。"葵还是落落大方地回应了。可是葵的话却让小夜子意识到了自己和葵的不同之处。估计葵还会在童装店里拿出钱包抢先付好衣服的钱吧，也会毫不在意地给因孩子尿床、哭闹而手忙脚乱的自己帮忙吧。

"我也想就这样什么都不管，一路玩儿到滨松和大阪，可逃避也解决不了问题呀。还有楢桥，我们后天还要继续工作吧，我们要为自己所负责的工作去奋斗的哦，大家早就已经不是那些可以在海边消磨时间的高中生啦。"小夜子挤出笑容，勉强地说道。

葵听完这些话后，脸上原本爽朗的笑容渐渐消失得无影无踪了，最后挂在脸上的是一副深不见底的、黑洞般的木然表情。

"逃避?"葵的声音小得仿佛只有她自己能听见。

"我原本是想通过计划外的突然外宿警告老公的，可越想越觉得我这样逃避也解决不了什么问题。我和你在一起，确实会产生一种觉得自己真的能够不管不顾地去大阪，或是去别的地方的想法，照这样发展下去，我很可能就顺势扔下老公逃跑了哦。"小夜子不明白葵的表情为什么变得那么快，赶紧多解释了几句。要是在从前，葵会接下小夜子的话，然后笑着说："你会变成'失踪的妻子'啊？那就糟糕了啊。"

可是现在站在眼前的葵还是脸色紧绷，小声地说："有谁和你说了什么话吗？"

"什么？"小夜子不明白葵的意思。

"你觉得我会对你做什么吗？"葵说完便笑了。

小夜子看着葵这次的笑容，里面的含义和之前的很不一样，竟然有些嘲弄和玩世不恭的味道。

小夜子完全不明白葵这句话的含义和其中的真实想法，她猜测大概是自己刚刚不同意今晚住旅馆，想要回去的提议，破坏了葵在外游乐的好心情吧。另外，依照葵平常的性子，她不会单单因为被人破坏心情就生气，这也是让小夜子感到非常奇怪的地方。可除了这点，小夜子实在想不出还有哪些原因会导致葵的态度急转直下。

小夜子心里不由得叹气："眼前之人是真的不知道这世上还有和自己处境、想法完全不同的人存在呢！虽然另外有一种冠冕堂皇的说法：正是因为每个人都各不相同，所以人们之间的相逢才有意义。可是一个家庭主妇没有提前和家人打招呼，一声不吭地在外留宿代表着什么呢？就算提前和家人说了，按照现在的情况继续发展下去的话，又会变成怎样麻烦的不快事态呢？这些事情葵可能完全没有考虑过。"

就在这时，小夜子怀里的明里醒过来了，她睁开眼睛，看了看四周陌生的景色，迷迷糊糊地问："这是哪里呀？妈妈，我想要回家。爸爸？"明里的话同时也是小夜子的心声。明里把脸蛋紧贴在小夜子的怀里，看着又要哭出来了。

"楢桥，如果你成了家的话，应该就会明白的，有些事情没有提前做好准备的话，会出现很多需要收拾的麻烦事。就算是在外面住一晚上也一样，再加上这孩子也不习惯。"小夜子边说边拍了拍明里的后背，明里已经忍不住开始扭动身子哭出来了。

"是啊。"葵说，脸上那玩世不恭的笑容消失殆尽了，"我没想太多就把你带过来，是我考虑不周。反正也没人会等我回家，我一个人自由自在，还想继续玩儿一阵子，难得来到海边嘛。车站就在那个方向。"葵说完便从外衣口袋里拿出手机，手指匆匆按了号码。

"我说，楢桥……"小夜子刚想开口说些什么，可是葵低下头没看对方，只是专注地按动手机。

怀里明里的哭声越来越响，街旁土特产店的昏暗空间在白炽灯的照射下，被孩童的哭声塞满。大概是对方接通了电话，葵的神情一下子明亮起来了。

"你现在有空吗？是有些突然，你现在能来一趟热海吗？送你一个豪华温泉旅行大礼包哦！我今晚原本打算和朋友一起住的，不过最后对方临阵脱逃啦。我好不容易来一趟，什么都没做，就这样回去也太无聊了。哈哈哈，是啊，你要是来不了的话，我再找别人哦。你可以？那我等你来哦。你到附近了就给我打个电话。啊，对了，先别吃东西哦，这里还有豪华的怀石大餐在等你呢。好嘞，再见！"

打完电话的葵总算是注意到旁边还站着一个呆立许久的小夜子，开口问："从这里坐车回东京要一千九百五十日元，你带够路费了吗？要不我帮你付了？"

“不用了。”小夜子回答。

“我在这附近随便逛一逛，然后等木原君过来。再见。”葵转过身，头也不回地跑向与车站方向相反的拱廊商业街了。

木原君？刚才接电话的取代“临阵脱逃”的自己来这里和葵会合的人，原来是木原君？小夜子惊讶不已地直盯着葵远去的背影。

“妈妈——，我想回家、回家——”明里再次哭喊着要回家。

“好，好，我们现在准备回家哦。”小夜子听到自己安慰明里的声音竟然在微微颤抖。

在车站内买好两份便当后，小夜子和明里一起来到站台。昏暗的站台上一个人影都没有。小夜子把明里放到长凳上后坐了下来，明里还是缠着小夜子抱她。

“妈妈已经很累啦。”小夜子说。

可是明里还是想要爬到小夜子的膝上，撒娇地说：“抱抱我嘛，妈妈抱抱我嘛。”

“我今晚原本打算和朋友一起住的，不过最后对方临阵脱逃啦。""我没想太多就把你带过来，是我考虑不周。""你带够路费了吗？要不我帮你付了？"葵刚才的那些话还在小夜子的耳边回响。

原本今天积攒的美好回忆此刻却在小夜子的心里慢慢变质，她开始怀疑葵特地来保育园不仅仅是为了过来告诉自己有客户签约一事。不请自来的葵其实是来参加运动会的，带着自己和明里来到热海，无非是想有人陪她并给她解闷。

正在努力爬上小夜子膝头的明里一个没注意，乱晃的双脚就把放在旁边的便当连同袋子一起踢到了地上。闯了祸的她露出一副害怕的神情，双脚停止晃动，小心翼翼地偷看小夜子的反应，可小夜子像是没发现似的，只是呆怔地盯着地上的便当袋子。这时车站内突然响起电车即将进站的广播，电车行驶的声音也越来越近了。小夜子缓缓地站起来，弯腰捡起地上的袋子。

"对不起，妈妈，对不起。"知道做了坏事的明里害怕得不停道歉。

在只有寥寥几名乘客的车厢内坐好后，小夜子和明里一起吃完了一份便当。吃饱后，明里又趴在小夜子膝头睡着了。

小夜子侧头看了看自己映照在车窗上的影子。

"木原还是会和往常那样，放下电话后就随随便便地跑来和葵会合，然后毫无负担地一起住进温泉旅馆吧，真不知道什么是难为情吗?!"小夜子在心中默默地想着，"随意使唤木原的葵也不懂得收敛一些!"

"可是最不堪的却是我自己——抱着可以让葵付路费的心理跟她来到热海，和木原'交接'后便直接回家的自己，以为和葵在一起后就无所不能的自己。"

昏暗的车厢映照在车窗上，倒影中的小夜子不停地啃着指甲，和她小时候被父母批评后的反应一模一样。

12

当葵跟爸爸妈妈提出想去参加学期结业典礼时，他们都没有表示反对。葵原本以为他们都会跟着一起去学校，结果在结业典礼的当天早上，妈妈只是把她送到了家门口而已。

葵来到学校后，发现大家都离自己远远的。同学们不仅全都绕着她走，而且还会三两个聚在一起小声地说话。听到有人谈及自己的名字，葵转过头去看的时候，大家又突然住口不说了，只是不自然地朝葵那边笑笑。不管是在结业典礼中，还是在课间活动中，整个学校里的人和物仿佛与葵隔了一层透明的墙壁。葵原本乐观地想着说不定鱼子也会来学校呢，最后发现鱼子的座位早就空了。葵曾向几个鱼子的同班同学打听鱼子的去向，可是她们全都用异常和气的态度说自己完全不知情。在葵眼中，同学回复的话语也像是从那堵厚厚的、透明的墙壁的另一边传来，让人听不真切。

结业典礼结束后，葵刚走出校门，便看到在冬日低沉的天空下，有一辆出租车在等着她。

　　"小葵!"爸爸看到葵的身影，便把点燃的香烟扔到地上，满面笑容地朝着葵挥挥手。

　　"我们现在一起去伊势崎玩玩吧，不过要对妈妈保密哦。你看，这不是快到圣诞节了嘛，爸爸给你买圣诞礼物吧。你想要什么都可以，不过别选太贵的哟。"爸爸开心地对坐在副驾驶上的葵说着，他说的话比以前多多了。

　　出租车驶过渡良濑桥，在一条两旁挤满小店的马路右拐后，驶入了国道。厚重的灰色云层被拨开，太阳从云朵间发出淡淡的光芒。出租车里原有的南国风装饰物全都被拿走了，连后视镜上装饰的花环、车后排上的碎花靠枕、缠在座位靠背上的塑料绿萝藤也全都消失了。

　　"刚搬到这个地方的时候，我对路况一点儿都不清楚，真是让我非常头疼呢。只能一直请客人帮忙指路，有一次客人大发脾气，说：'我付钱坐车还要带路，算什么事儿？'态度很凶很差呢。不过那都是一年前发生的事啦，现在的我可是被邻里街坊称作'群马第一好司机'哦！"

"爸爸，车里那些奇怪的装饰都被你去掉了呢。"见爸爸不停地说话而自己一句话也没说，怕冷场的葵便提出一个刚上车就在心里产生的疑问。

"啊，那些装饰啊。你妈妈说太难看了，让我都拿掉，不过乘客对这些装饰的评价相当不错哦。还遇到过半夜喝醉的客人看见一堆装饰后吓了一大跳的情况呢，像是丢了魂儿似的。"爸爸说完，哈哈大笑起来。倒是葵心想：爸爸把装饰全拿掉了，说不定与杂志里的文章内容有关吧。

"还是拿掉比较好看，那些东西太乱太寒碜了。"葵勉强笑着说。

"是吗？太寒碜了？"爸爸也跟着笑了起来。

国道沿线偶尔会看到两旁有几家快餐店和家庭餐馆。爸爸看到后，像突然联想到什么似的问："啊，葵你还没吃东西吧？结业典礼后还没吃午饭呢吧？"

"嗯，我肚子不饿。"葵说。

"好吧，饿了就说一声。爸爸知道附近有一家特别好吃的拉面店哦。"

"不愧是'群马第一好男人'呢。"

"你说这个我可担当不起呢，我说的是'群马第一好司机'而已哦。"

此时，爸爸和葵终于看着对方笑了。

车窗外是连绵的低矮房屋和连成一片的农田，偶尔有一两家看起来像是厂房的高大建筑突兀地建在边上。阳光比刚才更明亮了，远远地能望见群山的轮廓。

葵收回长久地看向车窗外的视线，开始摆弄身上穿的双排扣外套的纽扣。葵高中学校的校服外套分别有双排扣和单排扣两种款式，周围的同学普遍都选择了单排扣的。在高一那年的秋天，葵和鱼子埋头商量后，两人一起选择了现在穿的这款双排扣的校服。

"伊势崎有Nichii^①和好几家商场，你想要什么，尽

---

① 日本公司名称。

管说出来哦。毛绒玩具、衣服什么的都可以。"爸爸的话刚结束，葵在恍惚之间像是听到坐在车后排的鱼子笑着问："'Nichii'是商场吗？"葵瞬间回头，可后排座位上当然不会有鱼子的身影，只有那让人无法毫无芥蒂地坐下去的、微脏的白色座套。

"爸爸，我没有特别想要的东西。"葵重新坐直身体后说。爸爸看着葵，脸上非常担忧却不能明说的表情，和那次葵请他买杂志时的神情十分相似。

"现在我不想要今年的圣诞礼物，而是想要十九岁的生日礼物。"为了安慰爸爸，葵赶紧补充了一句。

"什么呀，离你的生日还早着呢。那你想要什么？"

"嗯……，是一枚银戒指。"

"戒指？我的女儿长大成人了哟。可以给你买，不用等到十九岁的生日了，爸爸现在去Nichii给你买戒指。"爸爸像是放下心头大石般开心地大声说，"既然要买生日礼物，就不要选银质那种廉价俗气的材质，爸爸给你买白金的。"

"白金比银好？"

"要不怎么被称作是'白色的金子'呢？白金的当然比银质的贵哦，银质戒指戴久了就容易发黑。其实黄金的也很不错，不过你这年龄戴金戒指的话，会让其他人误以为你是黑帮老大的情妇什么的。你妈妈的结婚戒指就是白金材质的。"

爸爸顺着话题开始讲当年他买结婚戒指的故事，葵赶紧打断他："要是那样的话，圣诞节买就没意义了，必须在我十九岁生日时买。"

"为什么？"

"保密哦，"葵笑眯眯地说，"所以今天我别的都不要，只去Nichii提前选一下白金戒指吧。"

"好呀，就这么办吧。你别看爸爸这副模样，其实我很会选的哦，因为经常和客人谈天说地，所以对女人的首饰也很了解，至少比你妈妈强百倍。"爸爸说完爽朗地笑了起来，爸爸的笑声让葵联想起之前每天在餐桌边，父母上演即兴话剧时两人发出的笑声。

当爸爸的笑声结束后，葵悄悄地说："爸爸，对不起。"

爸爸没再开口说话，只是手握方向盘紧盯着前方的道路。

后来，两人去了 Nichii 和商业街上的几家珠宝店，最终葵没有买任何礼物，再次坐上了爸爸的车。爸爸因为没法满足葵的礼物需求而有些落寞，于是葵又提出让他带自己去之前提过的那家好吃的拉面店。那是一家小小的店铺，就在离家不远的国道边上，店里只有一圈围在柜台旁的座位，环境看起来也不是太干净。

葵和爸爸一起坐在桌面没擦干净且有些黏糊糊的柜台边上，两人分别吃了一碗叉烧拉面。

此时，夕阳的余晖透过窗户，映照到拉面店里。

"小葵……"葵吃到一半的时候，爸爸紧盯着面碗，像是不敢看葵似的，勉勉强强地开口说。

确定葵抬起头准备听后，他继续说道："爸爸过一会儿要小睡一段时间，因为今晚要通宵接送客人。"

爸爸说了一半，又停下来吃了几口面条，喝了一口汤，然后继续紧盯着面碗说："明天中午我才能回家。明天呢，早上，如果，我是说如果……"

葵一直凝视着只敢看着面碗，说话断断续续却又努力说下去的爸爸。

"明天早上，妈妈是六点出门去面包厂上班吧，到时候是外婆来换班，我会提前和外婆打个招呼。跟你妈妈说的话不太可能说得通，和外婆说的话或许可以。"爸爸再次停下来，大口往嘴里塞叉烧肉，然后用手背擦擦嘴角，虽然周围没有人，但他依然压低了声音继续说下去，"所以，如果你明天早上起来，没在家里看见外婆的话，就去白髭神社。"

"为什么呀？"葵紧张得心脏怦怦直跳。

"啊……，那个，我会把野口带去神社。"爸爸说完，匆匆捧起面碗哧溜哧溜地喝起面汤来，似乎在掩饰着什么。

"什么啊？……为什么？究竟是怎么回事？鱼子在哪里啊？爸爸你是怎么知道她在哪里的？"葵觉得自己的心脏跳得越来越激烈，导致胸口都有些发疼了。

"你自己当面问吧，我什么都不可以说。这件事要是被妈妈知道了，会非常麻烦。"说到这里，爸爸才敢抬起头直视葵，"我没法儿给你买圣诞礼物，现在就把你们明天的见面当作是礼物吧。"爸爸一副想哭却不能哭出来的表情，露出一个勉强的笑容。

葵手拿筷子夹住一堆面条，僵硬地听爸爸说完话，目光移到爸爸那双晒黑了的油腻的手背上，直直地看了很久。

当看到鱼子一个人站在爸爸那辆熟悉的出租车旁时，葵还以为自己是在梦中。就连走上前去紧紧抓住鱼子的手臂后，她还觉得这是一个梦境，因为她已经千万次梦到过这个情景了。

"啊哈哈，葵，你还是很精神嘛！"比葵矮一头的鱼子依旧笑嘻嘻地看着葵。

她呼出的白气飘落在鼻尖，身上穿着去年两人商量后一起买的同款双排扣校服外套，里面像是也穿着校服。在上衣外套的下摆处，露出了一截百褶裙的裙摆。

穿着牛仔裤和短款粗呢大衣的葵有些遗憾地想：要是自己也穿着校服就更好了。

葵原本以为在见到鱼子后，会有许多问题要问对方：

那件事后你过得怎样？现在又怎样了？搬家后住在哪里？为什么要搬家？重要的是新的联系方式。也想过见面后自己会忍不住大哭起来，还担心要是那时候自己只顾着哭，想问的事情会连一半都问不到。可奇怪的是，等到两人真正见面后，葵不仅没流一滴眼泪，甚至连原本非常想知道答案的问题也觉得没必要再问了。

"鱼子你看着瘦了呢，去减肥了？"等回过神儿来，葵随意地问鱼子，仿佛两人昨天还待在一起聊天儿打闹。

透过爸爸的出租车的前挡风玻璃，可以看到和昨天一样的"停止营业"的牌子。葵和鱼子一起坐进车里。

"姑娘们，今天想去哪里都行哦！"爸爸打趣地说。

"那就请叔叔载我们去伊豆吧。"鱼子接口回答。

"去横滨也行。"葵赶紧补充一句。

"我真服了你们了，姑娘们，你们看起来不像是有钱人哪。"

"对客人这么说，可不太礼貌哦。反正我们身上就只有一千日元，请带我们到能去的地方吧。"鱼子装作老练地说。

一时间，开足暖气的出租车里充满了欢声笑语。

晨雾朦胧中，爸爸的出租车缓缓驶向国道。

清晨的街道上行人极少，车子逐渐超过晨练跑步的男人和牵狗的老人，一路向远方飞驰。

鱼子看了一眼葵后，有些不好意思地笑了起来，准备开口。

"你看看我这个发型，是不是土里土气的，还被我那个丑妹妹嘲笑了一通，说我是'布丁头'。"鱼子指着头顶新长出来的黑色头发说道，而耳朵以下还是金色头发。

"你看看我的发型。我用了妈妈专门染白发的染发膏，你不觉得染出来更老气了吗？"葵指着自己染黑的头发说。

说完这些话后，两人没有继续说下去，沉默的气氛萦绕在葵和鱼子之间，她们只是偶尔看着对方并笑一笑。葵苦思冥想地想找些话题打破这窒息的沉默，可是脑海里却一片空白。鱼子还会不时地看手表，这让葵突然感到一阵不安：是见面时间有限制，还是鱼子已经想要离开了？

在确认时间过了七点后，鱼子在后排对着葵的爸爸说："叔叔，我想去看看河。"

随后，出租车行驶在一条弯弯曲曲的小道上，渐渐地，密密麻麻的房屋已经退后不见，车窗外的视野突然变得开阔起来。远处一片水光映入眼帘，葵不禁屏住了呼吸。碧蓝的天空清晰地映照在河面上，河水变成了一种从未见过的清澈的蓝色。

"太美了！"贴着车窗的葵情不自禁地赞美道。

"只有这个时间才能出现这么美的颜色呢。"身旁的鱼子悄悄地说。

"我以前都不知道这事儿呢。"

"因为以前上学路过这里的时间要比现在晚一些。快到八点的时候，河面又会变回原来的颜色。"

"我以前都不知道呢。"葵又重复了一句。

这时，她的眼前十分清晰地出现鱼子小学、中学，还有几个月以前的身影，仿佛自己真的亲眼见过这些画面一样：不同年龄段的鱼子会比其他人提早许多时间出门上学，然后静静地找到一个隐蔽之处，一个人聚精会神地望着这独特的美丽景色。

葵这才明白鱼子一直留意手表的原因，是为了让自己看到这幅难得一见的奇景。

"叔叔，可以下车吗？我不会逃跑的。"听到鱼子都这么说了，爸爸只好默默打开了后排车门。

"我要转学了。"鱼子神情平静地说。她和葵肩并肩地并排靠在小桥栏杆上，一同看向桥下不停流动的河水。

"是因为那件事的影响，你才要离开的吗？"葵问。

"不，不是的，刚好凑在一起了而已。大家都以为我是因为那件事才转学的，实际上两者之间毫无关系。再说了，孩子离家出走一个多月不回来，也不发寻人启事寻找的父母，不会因为那种事就搬家的。主要是因为家里发生了一些事，我必须搬到亲戚家去。"

映照在水中的天空不断有云朵飘过。鱼子口鼻呼出的白气渐渐消散在寒冷的空气中。

"亲戚家离这儿远吗？"

"远也远不到哪里，我们家都是土生土长的群马人，最远的也就到水上或是下仁田这些地方而已。我还要再过一年才能自己独立生活呢，现在还没到时间。"

"你现在知道亲戚家的地址吗?"葵根本想象不到水上和下仁田这些地方到底在哪里。

"现在还不知道。我定下来后会给你写信的。"鱼子望着河面细语道。爸爸站在车子旁，背对着葵和鱼子，正自顾自地仰头抽烟。

"你一定会写信的吧?"葵说。

"我什么时候骗过你?"

"我们以后还是能见面的吧?"

"我们当然会再见面的啦，我又不是搬到太空去。"鱼子说完安静下来，看了一会儿水面，接着说，"真想不到人的身体是这么结实牢固。"她看着葵，莞尔一笑。

葵搞不懂鱼子话里的意思，只好保持沉默。

鱼子又说:"之前我们还傻头傻脑的呢。"

说完，鱼子又看向水面。葵这才听懂鱼子话里指的是坠楼那件事。

河水流动不止，反射了蓝色天空的河面也呈现出一片蔓延到远方的蔚蓝。

恍惚之间，葵觉得自己仿若还站在矶子区的公寓的屋顶上，俯瞰着脚下那片渐渐被暮色笼罩的街景。

"最后我们哪里都没去成呢。"鱼子突然冒出一句。

"我们当初是打算去哪里来着？"

鱼子没有回答，葵只好换了别的话题。

"鱼子，我们说一下十九岁生日的事吧。"

鱼子抬头盯着葵的脸。

"听说白金比银更耐用，所以，到时候我要送你一枚白金戒指当生日礼物，这样你就能比收到银戒指更幸福了。"

葵把话说出口后，不知为什么，突然有股泪意涌了上来，她赶紧用调侃的话语掩饰不自在。

"反正你十九岁时也不会有男朋友的啦。"

"那我也送你一枚白金戒指做礼物。"这次鱼子没有跟着笑，而是神情认真地看着葵。两人又一同陷入了沉默，把手臂靠在栏杆上，望着桥下缓缓流动的河水。

"你不觉得河面看起来就像天空一样吗？脚下像是有白云朵朵。要是一直站在桥上往下看，就有一种人悬浮在空中腾云驾雾的感觉。"葵听完鱼子的想象，也不由得更用心地盯着河面看，想要真切地感受到鱼子所说的那种浮在空中的感觉。

"是真的呢！"葵说。

河面上的"天空"不停变换，葵觉得自己像飞起来了几厘米，这确实让她产生了一种神奇的漂浮感。

两人走回葵的爸爸身边时，发现地上已经有六个烟头了。葵和鱼子再次安安静静地坐进车里。

"我们再开车兜一圈吧！"爸爸朗声说完后，坐进驾驶席，启动了车子。

后来车子行驶在城里的道路上，依次路过已变得热闹的站前广场、悄无人声的学校、挂满圣诞节装饰的商业街、路旁快餐店林立的国道，然后回到河面已恢复正常颜色的岸边。爸爸似乎不打算出城，车窗外很快又重复出现了刚才见到的场景：热闹的站前广场、店铺打烊后的商业街、烟尘滚滚的国道，然后再次回到河边。

葵心想：这样往复不断的路线和自己现在的境遇一模一样。曾经有过虚无缥缈的目标，最后什么地方也没去成，只能又回到最初的原点。

一路上葵和鱼子都没有说话。

突然，鱼子的手碰了一下葵放在座位上的手。葵没多说什么便悄悄回握住鱼子的手，鱼子也温柔地握住了葵的手。两人就这样偷偷手握着手，不动声色地分别从各自那侧的车窗看着窗外不断变化的街景。

葵仿佛从窗外看到了往日身穿夏日校服的自己和鱼子，两个高中生在路上嬉笑着、玩闹着，还凑在一起开心地说悄悄话，仿佛在她们的世界里全是自己喜爱的东西。她们还会谈天说地，讨论着各自喜欢的东西：长谷川的甜点套餐，元旦那天看见的天空，福福亭的喜好烧，明星比利·乔尔①，湖池屋的薯片，夏日午后三点风轻云淡的天空。

早上九点刚过，出租车在站前的交通环岛旁停了下来。

"叔叔，今天真的很感谢您！"鱼子和葵的爸爸说完

_____

① 美国歌手、钢琴演奏家、作曲作词家。

感谢的话后，一只手搭上了车门把手，"要是这趟车真启动计费表的话，一定要付很多路费吧，等我出人头地了，再还给您今天的路费。"

"好啊，我等着你。"爸爸说完便走下车，打开了鱼子那一侧的车门。

"再见啦。"鱼子笑眯眯地说了再见后，便飞快地离开了。

她没等葵下车，一路向检票口飞奔而去，中途停下来，回头朝着车里的葵使劲儿挥了挥手。身穿短大衣的鱼子那小小的身影，却在冬日阳光的照耀下显得光彩夺目。

车里只剩下葵和爸爸后，车子再次启动了。葵的眼里突然有两滴泪珠涌出，像是某个开关被打开了一样，和葵自己原本的想法、情感无关。

为了不让爸爸发现自己哭了，葵别扭地把身体弯起来，不想让爸爸从后视镜里看到自己哭泣的样子。

葵泪如雨下，脸颊上满是眼泪，泪珠一颗颗地滴落到刚才与鱼子相握的那只手上，手背上出现了一小圈泪痕。

为使自己不哭出声来，葵一只手掩住嘴巴，鼻涕都流进了嘴里。爸爸听见没忍住的啜泣声后回头看了一眼，只见葵把脸埋进膝头，痛哭流涕。

横竖都被爸爸发现了，葵索性号啕大哭起来，车厢里全是响亮的哭声。

"小葵，不久后，你们就可以随时见面啦。"爸爸安慰葵，"鱼子只是搬家了，又没去国外那么远的地方，对不对？就算是去了国外，现在也很容易就能出国，是不是？最近这段时间，妈妈和老师们会牢骚不断的，所以你们暂时没法见面了，但完全可以写写信啊。你稍微忍一忍，两个人很快就能见面了，对吧？"爸爸不停地安慰道。

葵听完点了点头，却在心中呐喊着："爸爸，为什么我们不可以自由选择呀?！就算我们做了选择，但最后还是一无所获，我们根本无计可施呀！爸爸，要是鱼子在别处心碎流泪，我又能为她做些什么呢？我既不能飞到她的身边陪伴她，也不能用手电筒发信号来安慰她，我明明束手无策啊！我们为什么要长大呢？长大成人了，我们就能自由选择了吗？就不会失去自己所珍视的人，就能毫无顾虑地奔赴心之所向了吗？"

"小葵，等下见到外婆要好好道谢哦，知道吗？"爸爸认真地叮嘱着。

这时，葵在前方的路旁看见了自己家的轮廓。

她脸上的鼻涕眼泪像是从没关紧的水龙头里流出的水一般，不断地从脸颊划过，滴落到衣服上。

过了好一会儿，葵终于说了声："知道了。"

"啊啊啊，我快累死了！"在开往新宿方向的小田急线的电车上，岩渊两手握住车厢吊环，一路上不停地抱怨，"我说，公司这样做算是违反合同规定了吧？我是应聘到公司来做内勤工作的，为什么突然派我去做保洁大妈的工作？至少也派辆车专门负责接送呀，她们不是有时候还可以坐木原的车吗？为什么轮到我的时候只能坐电车呀？不公平！"

小夜子一边敷衍着岩渊，一边时刻留意行李架上装有水桶的大包，生怕它掉下来。

"而且今天的客户老太太竟然还使唤我们去帮她买东西！还是买些米和种植土之类的重物。这种事不在我们的业务范围内吧？我们又不是去打杂的，什么都要做。"

继小夜子到客户家里商量合约价格的那两件业务后，这个十月里又陆陆续续接到几件客户委托。每次公司安排做清洁工作的人数都是根据客户的情况决定的。如果是单间公寓或是只有厨房、厕所和浴室这些小范围的清扫工作，小夜子一个人就能完成了。两居室以上面积的清扫必须要安排两到三个人才能做完。所以，总体来说，这项工作任务和刚开始的时候一样，并没有设置严整的程序和规则，基本都是完成一件算一件。最近不仅没有收到客户的投诉，也没有出现过问题，清扫工作总算是有所起色。

对于小夜子来说，最头疼的反而是和岩渊一起做事。对方不仅嘴上唠叨抱怨，清扫工作的质量还不怎么样。通常是在岩渊做完她的那部分后，小夜子还必须手脚飞快地帮她收拾错漏。岩渊还会因客户房子肮脏的程度而表现出不同的态度，好的时候会以平常心对待，差的时候则埋怨重重。

联想到之前中里典子数落自己戴着有色眼镜看待客户的情景，这时候的小夜子能够更好地理解典子当时的心情了。

在新宿站换乘后，两人到大久保站下了车，接着便看见木原站在检票口处。

岩渊仿佛提前知道木原会在那里等候一样，朝他打了个招呼并走向对方。

"头儿，去休息一下吧？你累坏了，一起去吃点儿甜品吧。"刚才还在不停地抱怨的岩渊像是换了个人，笑眯眯地对小夜子说。

三人来到乔纳森咖啡店靠窗的座位坐下，木原点了咖啡，岩渊点了甜点套餐。小夜子坐在两人对面，点了一杯欧蕾咖啡。

岩渊刚坐下，又开始向木原喋喋不休地抱怨工作中的各种不满。小夜子时常偷偷望一眼木原的侧脸。

"说得对呀，公司可能是有人手不足的问题，所以现在这么安排人员也是应付当下而已。葵低估了清扫业务的工作量，以为不会有太多客户来委托。如果日后像现在这样有越来越多的客户委托清扫工作的话，那么清扫业务团队和旅行业务团队之间应该划分清楚各项工作的范围才对。要是只着重去做清扫业务，任由旅行业务工作量慢慢减少的话，铂金星球就会变成单一的'清扫公司'了。"木原有条不紊地一项项列举出来，旁边的岩渊不断地点头附和着，同时又大声表示同意。

临近冬天，天黑得比以前早多了，现在还不到五点，街道就已开始染上橘黄色了。

那天晚上木原真的去了热海吗？两个人一起做了些什么？这些事情小夜子完全不知道，也不想知道。在那天过后，葵面对小夜子时的态度就像什么也没有发生过一样。如果下班时间还早的话，就会爽快地请小夜子喝喝茶，也会继续邀请她参加一月一次的聚餐。就算小夜子最后没去，葵也是一副不放在心上的样子。小夜子倒是故意和葵保持着社交距离。在去热海之前，小夜子一直希望能和葵再亲近一些。可自从那晚过后，慢慢地，她觉得对于葵来说，所谓"亲近"，不过是高中女生一同去洗手间的关系而已。自己只要拒绝对方一次，这种"亲近"的关系就无法再次在双方之间建立了。

小夜子看着正滔滔不绝发表宏论的木原，心中有些惊讶：这个曾经主动开车送自己到保育园的木原，如今也会主动跑来听岩渊的抱怨了。

"总体来说，有很多事情都是做做样子而已。"岩渊一边吃蛋糕一边说，"既然清扫工作的业务无法发展下去，就更应该重视起振兴观光旅游业务的建议。还说什么没有动力，那为什么做清扫业务就有动力，开始其他城市的地方旅游业务就没有动力呢？她自己是不是怕这怕那，从没有实地考察过啊。"岩渊突然停下后面的话，朝窗外用力挥手。小夜子抬头看见窗外的关根美佐绪正准备走进咖啡店。

一路小跑进来的关根美佐绪一屁股坐到了小夜子旁边的座位上，气儿还没顺好就激动地说："啊啊，烦死啦！不仅有早安少女，有滨崎步、SMAP[1]、岚，还有《终结者3》和《霹雳娇娃》，最后还有晨间连续剧，这么一大堆乱七八糟的事情，搞得我都要疯了！"说完，她哗啦哗啦地从头到尾翻了一遍菜单，点了一杯冰激凌苏打。

---

[1] 日本民间偶像团体。

"你是去准备那些送给'花园集团'的日本员工的礼物了吗？你被安排去买东西了呀？真是的，要我说如果是把人家当朋友，有必要送礼物的话，她为什么不自己去买呢？"岩渊说。

"她说这种真切地为对方考虑的做法和心意是很重要的，有时真是无法跟上她的节奏，真是让我为难啊，我又不是不收工资的志愿者，毕竟只是一份工作嘛。"说到这里的关根美佐绪停顿了一下，趴到桌上，低声说道，"她今天去了涩谷的文化中心。"小夜子听着关根美佐绪一顿抱怨，完全搞不懂她的意思。

"啊，是去做讲师了吗？太夸张了吧。她有什么东西能教别人呀？自己的生活都乱七八糟的，理不清楚。"他们谈论了好一会儿，小夜子才明白两人话题里的主角是葵。

"我倒认为葵是个很有魅力的人，她适合当一名讲师，站在台上发表讲演什么的。事实上，外出讲演所得的收入也是公司营收的一部分，要是少了这份收入，公司的经营状况可能会更困难呢。"木原为葵辩白的话语仿佛激发了什么，让岩渊和关根美佐绪越来越使劲儿地说了一大段葵的坏话。

看着两人滔滔不绝的样子，小夜子有点儿意外。她是知道岩渊本来就爱发牢骚的，可让小夜子意想不到的是，连平常看起来和葵关系不错的关根美佐绪也对葵有不少意见。更让小夜子吃惊的是两人的态度已经超越了发牢骚的界限。她完全忘记喝刚才点的欧蕾咖啡了，只顾着听周围同事激烈地述说对葵的种种不满。

从两人的话语中，小夜子拼凑出她们如此埋怨的原因是公司突然增加了清扫业务。她们认为公司里的所有业务都像推土机过境一样搞得杂乱无章，对葵没有建立任何工作的规章，只是想做什么就做什么感到不满；说葵抱着一种奇怪的想法——认为"只想做赚钱的工作"很讨厌，高喊幼稚的理想主义口号，完全没有首先要让员工能赚到钱的意识；还说葵在同事间过于讲究朋友义气；等等。小夜子不想继续听两人滔滔不绝的议论了，便心不在焉地转头盯着斜对面的一家蔬菜店。她也曾听说葵最近以女性创业家的身份兼任了讲师一职。这事要是发生在以前，即便岩渊和关根美佐绪因羡慕葵当讲师而没完没了地谈论，小夜子也会很快找理由离开。可这次小夜子并没有马上离座，她小口喝着只留在杯底的那点儿冷掉的咖啡，甚至想让她们再多说一会儿。

在她们不断发牢骚的过程中，小夜子发现木原的态度有规律性的变化。

每当岩渊和关根美佐绪嘲讽葵，木原必定会接上她们的话，顺带说一些恭维葵的话。这么一来更会激发两人说葵坏话的劲头儿。当她们谈及葵的个人隐私方面，内容变得越来越过分时，木原会不断地点头说"我知道，我知道"，然后把话题拉回正轨，让她们继续抱怨工作上的各种不满。小夜子不知道木原是有意还是无意的，但是能看出来，他像是身怀一种特殊技能，能够让对方将满腹牢骚倾吐出来，同时也不会让对方产生自我厌恶的自省想法。

"头儿，虽然你会老老实实地听从公司的安排，但你不觉得自己来到了一个奇怪的地方吗？毕竟我们公司与其他一般的公司不同，根本就没有所谓'公司'的氛围。"

"头儿应该没关系的啦。要是公司经营不下去了，清扫业务出问题，失败了，你有能回头的地方，还有家有老公呢。"

"'问题'……我现在正努力着，就是为了不出问题嘛。"小夜子忍不住插嘴一句，勉强笑着说。

"不，我认为你说的不太正确。"木原突然开口说，他的语气十分严肃，跟平日里的他不大一样，"重点不是防止问题出现，而是在出现问题后的对应方法上，特别是清扫业务方面，对策基本等同于没有。万一遇到紧急情况，头儿临时不能去做清扫，其他人就要停下手中的工作去帮忙。葵说过头儿和我们都不一样，到现在为止，铂金星球的其他员工都是没有孩子的人。说个偶然的例子，如果公司出了什么问题，需要大家加班到深夜，可是头儿你却不能跟着加班。而且要是出现孩子突然发烧的情况了，葵明确说过这种时候大家必须好好配合头儿。"

"我可没有出现过'临时不能去'的情况啊。"小夜子打断木原的话。她本想装作轻松地笑一笑，却发现自己的脸部肌肉很紧绷，根本笑不出来。"头儿和我们都不一样"？"临时不能去做清扫"？小夜子不明白葵为什么要说这样的话。

"到目前为止，的确没出现过那种情况，我说的是以后或许会发生。但即便葵自己这么说了，可她不也去参加运动会了吗？虽说是周六，可就算是在工作日，她肯定也会去的。"

听到这话的小夜子把头扭到一边，看向窗外。单是想到从海边回来的那天，后到的木原会和葵谈论运动会这一点就够让她感到不愉快的了。

"'运动会'是怎么一回事啊？"

"我觉得楢桥完全不信任我们。"关根美佐绪和岩渊同时出声。

"不是不信任，反倒是葵太信任你们了。"木原又在帮葵说好话。

小夜子不想大家问起运动会的事，于是面不改色地转换话题，问道："岩渊你说过，在很早以前，楢桥的事就出现在报纸上了，到底是什么事啊？"

小夜子觉察到餐桌上的气氛在她问话后发生了微妙的变化。岩渊和关根美佐绪互相挤眉弄眼，脸上的笑容颇具深意。

"也不是什么大事啦。"岩渊故作轻松地说。

"难道头儿你也收到葵的邀请了？她请你一起去旅行或是去她家什么的了吗？"关根美佐绪问。

"嗯……"

"楢桥是有这方面的爱好哦。"

"说'爱好'什么的，太无礼了吧。其实也没什么特别的，她只是很喜欢和女性朋友玩。"

"这样说有些过分了啊。我不过是觉得葵在与朋友相处时的亲密距离上，与一般人有微妙的不同而已。"木原用一副洞悉一切的表情看着小夜子说道，"虽然葵身上有一种天然的单纯和没心眼的特质，但她其实有一段难于启齿的过去。"小夜子有些愕然地把视线放在对面的木原的嘴角上，等待他继续说下去。

小夜子与还在热烈谈论的三个人说了再见后，一个人先回到了事务所。山口正在西式房间里打电话，葵在另一侧的日式房间里看文件，注意到刚走进餐厅准备撰写工作日志的小夜子后，葵朗声打了个招呼："啊，头儿，你回来啦。今天冰箱里有奶油泡芙哦。"

小夜子只是轻轻点了点头，以示自己听到了，又低头继续写日志。她写完后收拾好东西，便站起身来朝葵道别："我先回去了。"

葵小跑着追上走到大门口的小夜子，说："附近新开了一家拉面馆，你听说了吗？"

"不好意思，我的时间要来不及了，先走一步了。"小夜子打断了葵接下来要说的话，又点了点头示意，走出大门，逃也似的快步走下楼梯。

夕阳西下，一半的天空已然化成暗淡的深蓝色。

下了楼梯后，小夜子加快速度跑了起来，一口气跑进了车站，冲过检票口后，她又一路不停地爬上了楼梯。凑巧此时一辆电车刚驶进站，小夜子趁机赶忙进入车内，抓好车厢上方的吊环后大口大口地直喘气。

在咖啡店时，小夜子印象深刻地记得木原得意扬扬地说出了那个多年前发生在葵身上的事件。到现在她还能够清晰地说出那一事件的来龙去脉。并不是因为那一事件产生了很大的影响，也不是引人深思的社会现象。相较而言，森永点心投毒事件和高中生暴力杀人事件更加举世皆知。与葵相关的"女高中生殉情未遂事件"只是短时间内在一些刊物和八卦杂志上进行了报道，后面很快就被世人遗忘了。但小夜子对此有这么深刻的印象是有原因的。

那一事件发生的那年夏天，同样在一所高中女校读书的小夜子一夜之间失去了所有朋友。在那所初高中一贯制的女校里，小夜子是不起眼的普通学生中的一员，她曾经也有几个从初中时就开始交往的朋友，也有能接纳自己的"小团体"，大家放学后会一起去市中心玩闹，晚上相互之间会通通电话。后来小夜子被"小团体"排挤出去的原因是一件微不足道的小事——对日后的出路的不同选择。

"小团体"里的其他人早就决定好不参加升学考试

了，而是通过推荐的方式直接进入短期大学或者专科学校。单单只有小夜子准备参加考试，她想考上东京都内的大学。为了这个梦想，小夜子在暑假期间连续多天去了补习班，中间有几个朋友打电话找她出去玩时，都被小夜子婉拒了。可是这么一来，在新学期开学后，小夜子发现其他女孩子都不再与自己说话了。午休的时候，大家都像早就约好了似的，所有人都躲开小夜子，不知去了哪里。放学后，她们也不再跟小夜子打招呼，就抛下她走出教室。小夜子打电话过去找她们，对方也会装作不在家，主动找她们说话时，也没人搭理小夜子。

小夜子不明白这到底是因为什么。她也就是在暑假中拒绝了她们的几次邀请而已，和曾经相互亲密交往的五年时间相比，小夜子觉得几次的拒绝根本不算什么。所以她猜想应该是有别的原因让自己被疏远了，或许是自己的性格和言行从很早以前就不讨人喜欢，而暑假发生的事只不过是导火线。仔细揣测了一下，小夜子越发觉得其中的原因就是这么一回事了，因此心里也产生了一种隐约的恐惧：自己为什么不招人待见了呢？哪一点做得不好呢？还是自己在无意间伤害了别人？自己的过错大到要惩罚自己一夜之间失去全部朋友吗？

因为小夜子从初一开始就一直是以小团体成员的身份参与她们的集体行动，所以升到高二的时候她就没再加入其他小团体了。小夜子在高二暑假开始被原来所属的小团体排挤后，从第二学期起，就只能独自一人行动了。

这突然的转变让小夜子感觉学校里有一种令人惧怕的安静，同班同学的打闹声、低年级同学的欢笑声都像是从隔壁电视里隐约传来的模糊声音。

恰好就是在这段独自一人的时间里，小夜子对偶然在《社会广角镜》栏目里读到的"女高中生殉情未遂事件"异常感兴趣，连她自己都对此感到吃惊。当时，她还特意到图书馆翻找相关报道，着了迷似的找到了全部的相关报道。

两个高中女生一起私奔离家，先是一起到别处打工赚钱，然后迷失在大城市的灯红酒绿里，最后从其中一人曾经居住过的公寓楼顶上跳下。杂志上说两个女高中生是同性恋关系，小夜子对这点倒不是太在意，让她感兴趣的是这两个人之间如此独特、如此亲密的关系。和自己同是女子学校高中生的她们，是怎样建立亲密关系的？平时都会交流些什么？又是在怎样的情况下才决定私奔的呢？在私奔的日子里，她们有没有对彼此感到过失望呢？或者在某一天，她们的亲密关系是否就会突然破裂了呢？

高三时，小夜子依然没能重新回归到原来的小团体里，不过她在补习学校里交到了新朋友。因为两人的志愿学校相同，所以她们的关系顺势变得越发亲密，后来总是约着放学后一起去上补习班。不上补习班的时候，她们也会约着一起去图书馆或是海边。两人坐在游人稀少的秋日海滩上谈天说地。

交往到新朋友后，小夜子觉得去年那个让自己产生苦闷心情的"小团体"是那么幼稚可笑。那时的"小团体"是无趣的一群人，成员之间的来往毫无意义，没有建树，唯一的乐趣是把别人推作替死鬼。小夜子已经不再害怕学校里曾经的那种恐惧安静的氛围了，也不再猜测自己的性格是不是有什么重大缺陷。她有时候甚至还会认为，那件自己一直想要了解的，在"殉情未遂事件"中的两个高中女生的亲密关系，是不是就是她和新朋友之间这样的友好亲近。

后来，小夜子和新朋友分别上了不同的大学。小夜子每天晚上依然会给朋友打电话，可是对方每次都不在家，即便拜托她妈妈留言，她也从来没有打回来，两人之前的约定也变成了一张废纸。在小夜子的坚持下，在进入大学一年后的夏天，她终于通过电话联系上了朋友。当小夜子质问对方为什么一个电话都不打过来时，对方支支吾吾地解释："我太忙了，没时间呢。"然后又压低声音问："难道你现在还没交到新朋友吗？"

这时，小夜子的脑海中浮现出的不是曾经和她一起度过的时光，而是杂志上读到的那则社会新闻。"女高中生殉情未遂事件"中，作为主角的她们后来怎么样了？是考上大学了，两人都完全忘记了一起跳楼的过去？还是假装这段不堪的经历并不存在，努力地活在当下了呢？是不是还有一种可能，她们依然手牵着手在一起，并没有背叛和嫌弃对方呢?

过去的故事会随着光阴的流逝被世人逐渐淡忘,连小夜子也已忘得一干二净了。

她右手紧紧握住正闹着要买点心的明里的手,左手挑选着包装好的熟食,当年的痛苦再次涌上心头。她不明白那时候的自己为什么仅仅因为发生那样的事情就觉得天都塌下来了,连带整个人都愣在当场。同时也意识到,让自己走到今天的全部选择,都是在那个时候决定好的。

"竟然是楢桥……"小夜子心里五味杂陈,不禁把话说出了口。在咖啡店里,她已经把记忆中的那件事发生的时间、地点和葵她们的年龄都一一跟木原确认过了(虽然差一点儿引起木原的怀疑),应该错不了。杂志报道中的女高中生主角之一,现在竟然就在自己身边。

"什么呀? 妈妈,你说什么呀?"明里吵着问。

"没什么。等下再买点儿牛奶带回家,今天的采购任务就完成啦!"小夜子带着明里走在关门前拥挤喧嚣的超市里,笑着说。

小夜子反复思考着，在自己快二十岁的时候，杂志中不相识的两个女孩子的报道曾多次浮现在自己的脑海中。和某人产生亲密关系是怎样的一种经历呢？当年的小夜子百思不得其解，直至现在她才明白事实或许并非如此。

她想起当时的杂志上曾说过，是其中一个女孩子擅自强拉着另一个女孩子离家远走的。这时候的小夜子终于明白，原来从高中时代起，葵就没有改变过。当年那个被她强拉着不能回家的女孩子一定就像自己这样，被葵带到她的节奏中无法抽身，直至最后也无法回头，到头来落得跳楼的结局。说不定在高中毕业后，那个女孩子也同样给葵打过电话，而葵也一定是毫不在意地说："我很忙，没时间呢。你有什么事？"想到这里的小夜子产生了一种错觉，她恍惚觉得当年和葵交往的女孩儿就是穿高中校服的自己。

结完账后，小夜子把东西全部塞进袋子里，牵着明里的手走出超市。

天还不算冷，而超市里早早就开了暖气，再加上店里人多闷热，刚走出超市的小夜子带着一身汗。

明里嘴里哼唱着今天刚学的儿歌，两人走在夜幕降临的街道上。寒冷湿润的空气让小夜子觉得身上的汗水不能干透。她心不在焉地附和着不停地跟自己聊天的明里，在热海时，邀请自己留宿的葵的笑脸浮现在小夜子眼前。

没有清扫任务的一天，小夜子原本打算继续派发宣传单，她和往常一样推开了事务所的大门。平日里充满电话声和交谈声的事务所这会儿却是静悄悄的，总经理室的门紧闭着，西式房间里也没有人在。初冬清晨那并不温暖的阳光照射在窗边的观叶植物上。

小夜子走进西式房间，看了看委托任务表的工作安排，正准备往手提袋里塞宣传单时，房门哗的一下被人打开了，原来是葵。估计她晚上住在事务所里了，这会儿应该刚起床，身上还套着卫衣和运动裤，脸上也有些浮肿。

"我有些话准备和你说说，耽误你一小会儿，可以吗?"听到葵这么说,小夜子便来到餐桌边坐了下来,等待对方开口。而葵却是先慢悠悠地走进厨房,启动咖啡机,机子开始发出咕嘟咕嘟的声音,葵眼神迷离地站在一边盯着咖啡机,脸上满是睡意。

葵在小夜子面前放下一杯咖啡,自己拿着一个马克杯坐到了小夜子的对面。

"是这样的,我打算把清扫业务全权委托给中里典子去跟进了。"葵小声地说着,眼睛只盯着马克杯,脸色有些苍白,并没有化妆,"所以我想请头儿你换岗做这边的工作,也就是做与旅游相关的业务。"

小夜子一时间没搞明白葵的意思,抬头看着对方的脸。葵却没继续说下去,只是咻溜咻溜地喝着咖啡。

"怎么回事儿?"见葵沉默不语,小夜子只好首先开口问道。

"事务所发生'叛变'啦,形容为'叛变'也算恰当吧。"葵看了小夜子一眼,露出跟平常一样的笑容,"我同时收到了三个人的辞职信,立刻再招新员工也不是什么问题啦……"葵顿了顿,眼睛没有离开手里的马克杯,喃喃地重复了一遍，"事务所是可以再招新员工的，可就算找到人了，对方也不太可能立刻就能上岗。所以说，在事情理清之前的一段时间内，我希望你能来旅游业务这边工作，清扫业务要先暂停了。"

"辞职的三个人是……"

"岩渊、关根，还有那个负责制作宣传单的兼职人员。她们会做到这个月底，之前跟我吵着要什么带薪休假和买保险之类的事，我说这家事务所又不是什么大企业，不要期待这里会有完美的福利待遇。"

"清扫业务暂停了……，那剩下的客户委托……"小夜子喃喃道，她现在脑子里乱成一团。

"所以说，我先把现有的客户委托全部交给中里去完成，以后接到新的业务，也都是她去负责了，清扫业务的宣传也不需要再做了。山口明年三月因为她老公的工作的关系，全家人要移民加拿大，她的离开和那三个人不同，我是早就知道的。所以我之前一直叮嘱关根要做好财务方面的接替工作，但是在这个要紧关头，她又辞职了，真是令人头疼啊。要是我早知道她会离职的话，就不会让她接手财务工作了。所以我想，如果头儿你能接下财务的工作就好了。"

在葵说这些话的时候，小夜子突然想到了木原，她猜测这次三人的突然辞职与木原不无关系。木原总是先让别人把牢骚说出来，再诱导对方产生不满的情绪，并表示对对方的认同和同情，然后又列举葵的缺点或是夸赞葵的优点，继而令对方产生反对之意后，再攻击葵平日的方方面面。木原一定就是通过这种方法把岩渊那三个人凑到一起的。可他做这种事又是为了什么呢？木原不是葵的跟班吗？

"木原呢？"想到其中缘由离不开木原，小夜子脱口而出。

葵的视线依然停留在马克杯上，也没有抬起头，她自嘲般地笑了笑说："木原呀，他既不是兼职人员，也不是正式员工，不存在辞不辞职的，不过估计他也不会再来了吧。"

"可是……"小夜子原本想说"可是你们不是曾经一起在热海住过一晚的朋友嘛"，可话到嘴边却没说出口。

"他也是个让人厌烦的家伙。我们就是个小小的公司，完全没有特别的地方，他还在这里东摸摸西蹭蹭的，到处惹是生非。"

"木原这样做对他有什么好处吗?"

"他很有可能和那几个被他怂恿着辞了职的家伙一起开了一家新公司哦。他装模作样地说是来帮忙，其实心机深沉地和我这边的财务顾问和税务代理打成一片。他也在旁边偷偷观察了我的工作方式，看到我毫无规章的为人处世都能开一家公司，可能借此获得了自己也能行的自信。他是个对旅游行业完全不清楚的蠢笨货色，挣钱才是他的目的，就凭这一点，可能也经营不了多久吧。我猜辞职的那三个人都与木原有不可告人的关系，说不定在木原的公司成立前，他们之间就会因丑事败露而打起来了。"葵这突然的连珠炮般的语言攻击，让小夜子不禁感到非常惊讶。看来员工突然的集体辞职，对葵造成的伤害和影响要比旁人想象的严重许多，小夜子从来没见过葵这样恶狠狠、凶巴巴地骂人，她也不想见到。

当初自己为什么要出去工作呢? 小夜子猛然感到自

己对工作的热情在消退。为什么自己又来到了一个不得不与其他人产生关系的地方呢？要是那天自己没有推开这扇大门，那就什么事情都不会发生了，无论是葵的事，还是公司里众人的争端，都不会出现在自己周围。同时，既不会让自己回忆起高中时代不愉快的往事，也不会对修二的作为产生不满。

"楢桥，你和木原不是关系挺好的吗?"小夜子的问话打断了葵接下来准备说的话。

"嗯嗯。"葵倒是爽快地承认了。她点燃手里的香烟，吐出一口烟后笑了，"每当我向他倾诉在工作上遇到的烦心事时，他都会抱着理解的态度去听，这让我开心了不少。头儿，你是有老公有家庭的，可能还不知道，身边能和自己讨论工作的人出乎意料地少呢。"

葵的话激怒了小夜子。

她开始出门工作后，和修二之间一直存在对彼此的牢骚，有时候小夜子想忍住不哭的，最终却忍不了，哭了一整晚。眼前这个人明明什么都不知道，为什么还武断专横地说出那些话?! 不过这些话小夜子只是在脑海里想了想，并没有说出口，她只是兴味索然地看着葵刚泡好的那杯咖啡。

"我要说的就是这些。你是怎么想的？能接受新的安排吗？"葵探身凑近小夜子。这让小夜子回想起第一次来这里与葵见面时的情景。

那时候，葵将小夜子的简历表拿到面前，像个学姐似的笑着说："咦，原来我们是同一所大学毕业的！我们或许曾屡屡在银杏大道上或是食堂里擦肩而过呢。"

"我还没想好，这事儿太突然了。"小夜子小声说道。

小夜子心想：在这些事上，葵不应该是最心中有数的吗？清扫这项业务原本就是她们从零开始拼了命一点一滴建立起来，直至今天的。就算是被别人嘲笑为"不过就是去客户家里扫扫地"，也没有获得修二的理解，小夜子也咬着牙熬过来了，而且其中的艰辛与困难，葵应该是最清楚不过的。当然这些真心话也只能在脑海里翻腾着。

"也对，确实太突然了。不过，我不会强硬要求你加班的，公司人少，相互之间好说话的。要是你真的有需要，带着孩子来上班也不是不行。哦，对了，头儿，你知道'家庭援助中心'吗？我提前了解了一下，想看看有没有能帮上忙的。你不觉得你每天掐着点匆忙去保育园接孩子很辛苦吗？要是你还想进一步了解这方面的信息，我也会尽全力协助你的。"

听完葵的话，小夜子的脸颊唰的一下红了起来。她早就知道外面有些机构会组织一些孩子能够独立的家庭到保育园提供帮忙接送别人家小孩子的服务，或是在上保育园以外的时间里帮忙照顾年纪小的孩子。小夜子也多次动过去登记一下，以备不时之需的念头。之所以直至现在都没这么做，是因为觉得要与他人保持交流关系实在太麻烦。对于可能会发生的难题和麻烦，小夜子使用的是消极回避的方法，但刚才葵的话却一针见血地指出了她的问题所在。她想为自己辩驳说原就不想依赖外面的机构，可最终只能沉默不语地直勾勾地盯着餐桌下紧握的双手。

"我自己也反思了一下，还是认为现在全面发展清扫业务可能太早了。把现有的清扫业务全部交给中里，怎么说都有点儿推卸责任的意思，我心里也很不是滋味。不过交给中里接手后，在维护客户方面我应该会更放心吧。"

葵说完便站起身来。小夜子一时间竟还无法抬起头。什么叫交给中里典子会更放心？和我相比，是中里做这些事更能让人放心吗？事实可能的确如此，可小夜子不想听到有人把这样的话说出来。她觉得鼻子突然冒出一阵酸涩，赶紧咬紧舌头，否则就要忍不住哭出来了。

"好嘞，我刷个牙就开始干活儿啦。"葵站起来离座后，背对着小夜子走进盥洗室。一直等到鼻子里的酸涩感完全消失后，小夜子才缓缓抬起了头。

"楢桥！"她喊了一声正在盥洗室里的葵的名字。

"嗯——什么事？"葵传来的声音懒洋洋的。

小夜子深深地吸了一口气，把一直存在心头的问题果断地问出了口："那件事之后，你们怎么样了？"

"什么？什么事之后？"葵的嘴里含着牙刷，从盥洗室探出头，疑惑地问道。

"自杀未遂。后来你们怎么样了？"小夜子盯着葵的脸再次问了一遍，她幼稚地把这话当作是对葵刚才"交给中里更放心"那番话的报复，同时也是对坦然自若地说出"为什么不依赖家庭援助中心帮忙"以及"交给中里接手，在维护客户方面更放心"这些话的葵的反抗。

葵愣愣地盯了小夜子好几秒，然后才把牙刷从嘴里拿出来，笑开了花，说道："讨厌——怎么这件事连头儿你也知道了。谁告诉你的？岩渊，还是木原？大家都还那么喜欢谈论那件事啊。他们有没有说到女生的禁忌之恋啦、厌世主义什么的？很遗憾的是，我不过是个普通到没有男人缘的异性恋哦。"

葵发出咯咯的笑声，返回盥洗室，不一会儿再次传来清水漱口的声音。

小夜子边低头看着桌面上那杯完全没碰的咖啡，边等着葵洗漱完从盥洗室出来。

长时间盯着杯中的黑色液体，液面上仿佛突然出现了一个小小的黑洞，漆黑一团，深不见底。

14

那之后……

那时候鱼子话里的含义，葵过了许久才真正明白。

"我一点儿都不在意，因为这些都不是我看重的东西。不喜欢的话别把它放在心上就行了，就是这么简单啊。"

鱼子的这些话既不是故意逞强，也不是自我安慰，而是一个简简单单的事实。

葵重新回到鱼子早已不在了的学校上学。妈妈曾和葵说过好几次，如果她想转学，可以没有负担地说出来。葵在春假期间也考虑过，在那件事发生以后，去学校上学的确会是件让自己感到痛苦的事情。她对外说不会转学，其实是为了体谅父母的感受而已。不久之前，全家人就是因为葵转学才搬来这个城镇的，不可能再有能力继续搬家去别的城镇了。再加上每当葵想到去一所新学校后，又要从头开始用小心谨慎的姿态熬过校园时光，瞬间她的脑袋就开始晕起来了。

　　所以，新学期开始时，葵像是什么事情都没发生过一样，正常地上学去了。学校里的一切依旧像结业典礼那天似的，与葵之间相隔着一堵墙壁，学校里的人和事像是在远远的墙壁另一侧。之前葵加入过的"普通小团体"里的成员都没有理睬葵，葵也没有重新加入她们的想法。曾经笼罩在学校里的那种让人惴惴不安的氛围，虽然没有全部消除，但是也变得稀薄了很多。学校里没人给葵戏取任何像是以前给鱼子取的那种难听的外号，葵带去学校的东西也没有被人故意丢掉，校服上也没有被人故意踩踏上去的脚印，教室里也没人高声笑闹不断议论那一事件并发出冷嘲热讽。只是再也没有人会来到葵的身边，连一个主动和葵说话的人也没有。

　　当葵转头仔细看向周围的一切后，她发现这里真的没有一个人和物是自己所看重的。就算她把手伸到"透明墙壁"的另一侧，也还是没有触摸到任何想要的东西。

葵所在的地方寂静一片。

她像是被高高的墙壁围困在一个封闭空间里，如果她自己一动不动，那么连空气中也不会泛起一丝涟漪。所以，如果一定要找到这所失去了鱼子的学校中还有什么让葵看重的东西的话，那就只有这万籁俱寂的空寂感了。

每天放学后，被学校里的空寂感包裹了几个小时的葵都是第一时间飞奔回家。她总是匆匆地打开家门，然后直奔信箱处，可是每次打开信箱时，里面总是空的，一直在等待的那个人的信件总是收不到。

临近高三的暑假时，葵依旧没有收到鱼子寄来的信。葵找来电话本，按顺序把所有写着"野口"的家庭电话全都打了一遍，可是没有哪个家里有一个叫"鱼子"的十七岁的女孩儿。

在一个人待着没事做的时候，葵就会想起很多和鱼子相关的往事。那辆悠悠地开往伊豆的电车，真野家院子里被风吹得哗哗作响的白色衣物，散落在地上的真之介的塑料汽车玩具，在车站里不断哭泣的鱼子，情人旅馆里装修暧昧的房间，闪烁着粉色和紫色灯光的迪斯科舞厅。每当这一幕幕回忆的场景从眼前闪过，葵的耳边都会一遍遍回响起她们在河边最后一次相见时鱼子所说的话："最后我们哪里都没去成呢。""我们当初是打算去哪里来着？"

这两句短短的话不断地回响在耳边，葵的脑子里乱七八糟的，全是自己曾经和鱼子一起做过的事，以及那件事带来的后果。虽然鱼子说"两者之间毫无关系"，但要是那件事不曾发生的话，鱼子肯定也不会搬家！过了这么久，鱼子都没有写信寄来，也一定和那件事脱不了干系！为什么只有自己一个人可以回到这里，一个人看着房间窗外平淡无奇的风景呢？每当这些想法浮现出来的时候，脑海里定然会伴随着回忆升起一片白色的雾，让葵非常难受。因为她认为那片逸散在脑海里的白雾如同鱼子消失后的无趣世界。

葵在空寂中迎来了高中毕业典礼。当听到自己考上了填报的大学的消息后，葵只带着些许物品就只身出发去了东京。葵第一次尝试一个人生活是在野方的学生宿舍。

进入大学后，首先让葵感到惊讶的是这里的人全都用自然亲切的态度与自己说话。"葵，决定好参加哪个社团了吗？""今天有班级联谊会，葵也一起去吧。""你的这件衣服是在哪里买的呀？"不管是男同学还是女同学，大家从一开始就用已经是朋友的态度与葵交往。

葵在大学期间过的基本都是普通的学生生活：在学生食堂吃午饭，放学后去周边的便宜小酒馆喝酒，参加过有一群人在嬉笑玩闹的联谊会，去过有四张半榻榻米大的同学的房间留宿。葵在大学里也交到了一些新朋友，休息时，她和朋友们会一起约着去看电影或是逛街买东西。还有过几个差一点儿能成为男朋友的男性朋友，她会和他们每天晚上打打电话。

可葵无论如何都没有办法向这些人彻底地敞开心扉。平时她会和他们玩耍打闹，或是装作与他们谈恋爱的样子。可是当对方越过葵给他们定下的距离，与自己越来越近时，葵就会马上在两人之间设立一面"防火墙"。她会通过不接电话或是不去学校的方式疏远对方，一直等到对方重新退到"设定距离"之后。几个女性朋友在与葵忽远忽近的距离中转身远去了，也没有一个男性朋友与葵最终成为恋人。葵害怕与别人建立亲密关系，是因为在她眼中，所谓"亲密关系"，不是让她"获得"什么，而是让她"失去"什么。

十九岁生日到来的那天，葵在心里偷偷期待着能够收到鱼子送的生日礼物，但是依然一点儿消息都没有。这让葵越发觉得鱼子可能已经不在这个世界上了。这一次鱼子定然是用一种真切的方式，孤身一人到达了另一个世界。每每想到这一点，葵就会被一股不安感所笼罩，仿佛她脚下的世界正在逐渐崩塌。

刚升入大三，葵马上毫不犹豫地决定要来一次没有归期的旅行。她听别人说有的同学坐船去了上海，于是也学着搭乘"鉴真号"轮船出发了。虽然对于葵来说，离开日本和独自一人旅行都是人生的第一次，可她一点儿都不感到害怕。

后来，葵又从中国搭乘飞往越南的航班，经由斯里兰卡去往印度，又从印度辗转去了尼泊尔……一路上的所见所闻不断给葵带来文化与见识上的冲击，她不由得感慨自己从前所在的"世界"是那么狭隘渺小。伴随着自己越走越远的步伐，真正的"世界"逐渐展露在她的眼前，也令她更加沉迷，不断地漫步在一个个陌生的城市。

在葵外出旅行将近一年时，发生了一件事。当时葵正在老挝。当她站在从首都万象开往万荣方向的公交站等车时，一名男青年突然走上前来与葵搭讪。他用一口流利的英语说："我有一个同样来自日本的朋友，她是个和你长得很像的年轻女孩子，她去年旅行时到过这里。你让我想起了她，所以我跑来和你说话。你们该不会认识吧？"

摩托车和卡车一辆接着一辆从前方这条颠簸不平的红土路上驶过，灰尘漫天飞舞，周围的景物也被覆盖上了一层淡淡的红色尘土。车站旁有一家经营着三明治的小吃摊，小吃摊周围有成群的苍蝇在飞来飞去。

"那个女孩子叫什么名字呀？"葵漫不经心地问道。

青年的发音不是很标准，含糊不清，听起来像是"鱼子"的音节。

"鱼子？她叫'鱼子'？"

"没错，是叫'鱼子'。"青年使劲点头，后又发音清晰地重复了几遍"鱼子，鱼子"。

"你在哪里见到她的？当时她在做什么？这个女孩子长什么样子？她说过后面会去哪里旅行吗？说过在日本的住址吗？"葵因只能用不太流畅的英语说话而感到有些着急，但还是努力问出了一大堆让她心焦的问题。

"她是个漂亮女孩儿，个子比你矮一些，是从泰国来老挝的，然后她就回日本去了。她还说过她住在东京。"听完青年说的话，葵激动得连指尖都颤抖起来了。她心里一边认为青年口中的女孩子和鱼子不可能是同一个人，一边又觉得说不定那就是鱼子本人，不可能是其他人。

"我家里有一些她寄来的信件和照片，你要不要来看看？"青年说道。

"好。"葵毫不犹豫地回答道，接着便匆匆跨上了青年停在路边的摩托车。

他们一开始经过了一条繁华的街道，然后是一条满是灰尘，路旁只有几家小店的土路，穿过一座仿巴黎凯旋门的拱门后，又接着开过一段路，最后来到一个周围没有店铺、没有摊位的偏僻之地。沿路见到零星几家木板搭建的简陋民宅，路两旁只有一大片高大的树木和杂草。葵丝毫没有怀疑青年要带她去自己家看信件和照片的事，可是摩托车最后却停在一座看似早已废弃的棚屋前。

"把你身上的钱都拿出来！"那名青年从摩托车上下来，一反刚才的友好态度，压低嗓门朝着葵喝道。葵害怕得双膝颤抖起来，黏糊糊的汗一下子从她的腋下、太阳穴冒了出来，连喉咙也变得干涩无比，不能发出一点儿声音了。葵直到现在才明白过来，刚才青年说的话全都是假的，是欺骗她的。她在心里告诉自己："他手上没有刀，不会杀我的。我要冷静，冷静。"当时的葵只能顺从他的意思，把钱全拿出来后逃命。

从那间铁皮斑驳不堪的废弃棚屋中又走出两名少年，他们用威胁的目光直瞪着葵。葵没做任何抵抗，她乖乖地把旅行包放到地上，从钱包里拿出一沓纸币，交到青年手上。

"你还有其他钱吧！"青年威胁吓唬着葵。旁边那两个看上去还没上高中的少年也一直用葵听不懂的当地语言不断地说着什么。无数只烦人的虫子在杂草丛中胡乱飞舞，发出难听的嗡嗡的振翅声。葵在旅行包里分别放了三个钱包，一个里面装有刚才给了青年的老挝纸币，一个装有日元，还有一个装有和日元等额的旅行支票。她稍微想了一下，最后只拿出了那个装有遗失可补发的旅行支票的钱包。

青年把那一沓厚厚的旅行支票抢到手后，哗啦啦地翻了一遍，然后胡乱地塞进了口袋中。为了令自己尽快冷静下来，葵在心里轻蔑地嘲笑道："你甚至连支票没有所属者签字是无法兑现的都不知道吗?!"在毒辣的太阳下，心里一直慌张不定的葵，手臂上起了一片鸡皮疙瘩。

老挝基普、一大沓旅行支票、数码相机、打火机、随身CD机和磁带，葵被抢走的是这些东西。他们没有让葵填写旅行支票的金额，也没有收走她的护照，所以，葵猜想他们应该不是那种有组织有预谋的犯罪团体，而是简单的临时作案。最后青年又叫葵坐回到摩托车上，带着她开了一段路，然后把她丢在一个目之所及荒无人烟的空地上。青年临走前还笑着对葵说："谢谢！"

简单的一句感谢的话，让他看起来像个孩子。

远处土路两旁零星散落着几家棚屋和连片的水田，四周的树木全都高大又茂密，葵完全不知道自己到底在哪里，只能按照某个方向一直往前走。当遇到路过的人时，葵就会跟对方打听首都万象在哪个方向。可是，一路上碰到的那些衣服破破烂烂的男人和女人全都只是用好奇或是害怕的目光看着葵，没有一个人给她指明方向。

"这太难以置信、难以置信、难以置信了！"漫无目的的葵只能朝着某个方向一直向前走，嘴里不停地抱怨，"怎么会有这种让人无比讨厌的国家！我这一年来一直是一个人在旅行，去过那么多地方，从未遇见过如此糟糕的事情！一路上遇见的人们都会友善地帮助自己，可是，怎么会有故意说出如此差劲、经不起推敲的谎言的人?！你想要钱的话，当时在车站直接说就行了，还骗我说什么一个叫鱼子的女孩子，来自日本的朋友，寄来的照片、信件之类的谎话！这个混蛋！我会通过旅行支票的线索抓到你的！"把心里的种种埋怨说出口后，葵发现自己的手不再颤抖，鸡皮疙瘩也消下去了，就连心中的恐惧感也渐渐退去了。已然到了夕阳西下时分，阳光照在身上却依旧让人感到一阵刺痛，一只毛发掉了一大半的小狗慢悠悠地经过葵的身旁，向前小跑而去，数只小飞虫围在她的四周静静地飞舞。

"太难以置信了！"葵再次吼出这句话后，站在空荡荡的红色土路上愣住了。

原来自己一直以来都相信别人会用友善亲切的态度与自己交往。

这是一个让葵惊讶到说不出话的惊人发现。如同她毫不怀疑地相信鱼子肯定还生活在这个世界的某个地方一样。她甚至相信鱼子会用大妈般的热情态度和刚才的青年聊天，会在某个能晒到阳光的街边小店里喝茶休息，到处拍拍照，回到日本后再给青年写信。这一切仿佛真的曾经发生过。

有一个抱着孩子的母亲肆意地上下打量了一番这个站在红土路上的异国女子，然后走了过去。前面不远处的一家杂货店里走出一个老太太，也是那么看着葵。眼前的景象开始膨胀摇晃，像是进入了水底，过了好一会儿，葵才发觉自己在哭泣。她又走了起来，在强烈的阳光的照射下，脑门儿附近火辣辣的，眼泪像汗水似的流个不停。苍蝇萦绕在手臂和脸的周围，葵吸了吸鼻子，用晒黑了的手背擦了擦脸颊，继续往前走去。

在听到一阵飞虫发出的嗡嗡声后，葵回头看到远处驶来一辆小型卡车。当葵刚想挥手招停那辆卡车，拜托司机顺路载自己去城里时，一个念头突然冒了出来，让她站在那里不动了：在那辆小卡车上的是什么人？他能爽快地答应带自己去城里吗？刚刚止住的颤抖又慢慢回到了葵的指尖。

红色的尘埃从远处一路飞扬到近处，小卡车越驶越近了。旁边一间破败的房子里，有一个孩子跑到路边，朝着那辆卡车挥挥手。

葵并不知道这辆小卡车能不能把自己带到目的地，

她也不知道司机会不会又把自己带到一个陌生的地方，威胁自己拿钱交给他，更不知道司机会不会把自己带到城里后，漫天要价。可是……，可是……，即使有这些可能……

葵深吸一口气，用尽最后的力气跑到了马路中央，高高举起手臂，拼命朝着卡车挥舞。卡车司机按响了喇叭，发出一阵刺耳的长鸣声，最后停在离葵几米远的地方。被车辆带动而扬起的尘土如幕布般升起，覆盖在了卡车上，掩住了卡车的形状。葵定了定神，怀揣着一颗毅然果断的心走向卡车。

这一回就相信它吧！就在这一瞬间，是的，在这一秒，我下定决心了！

葵踮起脚，把脑袋靠近大开着的副驾驶窗边，对着驾驶席上的男子大声叫道："万象！桑森泰大街！邦康旅店！塔銮寺！"为了向男子清晰地表达自己是想坐车去城里，葵一口气报出了各种著名的大街、酒店和寺院的名字。

被葵连珠炮似的说出一堆地名的气势惊讶得不知所

措的中年男司机，在听到万象早市的名字后，似乎明白了葵的意思，一边点头一边打开了副驾驶一侧的车门。

坐上卡车后，葵的脑海里思潮起伏："在决定要相信这辆卡车上的人的时候，我就不应该再感到害怕。这个世界上既然存在会用谎话哄人到偏僻处抢钱的男人，那么也存在为了我而放下手头的工作，四处奔走，帮助我寻找便宜的旅馆，最后连一句感谢的话都不需要便离开的男人。同样，既然有这个没有鱼子存在的世界，那么一定也存在着一个有与陌生人聊天的鱼子的世界。如果真实情况确实如我所想的话，我便会毫不犹豫地相信后者，我选择相信这辆车能顺利平安地把我带到目的地。"

开车的男子不时用眼角的余光偷看葵，如果他们的视线对视上，他就会露出一丝勉强的笑容，点点头，小声嘀咕："万象。"嗡嗡虫鸣，呛人的尘土味道，周围光脚行走的女人，热辣的阳光，一路上一成不变的风景在车窗外出现后又滑过。大风裹着尘土从敞开的车窗中吹进车厢，悄无声息地把葵湿润的脸颊吹干了。

葵大学毕业后，就创立了一家主要面向学生的旅游事务所。说是一家事务所，实际上可以说就像个大学社团，赚不到多少钱，要不是葵同时还外出打工来补贴的话，根本就不够支撑。在和葵结交了一段时间后，又来往密切的大学铁路社团和旅游社团的学生们，整天跑来葵这家既是她的住所又是她的公司的事务所。还有些葵在独自旅行的过程中结识的年轻人们，回到日本后，在找到下一个落脚点前的无家可归的几周时间里，也会到葵的事务所里借宿。

对于总有人出入自己的家兼事务所这件事，葵并没有感到不舒服。相反，她甚至还希望一直会有人来到自己身边，可以一起生活，一起工作，还能在空闲时间一起热闹地吃饭聊天，这样的日子是单纯而又快乐的。

随着旅游事务所业务的逐渐增加，葵有了稳定的营收，她便搬到了大久保，重新成立了一家有限公司。经过一番努力，还和当地的酒店集团建立了长久的业务关系。后来，葵便在大久保买了一套二手公寓，同时将公司改组成为股份公司。原先常来的学生们到后面渐渐不再来了，取而代之的是几张办公桌，庞大且兼具传真功能的复印机，还有几组电脑和显示屏，最后机器们占据了事务所里的大部分空间。

如今的自己能做的是什么？不能做的又是什么？葵每天都用心反复盘算着。

自己做不到的事情有很多：因为对数字不敏感，所以不能进行精确的财务计算；记忆力不够好，经常忘事儿；不会系统性地整理文件；也缺少处理各种日常事务的能力；等等。葵并没有因自己能力并不出众的事实而感到沮丧失落，她早就清楚——自己办不到的事，可以交给别的能干的专业人士去做；而其他人办不到的事，有的也只有自己才能办到。

近年来，学生的个人旅游热潮逐渐消退，行业的衰退导致好几家与葵有业务往来的公司倒闭了，几起社会性事件又打消了很多人最近去往海外旅游的念头。当葵后来发现自己只能拿到比公司里的其他职员还低的工资时，她已过了三十五岁。严峻的事实让她产生了前所未有的不安，仿佛连脚底的根基也开始晃动起来。

接近中年的葵越发疲于与人有过多的往来。在葵看来，让她疲惫的这种人际交往，与雇用员工并和他们一起工作，或者简单地分配各种工作安排，都是不一样的。有些人在工作上只会消极怠工，还偏偏喜欢大声抱怨；有些人会用笑脸接近核心员工，得到工作机密后会另起炉灶；还有人从不看自己的缺点是什么，只会到处讲葵的坏话。原本不知道葵的过去的人们，不知何时从别处听到一点儿似是而非的八卦后，为了满足好奇心而来找葵挖掘往事的答案。这些年来不断有人来了，最后又离开了。当觉察到自己办不到的事情里竟然包括与他人交往这一基本能力时，葵心中不免大吃一惊。

　　就在葵陷入彷徨的这段时间，一个与她是大学校友的家庭主妇来应聘了，葵很快就发现公司录取她是正确的决定。小夜子是那种会把百褶裙的褶子一道道仔仔细细熨烫平整的认真的人，这种认真对待一切的做事方式有时候会成为她拒绝别人时所戴的假面具，但从工作态度上来讲，是无可指摘的。

　　在和小夜子逐渐深入交往的过程中，葵渐渐地感到对方正试探着剥开自己的外壳，并从壳的裂缝中偷偷向内观察自己，小夜子这样渐渐打开心房的模样让葵不禁想起了高中时代的自己。和小夜子说话的时候，葵总有种自己正在扮演记忆中的鱼子这一角色的错觉，而且这种说不清的感受常常浮现在脑海中。

葵曾和小夜子一起清扫了一间非常脏乱的房子。那个时候的小夜子，产生了一种似曾相识的奇妙感觉。不管是安静地擦拭地板和清洗浴室的两人，还是从额头冒出又滴落到下巴的汗水，夏日里跑进房间的热辣阳光，两人辛苦工作时的木然表情和拼命干活儿的双手，甚至是中里典子严厉的审视目光——眼前的这一幕幕场景与她当年在伊豆打工时的日子太相似了。两人分别在不同的区域打扫卫生，相似的场景不仅让之前葵心中产生的不安感在慢慢退去，也让她明白了自己心底的真实想法：不会因自己能力不足而踌躇不前，而是先去寻找自己能够做到的事，全心全意地拼命工作，直到身体疲惫无比，在一天的辛勤工作结束时，能与人交流聊天，以此抚慰疲惫的身心。高中时代，自己曾经无比期待、无比向往的未来可能就是这样普通的日子。也许那个不如大多数人能干的自己想开创的事业，并不是创立什么股份公司，也不是搞什么经营管理，而是单纯地想要获得亲手劳作所带来的满足感。

葵和小夜子两人除了年龄和毕业的大学是一样的之外，她们所处的立场，看待事物的观点，所拥有的东西和没把握住的东西，这一切都是不相同的。

事实上，在葵的心中，小夜子常常在嘴里念叨着的"家庭""孩子""保育园"，这些名词对葵来说，都像一种主妇群体的暗语般无法真切地理解透彻。即便如此，葵还是强烈地感到两人仿佛爬上了同一座山峰。两人上山的路途固然是不同的，但她们都是抱着不顾一切的心态一路直奔过来的。她们有时候太累了，也会坐下休息一会儿，偶尔也会对长时间的攀登感到疲倦懒怠，但她们一直都攀爬在缓坡上，不断前进着。葵觉得这是一种命运般的安排：虽然两人所处的立场不同，看待事物的观点不同，所拥有的东西和没把握住的东西全都不同，但总有一天，她们会在勇往直前登上同一座山峰后，手拉着手分享到达最高处的喜悦。

可是现在，站在自己面前的小夜子竟然说出了那样的话，嘴角还含有一丝碍眼的恶意。"那件事之后，你们怎么样了？"如同从前许多离开葵，想从她口中得知后续故事的人那样。

葵硬是用回平常戏谑打趣的语气概括地回答完小夜子的问题后，又丢给对方一个问题："这样你满意啦？"

小夜子神情冷漠地看着葵的脸，吞吞吐吐地说："嗯，谢谢你告诉我后面的事。"

"今天没有清扫工作，你可以早点儿回家啦。刚才和你说的那件事，你尽快答复我吧。要是你现在答应了的话，明天就有一堆工作要拜托你咯。"葵还像平时一样，笑嘻嘻地用轻快的语句说道。

"那我先回去了。"小夜子站起来，转身走向大门，桌上的那杯咖啡一点儿都没动过。

"要是你把清扫业务关闭的话，我也会辞职的。"走到大门旁的小夜子回过头，用蚊子般的音量说完最后一句话，然后轻轻点头道别，走出了大门。

　　只有葵一个人的事务所内寂然无声。葵蜷缩在椅子上，把下巴搁在膝头上，呆滞不动地看着紧闭的大门。等听到小夜子下楼并远去的声音后，她才慢悠悠地站起身来，打开了厨房的窗户。

　　正午的阳光洒进房间，葵点上一根细长的香烟，深深地吸了一口。窗口飘来附近饭店刺鼻的油烟味。葵的思绪起伏着，小夜子可能会像关根美佐绪和岩渊那样，就这样离开后再也不回来了。山口也即将跟着老公一起离开这个城市了，兼职打工的麻生估计也跟着跑了吧。在招聘新员工期间，自己一个人能做到和做不到的事情分别是什么呢？能做到的和做不到的……葵在水槽里摁灭了烟头，就这样坐在旁边把脸埋进膝头。要一个个面试前来的应聘者，然后一边重新培训好他们，一边开始分派各种工作……想到后续的种种问题，葵心头涌起一阵烦躁。

　　烦躁不已的葵弓起后背，双手掩面，想这样大哭一场，让一切烦恼都随着泪水流出来。为了挤出眼里的泪水，她还学着孩子那样哇地大喊了一声，但眼里依然干涩无比。她从手指的缝隙间盯着厨房的地板，不禁想起了那时身无分文的自己冲到路中间，拼命地不停挥手，叫停路过的卡车的情景，以及那天毒辣的阳光、色调、刺鼻的尘土的味道，还有因恐惧而抖动起来的膝盖。

"停——"葵大叫一声，止住纷乱的思绪。她站起来，捡回扔在总经理室地板上的手机，翻看起通讯录来。

"喂，是小花吗？今晚有空吗？我们去喝酒吧？我请客。"葵用轻快的语气打着电话，同时转头环顾着眼前这套两居室的公寓。

"啊——累死了！""今天就吃'甜度5级'吧？""你们回来啦！""成功做完啦！""我想吃蛋糕！""大家辛苦啦！"葵的耳边仿佛响起了那时候女孩子们在屋里玩笑打闹的声音。

正午的太阳跃上空中，悄无声息地把日光洒在屋内凌乱摆放的椅子和空荡荡的餐桌上。

15

年底，保育园放假了。不上保育园的明里每天都待在家里，小夜子也就顺势认为自己的离职是正确的选择。

从铂金星球辞职后，小夜子没再重新找工作，成天待在家里陪着明里，每天也都把家里各处收拾得干净整洁。再次变回家庭主妇，也没让小夜子对自己感到讨厌，因为她这样告诉自己：恰好是年末时节，为了做好迎接新年的准备工作，首先要做的就是对家里进行大扫除，而不是带着明里外出去公园或是儿童活动中心。

小夜子是从今年的六月初开始外出工作的，所以大概有半年时间没有好好收拾家中各处了。在小夜子每天都要出门上班的时候，她只能一周简单打扫一次，半年没彻底擦干净的家里已经足够脏了。在家的这段时间，她一边要安抚好整天缠在自己身上的明里，一边要将家中里里外外好好打扫一遍：擦拭排气扇和煤气灶台，擦洗地板和放碗的柜子，洗刷干净拆下来的纱窗，还把浴室的边边角角都刷干净了。即便她洗洗刷刷了好几遍，家里还是有脏的地方。小夜子心里老是觉得就算某天她想要把家中各处挨个儿打扫干净了，但总会有遗忘的角落，所以她整天拿着抹布在家中这里擦擦那里擦擦。

每天下午四点，小夜子会和明里一起去超市。超市里挤满了带着小孩儿的主妇们，小夜子也挤进冰柜旁的主妇堆儿里，匆忙挑选好食材后，回家准备精致的晚饭。修二迟迟未归的夜晚，她先把明里哄睡后，再一个人做针线活儿，为保育园新学期做准备。之前刚入园的时候，她制作了小书包和装运动鞋的袋子，因为时间实在不够了，那些做得都有些粗糙。这一次，小夜子是在认真仔细阅读缝纫机说明书后才动手制作的，在之前做好的东西上，还想试着加上刺绣的彼得兔或是小熊维尼的图案。最后，在小毛巾和小手帕上也都仔细地绣好了明里的名字。

要是小夜子找不到下一份工作的话，明里下学期可能就要退园了，可小夜子还是停不下来，忍不住想找些事情做。

小夜子有时也会想起葵来，或者想起葵最后所说的高中生活。

葵告诉小夜子，自从那件事发生以后，就再也没见过那个曾和她一起手拉着手、从屋顶上跳下来的女孩儿了。那个女孩儿被人救下后，也没和葵打招呼，便马上转学离开了，再也没有与葵联系过。小夜子心中暗想：或许就像自己猜的那样，葵确实很快就忘记了那个曾和她一起携手离家出走的朋友。坠楼事件最后的结果让小夜子感到失望，毕竟她曾经羡慕过这两个陌生高中女生彼此之间的亲密情谊。

"事情的结果就是那样啦。"那个时候拿着牙刷的葵，轻描淡写地说出那件事的结局后，还自嘲地笑了笑，"不过就是那么一回事而已，毕竟我们那时候都是孩子嘛。"

"不过就是那么一回事而已。"当小夜子在家里打扫卫生和给手帕绣字的时候，这句话不断浮现在脑海中。

原来，无论是曾经一起有过多么不平凡的经历的亲密朋友，在两人分别走上不同的道路后，亲密的关系转眼间也就结束了。所以，自己也会很快忘记那个别具一格的事务所和同龄的女老板，估计葵也是一样吧。大家都已经不是孩子了，不，正因为大家都是成年人，所以点点滴滴的记忆会更快地被日常琐事覆盖、消融。

那天回家后，当小夜子告诉修二她决定辞职时，他看起来并没有对此感到意外，只是淡淡地说："果然是坚持不下去了吧，离职了也挺好的。"

由于小夜子不再上班了，明里在保育园只需要待到明年一月底，接着就该上幼儿园了。明里现在已经适应了保育园里的氛围，小夜子因为天天接送明里上保育园，也结识了几位聊得来的妈妈。

小夜子恨不得明里可以继续上保育园，可是这样的话自己就必须找到下一份工作。她找来招工报纸和传单，可是当她在上面折页做记号，或是用笔圈出重点时，她总会想起修二的那句话："果然是坚持不下去了吧。"

在思绪纷乱，无法做出最后的选择的情况下，她把心烦意乱转化成力气，用力清洁家里的各个角落，在沉重的家务中迎来了新年。

新年期间，修二和小夜子带上明里一起去了婆婆家拜访，这是他们家的习俗了。婆婆还和从前一般整天牢骚满腹。

"小夜子你是不会做年节菜的吧？难得的新年，不吃年节菜的话，根本就没有过年的氛围了啊。这些全是我昨天辛苦到很晚才做出来的，简直快把我的腰累断咯。小夜子，你去拌点儿沙拉或者找点儿什么事情做做吧!"狭窄的厨房里，紧挨着小夜子后背的婆婆在没完没了地唠叨着。

说是让小夜子做沙拉，婆婆却拉开冰箱放蔬菜的格子，指着里头的东西一一吩咐小夜子该怎么做："别用那个卷心菜，胡萝卜也给留下，别加进去。小白菜能不能用来拌沙拉？那味道会成什么怪味啦……我说，要不要加上一点儿生鱼片啊？车站前的超市今天新开张，你去店里看看买点儿食物回来吧。"

"啊啊啊，果然又来了……"小夜子心里一叹，转头却对着正躺在客厅沙发上无所事事的修二大声喊道，"修二，去车站前的新超市买点儿生鱼片回来吧，妈妈说要的。"

"什么？要买什么？"修二慢吞吞地从沙发上爬起来问。

"买生鱼片。要是看到别的喜欢的，也买些回来吧。正好你把明里也一起带上去超市，行吗？我等一会儿要做沙拉，空不出手去看着她。"

小夜子还在想着修二可能会说什么拒绝的话呢，却见婆婆赶忙拿出钱包，跑到修二旁边说："买金枪鱼或是鲷鱼吧，比目鱼也可以的……你能分辨出比目鱼和鲷鱼吗？"像是第一次拜托小朋友单独外出买东西似的，婆婆看起来无法放心修二他们就这样出门的样子。

修二笑着安慰了婆婆几句。

"明里——一起去超市咯！"一听到修二的高呼，因为太无聊准备开始撒娇，缠着大人陪她玩的明里马上蹦了起来，也模仿着修二的话说："去超市咯！"

小夜子自己做主打开了冰箱，把准备用的蔬菜逐一取出来，连婆婆说过不要用的卷心菜和胡萝卜也放进了水槽里。事情不是变得很简单了嘛！不愿意一个人全部大包大揽完成的话，只要把自己不愿意做的事情说出来，其他人也能顺势分担走一些压力。

锅中的清水沸腾着，小夜子竟能放松心情小声哼歌，即便是身处这个曾经让她感到畏惧和讨厌的婆婆家里。

最后他们是晚上六点开始吃晚饭的。

那天，晚饭的餐桌上一一排开了几份年节菜，还有修二买的生鱼片，小夜子做的沙拉和凉拌蔬菜。

客厅里的电视在热热闹闹地播放着《妙招大比拼》的节目。

"过年期间电视里播的尽是些吵闹的节目。"婆婆抱怨的话刚说出口，修二像是想起什么似的小声嘀咕道"对了"，然后站起身来。

"这里有一盘录像带，妈妈，里头是明里第一次参加运动会的录像哦。我们看这个吧，本来就想给您看看的。"修二从包里拿出录像带，蹲在电视机前操作着，准备播放。

"嗯——那天我是'忍者'哦，还跳了'忍者'舞呢，奶奶。"明里兴冲冲地和自己的奶奶炫耀着。

"哦哦，是嘛，真不错呀。"婆婆却是兴味索然地应付着。

电视里的热闹的节目被关闭，整个屏幕变成了蓝色，下一秒，录像带开始播放了。小夜子只是看了一眼屏幕，然后继续低头默默吃饭。这盘由葵拍摄的录像带，她只看过明里跳舞的那一部分，而且只看过那么几次。看到录像的内容，总会让她想起那天后来发生的事。

电视里响起欢快的运动会音乐，还有保育园的阿姨用麦克风卖力喊加油的欢呼声。每播放一个画面，明里都会根据画面的内容说些她的解释或者想法，婆婆听不明白的，修二也会详细地再解释一次。小夜子夹起一只年节菜里的虾，三下五除二剥去虾壳，先把虾肉放到一旁，然后又夹起一片金枪鱼生鱼片，放到装有酱油的小碟中。

"这盘带子拍得真棒啊！"

"拍得很好吧。好到都像是在拍电视节目了呢。啊，快看快看，画面终于拍到小夜子咯。"

"哎哟，真是小夜子。那拿着录像机的人是谁啊?"

"我和妈妈在跳舞呀。嘿嘿——嘿呀！桃——树！"明里跟着画面的歌曲唱了起来。

"那天是我的朋友过来参加运动会了，修二有工作不能来。"小夜子对婆婆说。

"是我不好，后来都给你们道过歉了。我其实也是很想去运动会的。"

"快看快看，那孩子都哭了呢。快看呀，真可怜哪。"婆婆少有地笑出了声。

"小樱常常哭呢。"明里也笑了起来。

"哎哟，这么一看她和明里个子差不少呢，小樱是几岁的孩子呀?"听见婆婆的问题，小夜子从餐桌上抬起头，看向电视前的他们。

画面里的比赛内容已从亲子舞蹈播放到赛跑项目。葵似乎是一直拍了下去。在比赛开始的哨声响起后，站在起跑线上的孩子们一起冲了出去。

"那应该是五岁孩子所在的班级吧。"小夜子回答。

她的视线也停在了电视屏幕上。欢快明朗的运动会音乐中，一个参加赛跑的孩子突然狠狠地摔倒在地，他并没有马上爬起来，而是躺在地上开始大哭。

"加油！还有一小段距离，直君，快跑呀！"保育园的阿姨用麦克风大声给孩子打气加油。

这时，摄像机镜头拍到了那名跌倒的男孩儿的一个特写画面。跑在前面的一个男孩儿回头看了看摔倒的男孩儿，犹豫着他是要冲到终点呢，还是应该跑回去。小男孩儿的两只脚前前后后跑了几下后，便下定决心跑向摔倒的孩子，下一秒，赛道的周围响起了欢呼声和掌声。男孩儿蹲在因摔倒而号啕大哭的男孩儿身旁安慰着他，然后牵住他的手把他拉起来，两个人一同慢慢走向了终点。

被牵着手的男孩儿一边走，一边还在不停地掉眼泪，另一个男孩儿就用手帮他擦掉泪珠。

镜头一直等到两人走到终点后才切换。这次出现的是挥着手走上前来的小夜子，画面中断了一下，然后一路移动着，最后对准了另一场活动。明里班上的孩子们都聚集在了场地中央，镜头中出现了明里的大特写。

小夜子专心致志地看着屏幕，连筷子上夹着的那片金枪鱼也忘了吃。

下一个画面是明里和班上的小朋友们被保育园的阿姨拉着手带到指定位置的场景。

广播里换了一首同样欢快热闹的音乐。蓝天白云下，在场地的一角，众多家长们拿着相机或是摄像机，准备拍下孩子们跃动的身影。站在场地中间的明里呆立着一动不动，两只大眼珠子骨碌碌直转。画面中不仅有小夜子和葵的笑声，还有两人一起给明里加油打气的呼喊声："小明里——跳起来啊！加油——"最后明里终于开始渐渐跟上音乐节奏，跳起来了。

看着运动会的一帧帧画面，小夜子眼前浮现出那天举着摄像机拍摄的葵的模样。

顶着一张因睡眠不足而浮肿的脸，跟在明里身后记录种种有趣画面的葵，还有那个在无意中拍下的特意为了帮助跌倒的同伴而返回赛道的小男孩儿的葵。

"啊啊，小夜子，酱油！你的酱油！"婆婆的尖叫声惊醒了沉浸在回忆中的小夜子。

原来酱油从筷子夹着的那片金枪鱼上滴落下来，点滴褐色的酱油把小夜子的裙子弄脏了。

"哎呀！这是我为了新年专门新买的裙子呢！"小夜子赶紧扔下筷子，冲向盥洗室。她用热水沾湿毛巾，轻轻拍打在有污渍的地方。窘迫的她不知为何联想起了那时候只能趁着独自骑自行车，通过小声骂着"混蛋、混蛋"发泄的日子。

记忆的画面里，看起来正在满头大汗地骑车的自己，实际上与小声谩骂的话语刚好相反，是一边含着笑意翘起嘴角，一边心情松快地踩踏板的。

污渍因被水晕开而变得模糊起来，慢慢地变得更淡了，小夜子还是用毛巾坚持擦拭着。

餐厅那边传来了婆婆、修二和明里的阵阵笑声。

虽然心里并不想参与，但小夜子并没有拒绝，还是参加了妈妈们的聚会，一起去了家庭餐馆。

大家在窗边的禁烟餐桌旁一一坐下，分别下单咖啡或是红茶。今天到场的妈妈们，她们的孩子都在上幼儿园。小夜子也是最近一段时间才和她们渐渐熟悉起来的，所以还不能将她们的长相和名字对上号。随着明里保育园退园的日子越来越近，焦急的小夜子前段时间曾与一名带着孩子同坐电梯的妈妈打听幼儿园的事情，双方渐渐地熟悉了起来。这个新认识的妈妈姓元山，她给小夜子介绍了好几个妈妈朋友。她们每天都会一起在同一家家庭餐馆消磨时间，等待孩子放学后，接孩子回家。如果她们在附近遇见小夜子，也会和小夜子打招呼。

她们刚坐下便迫不及待地说起了各种话题，大多是关于幼儿园的各种活动，各自班上的老师的情况，等等。

小夜子不能参与她们的话题，这样反而让她感到轻松一些。毕竟一句都不用说，只用笑容跟着她们附和是件轻松愉快的事。

店员端来茶和咖啡，分别摆在大家面前，大家的交谈声暂时停了下来。

等店员离开后，她们又接着七嘴八舌地说了起来。

"我家孩子还得准备后面的考试啊。"

"什么？还要考试呢？哎哟，难怪早田你说你家孩子到四月份就要上补习班了呢。"

"我们家的能考上第三小学就算好的了。"

"看到那些从保育园升上来的孩子，我都觉得害怕呢。"

"就是呀，有好多毛手毛脚的孩子呢。我们公寓里也有这样的孩子，他们动不动就打人呢。嘴里还会念叨着'混蛋''去死'之类的混话。"

"田村，听说你家上的就是保育园，园里言行粗鲁的孩子多吗？"

听见话题突然落到自己身上，小夜子只好笑笑。

"田村你最好尽快让孩子别再去了，小明里是个好孩子，可是小孩子很容易受到别人的影响。"

"对了，刚才提到的那个满嘴脏话的男孩儿，他弟弟和田村家上的就是同一个保育园。田村你有没有听说过三岁班上有个叫仓田莲的孩子。"

"啊啊，是莲君啊。"小夜子点点头。脑海里联想到了脸圆圆的、在人寿保险公司工作的莲君妈妈。

"那孩子好可怕哦。年纪还小小的，就把我家孩子撞哭了。"

"上保育园的孩子，真没办法啊。"

"田村你不是刚辞职不上班了嘛，所以还能一直看管好孩子。那些整天都要上保育园的孩子不就是因为妈妈都要出门工作，没时间和孩子在一起，没空教育孩子，所以孩子才会变得粗鲁又无礼。街上的孩子哪个是上保育园的，我一眼就能认出来哦。"

"要是提醒一句保育园孩子的妈妈，她们就会拿出一大堆理由来反驳你。说什么自己在外面上班兼顾不来什么的，真是一种奇怪的自信。"

"可不就是嘛，最近呢……"

"还有这样的事?""是吗?"小夜子装出一副惊讶的样子附和着她们，视线却早就移向了窗外。

远处的天空灰蒙又阴沉。元山结识的这些妈妈全都是全职家庭主妇，而且她们都不认同那些要出门上班的妈妈们的做法，小夜子一开始和她们来往，便察觉到了她们的偏见。可是每当她们邀请小夜子参加聚会时，小夜子基本不会拒绝。因为不论是后续上学还是孩子定期体检等方面的育儿经验，小夜子都能够轻松地从她们那里获得建议，这帮她解决了不少问题。

当下，小夜子漫不经心地应付着对方突然对职场妈妈的言论攻击，心中隐隐约约有种错觉，可下一秒，她就意识到了，这种错觉产生的原因应该是她记忆里某个场景与眼前的情景重合了。虽然年龄已经增长了不少，可是现在这种情形和小夜子高中时坐在课桌边吃便当的情景一模一样。

她们会设想一个假想敌，然后为了攻击对方而暂时紧密地团结起来。小夜子非常清楚，这种团结其实脆弱得一击即碎。她有些没来由地想：说不定几个月后，她们就会把送独生子上培训班的早田作为她们新的假想敌。

我们为什么要长大呢？

小夜子直直地盯着巨大的玻璃窗外的一排树叶落光的银杏树，沉默不语。

要是小夜子后面找理由拒绝几次她们这样的茶会，估计她们就不会再邀请自己参加了，明里以后也不会和她们的孩子上同一家幼儿园。因为大家已经不会再像高中生那样有很多空余时间，无论是自己还是她们，都有各自的家庭和生活，所以小夜子不会像从前那样再受到伤害了。

"我们住的公寓楼里就有一个在家工作的妈妈，不清楚是搞设计还是做别的什么。那人总是轻率地让她家孩子一个人到我们家来玩，直到晚上六七点钟呢。这期间，妈妈本人就待在家工作，你们不觉得这样有点儿太过分了吗？"

"对啊，你免费帮她看孩子，她自己在家挣钱，实在太过分了！"

"和这种人住在同一栋公寓，真是倒霉啊。"

"最让人讨厌的是那孩子的动作也十分粗鲁呢。吃点心的时候会把残渣撒得榻榻米上到处都是，还把拉门弄破了。"

"哦哟，你可要和孩子妈好好谈谈呀！"

"田村，你家孩子的班上有这种情况的孩子吗？有没有知道你不上班在家，就厚着脸皮把孩子放在你家的妈妈啊?"坐在小夜子斜对面的一个妈妈把话题再次落到小夜子身上。

对方的年龄和小夜子差不多,长得却很像木原。

"糟糕啦,我家孩子的放学时间快到了,对不起,我先离开啦!"小夜子并没有回答对方,只是看了一眼手表,站起来准备离开。

"哎呀呀,时间真的快到了呢,你快去吧,抱歉啊,聊天的时候我没注意到呢。"妈妈们你一言我一语地和小夜子说再见,小夜子离开几步后又匆匆回来。

"对不起,这是今天的咖啡钱,我放这儿啦。再见!"小夜子笑着和大家打完招呼,便一路跑出餐厅。

小夜子猜想她们在自己离开后,可能会把话题人物从那个在家办公的妈妈身上转移到自己身上吧,但下一秒,她换个角度一想,这些都已经无所谓了。小夜子一路跑到保育园大门,从院子里一群玩耍的孩子中寻找明里的身影,发现明里正在沙坑那边玩"过家家"的游戏呢,她对面站着的孩子正是刚才妈妈们提到的莲君。小夜子正准备抬脚往沙坑那边走去,可下一秒又停住了脚步，打算远远地观察一下两个孩子是怎样投入地玩角色扮演的游戏的。

人为什么要长大呢？难道是为了对剪不断理还乱的人际关系感到不胜其烦时，可以溜之大吉，逃回到自己生活的那一小片天地中去吗？是为了可以借口说要去银行办事，必须去学校接送孩子，得回家做饭，等等，然后咣当一声关上心门，把他人隔绝在外吗？

妈妈们口中那个会把年长的孩子撞哭的莲君，从明里手里接过一只装满沙子的小木碗，骄横地说："嗯呢，今天家里吃寿司啊。孩子妈妈，有啤酒吗？"

"啤酒？你可不能喝啤酒哦！"听到明里的回答，小夜子终于忍不住笑出声来。

"啊，是小明里的妈妈！"莲君喊。

明里马上转身，看到小夜子站在那里后，马上跑到小夜子身边，莲君也跟在后面，他噘着嘴抱怨道："小明里，这么早你就回去啦！"

"莲君的妈妈几点过来接莲君呀？"小夜子问。

"不知道。"

"妈妈，我们刚才玩'过家家'了。"

"再见啦，莲君。下次来我们家里玩哦。"

"不知道。"

"拜拜，明天见！"

"拜拜。"明里使劲儿挥着小手说再见，莲君却把脸转过去了。

小夜子牵着明里的手走向大门，路上她又一次想起了运动会那天葵拍的录像，画面里那个摔倒在地的孩子，那个特意回头安慰他的孩子，还有那个无意之中拍下这些的葵。

小夜子突然懂得了那两个亲密到能手牵手从屋顶跳下来的高中女生在后来却再也没有见面的原因。她们不是不曾联系对方，也不是因为年龄太小，很快就把事情忘记了。而是因为葵和另一个女孩子都太害怕了啊，她们害怕曾经有过如此特别的共同经历的朋友，最终还是要分隔两地这个事实。她们两人从高中毕业后，不能继续牵着手在一起，只能分开去往不同的地方，遇见完全不同的事物，曾经互相熟悉的一切可能已完全改变。她们都十分害怕与已经不再一样的对方见面。她们也非常害怕对方问自己："你还没交上新的朋友吗?"

"拜拜!"身后传来孩童的告别声，小夜子她们回头，发现莲君正倚靠在栅栏上，向明里挥动小手。

"明天见!"明里喊。

"嗯，明天见!"莲君看起来有些生气的样子，他说完便匆匆跑回院子了。

小夜子回想起自己还在读书的某段时期，在自己眼中，所谓"明天见"就意味着"不变的明天"。那个时候，她的每个"明天"都是一样的光景：和穿着一样的校服的人见面，能够用一样的眼光、一样的语言在一样的世界里聊天。

在那段不曾改变过的时间里，小夜子对于这一切的"一样"是坚信不疑的。

"明天见!"

我们为什么要长大呢？小夜子的眼睛落在一直在和远去的同班小朋友挥手的明里身上，心中茫然自失地重复着刚才的问题。

小夜子乘坐发出咯吱咯吱的响声的老旧电梯来到五楼。当站到那扇冒出点点锈斑的公寓门前时，小夜子不由得深深吸了一口气。她举起手准备摁响门铃，可连手指都在抖动着。自己可能会被冷淡地驱赶，可能会是一阵窒息的沉默，因为小夜子也觉得自己现在做的是一件非常愚蠢的事，毕竟那天丢下狠话后没有回头，而直接跑走的是她自己。可是登门拜访是自己下定决心要做的，所以不管接下来面对的是怎样的情况，即使会被拒之门外，小夜子也必须来敲门拜访。

　　几天前，小夜子接到了中里典子的电话。中里在电话里说自己的公司正开始推广一项以家庭主妇为主要对象的，安排她们上门做清扫服务的人才派遣业务，邀请小夜子也留下名字登记一下。中里说话依旧是那么爽快干脆，不禁让小夜子想起了以往的事，觉得非常亲切。她不知道该不该答应对方，于是岔开话题，问中里为什么知道自己重新做回家庭主妇了。

　　"葵那边都变成那样了！说实话，我刚开始同样以为她们快要干不下去了。本来在田村你的努力下，她们渐渐开始步入正轨了，后来葵常常说后悔死了后悔死了呢。对了，一开始我带你工作的时候，看你做事那么认真细致，真的十分难得，还想拉你加入我们公司呢。"

"是楢桥让您找我的吗？"

"不是不是。葵只说了自己匆忙之间就这样没有经过深思地决定放弃清扫业务，是件不光彩的事，还说十分希望能够请你重新回来，帮忙协助打理那个员工都走光了的'铂金星球'，但又十分难为情，没脸当面跟你提出来。那时候还让你研修了好长时间，业务刚上轨道，又被抛弃掉。我给你打这个电话是想'抢占先机'，葵的公司反正也不会再搞清扫业务了，你要是想做的话，就只能到我的公司来啦，所以才有今天我突然打来的电话。"

小夜子认真听着电话里中里典子的每一句话，同时脑海里浮现出那天提出要结束清扫业务的葵的样子：她一直低头盯着马克杯，苍白的脸庞看不清表情。

这一秒，一阵懊悔浮现在小夜子的心中，之前自己为什么有种莫名的感觉，会想当然地认为葵无法理解自己呢？小夜子曾自作主张地判定葵肯定不能理解她和修二争吵时的窝火，还有一边骂着"混蛋"一边骑车将烦恼事暂时忘记的无奈。

"铂金星球公司现在怎么样了？"小夜子接着问。

于是中里典子详细地给小夜子介绍了葵的公司现在的情况。员工纷纷辞职后，公司就只剩下山口一个人了。但是山口因为明年年初要搬家出国，年末的时候也从事务所离开了。位于大久保的事务所不是租来的，而是葵买的二手房。为了凑齐全体员工的离职金，葵只能把事务所的房子卖了，现在她就在下北泽的家中独自打理剩下的一点儿业务。

"员工辞职离开是再常见不过的事，马上招聘新人就行了。可是葵总是拖拖拉拉又想这又想那的，最后只能放弃。现在她像是隐居似的，一个人在家单干呢。话说回来，我刚才和你提的那事儿怎么样，你要加入我们吗？"

小夜子再次想起那天去葵的住所时所发生的事，脑中乱糟糟的她含糊地回应了中里典子一句："我考虑一下再说吧。"随后挂了电话。

小夜子深深地吸了一口气，紧张地按响门铃，大门里传来"叮——咚——"的门铃声。屋里没有动静，小夜子又按了一遍门铃。

"没人在家啊……"小夜子觉得身上的勇气全被抽空了似的，不留存一丝气力。她想就这样回去，但她明白，一旦转身离开，她就会失去再来的勇气。到时候她会找各种借口拖延下去：比如今天必须在家洗毛毯啦，比如今天必须给明里的小毛巾绣好姓名啦，等等，然后渐渐将这件事彻底放下。可是即便这样，小夜子心中最清楚不过，不管她拿着抹布在家里怎样寻找，自始至终，自己忘记擦拭的那个角落并不在家里。

"在楼下继续等吗？……"小夜子嘴里碎碎念着，回到昏暗的走廊里，按动电梯的按钮。电梯咯吱咯吱发出难听的怪声，来到了五楼，电梯门开了，此时葵出现在电梯里。

"啊!"葵就这样突然出现在眼前，让小夜子惊讶地喊了起来。

"啊!"葵同时也喊了起来,她看着小夜子愣在原地。

在呆立不动的两个人中间,电梯门开始缓缓关闭,小夜子下意识地伸手扒拉住,葵也伸出一只脚顶住了电梯门。两人看着彼此统一又古怪的动作,都哈哈大笑起来。

"真是的,你吓了我一跳呢!"葵走出电梯,手上拎着便利店的购物袋。葵看起来身形消瘦了许多。

她身后的电梯门终于缓缓合上了,继续咯吱咯吱地降落,走廊里很快又恢复了安静。

"很抱歉,我没有提前和你说一声就来了。"小夜子说。

刚才的笑声逐渐消散后,一阵紧张感再次堵在了喉咙深处。

"是很突然呢。怎么啦,难道你也想要一份离职金?"葵经过小夜子身边,来到走廊深处打开了公寓门。

"我有点儿事想求求你。"小夜子咬了咬牙终于把话说出来了,握住门把手的葵转过头来,看着站在走廊里的小夜子,"你这里有什么需要我帮忙的吗?什么事我都可以做，不管是接听电话、打扫卫生、数据输入，还是封装物料，我全部都可以做。只给我一些实习工资就行了，不，真正上手前也可以不要钱的！"

"好啦，头儿，别再说啦。隔壁房子的人会怎么想啊。"葵小声制止了情绪激动的小夜子继续说，她走进门里后向小夜子招招手，小夜子也赶紧闪身进了门。

"请进！不过现在屋里到处都乱糟糟的哦。"

小夜子跟随葵进了她的房间。葵的住所兼事务所的公寓真的乱得很，到处堆满了东西，毫不夸张地说已经乱得看不出其原本的布局了：餐厅兼客厅中堆积如山的一摞摞纸箱把后面的墙壁完全挡住了；地板上像是被雪崩摧毁了一般，每处都散落着大堆的宣传册、稿纸、复印件和满是便笺的杂志；连厨房水槽里也堆满了吃完的方便面盒子和饭盒的空盒，虽然现在已经是冬天，但水槽上竟还有几只小苍蝇在飞舞；拆掉拉门的日式房间里，一张小小的单人床周围被毫无缝隙地塞满了葵在事务所时用过的矮脚饭桌，庞大的带有传真功能的复印机，乱塞了许多资料的书架。高高堆起的纸箱遮住了房间一半的窗户，所以这间光线不足的房间里整天都是昏暗的。甚至连葵曾经炫耀过的视野非常开阔，能看到好景色的客厅大窗户，也被体积巨大的杂物遮挡了三分之二，只留窗户上方一道狭窄又碧蓝的冬日晴空。

"所以我才说屋里到处乱糟糟的吧。"葵把沙发上小山般高的不知道干净与否的各种衣物往外一推，示意小夜子，"请坐!"

"今天我还没吃午饭呢，不好意思啊。"葵自己一屁股坐到地板上，从拿回来的购物袋里取出三明治和饭团，开始吃她的午餐。小夜子偷偷看了看葵，想试着通过她脸上的神色看出她内心的一丝想法，但毫无发现。

小夜子知道自己此时必须说些什么，自己必须先开口说些什么，于是搜肠刮肚地想要挖掘一点儿话题。

"我一直后悔当时没多想就辞职了。你特意给了我很多照顾，我却刚适应公司的节奏就离开了。"不是的，这些都不是自己真正想说的话，只是些似是而非的表层意思。小夜子环顾一周，视线一一转过地板上散落的衣物、体积巨大的杂物、正剥开饭团包装的葵，最后落在被杂物遮挡的客厅窗户顶端那一小片狭窄的澄净蓝空上。

"楢桥，你还记得你以前和我说过关于'家庭援助中心'的事吗？事实上我非常惧怕与陌生人交流，所以一直没有想过去了解这些。不过在你和我说过以后，我狠了狠心，终于到中心登记报名了，委托他们介绍了我家附近的一个家庭。其中的过程简单得让人有些惊讶，本来就是一件并不复杂的事情，也不知道我之前到底在害怕什么。我说这些的意思是，我这边最难办的看管孩子这一问题都已经安排妥当了，所以我可以没有负担地去加班了。"小夜子一口气把自己最近的决定都说了出来。葵把剩下的一点儿饭团塞进嘴里，目光却一直停留在地板上。

那天与中里典子打完电话后，小夜子立刻到"家庭援助中心"报名并拜托对方介绍自己家附近已登记的合格家庭。

中心介绍的是一对五十多岁的夫妇，两人养育了两名已经独立生活的孩子。而且听说这对夫妇也是这段时间才完成登记注册的。小夜子与这对夫妇面谈的时候，那名妻子展露出真诚的喜悦："真的太棒啦，我又可以带孩子了!"

"因为她产生了'心理依赖'哦。"夫妇里的丈夫轻轻地取笑着，"孩子们长大、独立又离开家后，她变得一整天都无所事事，只能坐在餐桌边。"

"初次见面，现在和你说后面的话可能不太适宜，不过，随着我的孩子们的离开，我越发觉得自己对孩子们的关爱照顾还不够，有很多事情也不曾为他们做过，孩子们在独立后也不爱回家，可能是有这些原因吧。正当我为此纠结和后悔的时候，孩子他爸把关于'家庭援助制度'的事情一一告诉了我。原本我想着连自己的孩子都没能照顾周全，怎么能够去照看别人家的孩子呢？所以我一直害怕着、犹豫着，始终无法做出决定。不过现在很庆幸我们还是登记了，见到你们真是太棒啦！如果我们能再早一点儿登记就好咯，因为我就可以提前一点儿见到这么可爱的小姑娘了。"妻子看着明里，温柔地笑了。

"小姑娘和英子小时候长得一模一样呢。"丈夫说。

"英子"应该是他们的女儿。

"就是呀！不如周末的时候两家人找个时间一起吃个饭吧，我们把英子和雅史都带上，我想那两个孩子肯定愿意来的。田村女士你们愿意吗？如果你们不方便的话，改到下周也是可以的，甚至是下个月也没问题，想想都觉得十分热闹呢。"妻子因为自己提出的主意而兴奋得脸蛋发光，甚至迫不及待地当场开始考虑那天家庭聚餐的菜式。

眼睛眨也不眨地看着这幅情景，小夜子终于明白人为什么要长大了。

人之所以要长大，不是为了逃避世事纷扰，躲进自己的狭小世界，也不是因为厌倦人与人的相处，随意关闭心门，而是为了再次相见，为了选择相遇，为了素履以往心之所向。

"中里典子给你打电话了吗？她的公司的待遇可比我这里好多了。"

"我只会来你这里。"小夜子下一秒接着葵的话说道。

面对如此坚定果决的回答，葵并没有再说话，而是一动不动地盯着手中的三明治。

"清扫的时候是不准使用橡胶手套的吧。"小夜子轻轻笑了一下，小声地自言自语，"厚厚的油污有时候脏得能粘住清洁海绵，我们清理擦拭时非常费力气，到最后累得连脑袋都只剩一片空白了。不过我们努力擦拭着，渐渐地，手中的海绵会变得越发容易摩擦，这时用手指摸摸原本沾有污垢的地方，会发现那里变得滑滑的，像是没有任何阻力。这样的触感你也有印象吧。只凭着一块海绵、一些清洗剂和我们自己的双手，原本厚重黏糊的油垢就能被清除得毫无踪迹。可是自从我离职后，在这段时间里，我总有一种没有把污垢清理干净就丢下不管而回家了的感觉，像是有东西堵在心头般不爽快……就算我去中里那边重新开始，这种清理不干净的感觉肯定也不会消失。"

葵始终一言不发的态度，让小夜子心里有些忐忑。

难不成自己刚才又说了些狂妄无度的话吗？抑或是葵根本就不需要别人的帮忙？在葵抬起头时，小夜子却低下头盯着自己的指尖，而不敢看葵的脸色了。

这段时间，小夜子整天都待在家里打扫卫生，不知不觉间皮肤变干燥了，连指甲也开裂了。

"大家说得都没错，中里典子办事井井有条，我却完全不一样。可是话又说回来，头儿，你要提前有点儿思想准备啊，因为你需要在一天时间内把我这间凌乱无比的房子打扫得一干二净哦。"葵把最后那点儿三明治塞进嘴里后，看着小夜子的脸说道。小夜子刚想反驳说"我没有那个意思"，但又把话忍住了。在意识到葵已经懂得刚才那些话的意思并做出回复后，下一秒，小夜子猛地从沙发上站了起来。

"只用一天时间？"小夜子的视线扫过房子一圈后问道。

"你可以把这一次当作面试。如果你能在一天内打扫干净的话，铂金星球就录用你。虽然公司变成这样了，但我也依然是老板哦。"

"脏乱成这样，一天时间打扫完，可够累人的啊。我明白了，我会尽力做好的。"小夜子深深朝着葵鞠了一躬。

"那就拜托你了!"葵也礼貌地低头致意。小夜子扑哧一下忍不住笑了,葵也跟着笑了起来。

"第一步要清理的是客厅这扇窗户附近,要想些办法把东西全部挪走。没有光线照进来的话,屋子里总是很昏暗,这样很不好。楢桥,有些事只能你去做。你要检查一下这些东西能不能扔掉,是不是需要分类,等等,到时候我会问你的。"

小夜子安排好了接下来的事情后,首先来到客厅大窗户旁,把堆成一座小山的纸箱一个个搬下来,放到地板上空余的地方,然后再打开箱子,一一查看里面的物品。葵没阻止小夜子,她走进日式房间,来到矮饭桌前坐下来,启动了电脑。旁边的传真机正在工作,发出打印纸张的机械声。

小夜子打开了一个纸箱,里头塞满了大大小小的文件夹、各种广告宣传单、色彩缤纷的点心盒和移动软盘。小夜子又陆续打开其他纸箱,发现里面基本都是胡乱堆着旅游手册、各国交通地图、列车时刻表,还有一些剪刀、胶水之类的文具。她挽起袖子,打算先把箱里的东西逐个掏出来再整理。原本就没有多少空余位置的地板很快就被各种各样的杂物堆满了。

小夜子定睛一看，满地乱七八糟的杂物和纸箱，让人不由得头脑发昏。

"没关系，一旦开始动手收拾了，最后总会搞定的。"她安慰着自己，接着把空纸箱拆开后压扁，又从一个打开的纸箱里掏出十几本书和缠绕成团的十几条电源线。小夜子将东西分类后，把缠在一起的电源线慢慢分离开。突然，小夜子身旁的一堆书因不够稳当倾倒了，小夜子"哎呀"一声赶紧扶住，这时，一本没有封面的文库本落到了她的脚边。她一手扶住岌岌可危的书堆，一边蹲下来用另一只手捡起那本文库本。一张夹在书里的纸片轻轻飘落下来，落到了那团电源线上。

小夜子不由得看了一眼那张泛黄的纸片。那是一封信，信纸上写满了密密麻麻的蓝色字迹。

小夜子一只手抱着书，另一只手悄无声息地捡起信。按照规定，她们在客户家里打扫卫生时，是不允许偷看客户的个人隐私和相关物件的，中里典子早就严格警示过她们。研修的第一天，中里典子曾重点强调过，即使地上有一本翻开的存折，她们也是连一眼都不能看的。

可小夜子还是忍不住看起了这封信的内容，因为信纸上的文字看起来与自己的字迹非常相似。那种圆滚滚的英文字母般的字迹，小夜子在高中时经常书写。

信中的开头写着："哈喽，小葵！"小夜子马上意识到这是一个女孩子写给还是高中生的葵的信。小夜子无法挪开视线，于是飞快地继续阅读了起来。

哈喽，小葵！

我们才打完电话不久，我又坐下来给你写信啦。你晚饭吃了些什么？我的家里只有我一个人，煮饭的话又觉得麻烦，刚才放下电话后，我吃了点心，是乐天的小熊饼干哦！我现在最喜欢这个啦。

今天我上世界史课的时候，课堂上的松原老师难得地说了一些无关紧要的话。你知道吗？别看松原老师现在这副模样，他曾经周游过世界呢。小力还问他哪个地方最美，你也猜一猜？他说是马丘比丘①。我根本不知道这个地方在哪儿，只是下意识地觉得这个地方会很像一个存在于幻想中的空中之城。可能类似《天空之城》那样的？我不知道。

松原老师越讲越多，后来变得一发不可收拾，给我们讲了好多在他旅行时发生的故事。听他越说越有趣，我心里也跟着畅想起来。小葵，有机会我们也一起去旅行吧。去法国也好，澳大利亚也好，去哪儿都可以，总之我们一起出去看看吧。到最后我们一致认为最美的地方会是哪儿呢？我真的好想知道呢。

要是能去旅行的话，或许我们现在所处的这个厌烦又无聊的城市也会变得让人想念起来了呢。到时候我也有可能会说"想要回去看看渡良濑河！"，你可能会问我为什么要在法国想这些有的没的，啊，这样太讨厌了，不过，只是在脑袋里想一想也挺不错的。也许我这样想实在太古怪了，但如果去到远

---

① 遗迹，位于现今的秘鲁境内，是世界新七大奇迹之一。

方的我们仍然想要回到这个小城市，这是不是就代表着现在的我们是很幸福的呢？

我明天也会在河边等你哦，给你带几个新鲜橄榄和最新的《北斗神拳》的漫画。然后明天回家的时候，我们拐弯到车站附近的文具店看看地球仪，好不好？我们一起去找找，看看马丘比丘到底在哪儿吧。你不想去的话我们就不去了。

哎呀，现在我脑海里全是金枪鱼奶酪卷的味道，光吃小熊饼干还是吃不饱啊，等下做点儿什么吃吧。

我们明天就见面了，我还絮絮叨叨地给你写了一堆鸡毛蒜皮的话，真像个傻瓜。

再见啦。明天见！我一定会在河边等你的。

鱼子

信到这里就结束了，小夜子也抬起了头。

此时，小夜子脑海里仿佛有一幅她从来没有真正遇见过的美丽画面，它如此色彩明媚，像是曾经真实地映入过她的眼帘一样。

河边蜿蜒的小路，丰茂繁盛的草地。小河对岸有两名青春洋溢的女高中生在悠游自在地慢慢走着，阳光下两人柔顺的黑发如绸缎般光滑明亮。仿佛是说了什么有趣的事，两个女生一起大笑起来，开心得笑弯了腰。这时候，两人终于发现站在彼岸的回到高中时代的小夜子，蹦起来朝她用力挥手，嘴里还在呼喊着什么。

小夜子挥起手向她们致意，同时嘴里高声叫唤："你们在说什么？我听不见……"彼岸的两个人连蹦带跳，用手指指向不远处。小夜子顺着她们示意的方向看去，那是架在河面上的一座小桥。两人又朝小夜子招了招手，一同向小桥那边跑去。小夜子跟随着跑了起来，女孩子们的校服裙摆翩然起舞。

平静的河面倒映着蓝天白云，潺潺的流水向远方流淌而去。

突然，一阵电话铃声把小夜子猛然拉回现实，她手忙脚乱把信纸重新夹回书里。

"您好！什么事呀？啊，关于那件事？你搞错啦，我没说不做下去啊，可别小看我的能力呀。焕然一新的铂金星球即将全面启动啦，还请你多多关照哦。对的，有一位能力高强的人才主动上门应聘了呢。"

小夜子把一个纸箱在地板上摆放整齐，回头看了看还在日式房间里的葵。恰好此刻，葵也看向小夜子。她莞然一笑，然后又继续认真地看电脑屏幕了。

"是啊，对的。我们有空就见一面？今天我也有时间哦，啊啊，明天吗？我明白了。什么？这是真的吗？讨厌啦，什么傻瓜呀。"电话里的人不知道说了什么，逗得葵哈哈大笑起来。

小夜子在拆解压扁了另一个纸箱后，抬头才发现客厅的那扇巨大的窗户已经完全露出来了。清澈明朗的碧空下，是一大片连绵不断的低矮住宅和轮廓鲜明又直入云霄的现代高层建筑。远处那片住宅区，还有一条河流般蜿蜒的小路在其中若隐若现。

小夜子在一阵错觉间，仿佛看到了包括自己在内的三名穿着校服的女高中生，如同在施展凌波微步般轻巧地跳跃在各家各户的屋顶上，最终手牵着手一路欢声笑语地向远方奔赴而去。

"在三点钟的下午茶时间，我们不如喝杯啤酒吧。当作庆祝你重新加入！"刚结束通话的葵眼睛盯着键盘，嘴上却在雀跃地提着建议。

"那请我吃一些辣的食物吧，而且必须是'辣度5级'的，否则我就干不下去啦，因为这屋子的清扫难度可是最高级别的呢！"小夜子的手在不停地整理着。

通过窗户跃入屋里的阳光，静静地拂过凌乱的客厅，一路照到昏暗的日式房间门口。

一滴汗水轻轻地从小夜子一侧的鬓角滑过，最后沿着下巴滴落下来。